XIAO GUI YOU TIAN XIA

陈旻茜 著

小鬼游天下

江苏大学出版社
JIANGSU UNIVERSITY PRESS

图书在版编目(CIP)数据

小鬼游天下/陈旻茜著. —镇江:江苏大学出版社,2010.10(2019.8 重印)

ISBN 978-7-81130-174-8

Ⅰ.①小… Ⅱ.①陈 Ⅲ.①游记－作品集－中国－当代 Ⅳ.①I267.4

中国版本图书馆 CIP 数据核字(2010)第 196727 号

小鬼游天下

策　　划/张晨晖
著　　者/陈旻茜
责任编辑/潘　　安
出版发行/江苏大学出版社
地　　址/江苏省镇江市梦溪园巷 30 号(邮编:212003)
电　　话/0511-84440890
传　　真/0511-84446464
排　　版/镇江文苑制版印刷有限责任公司
印　　刷/河北远涛彩色印刷有限公司
开　　本/889 mm×1 194 mm　1/24
印　　张/7.75
字　　数/195 千字
版　　次/2010 年 10 月第 1 版　2019 年 8 月第 4 次印刷
书　　号/ISBN 978-7-81130-174-8
定　　价/36.00 元

如有印装质量问题请与本社发行部联系(电话:0511-84440882)

序一

"小鬼"印象

我是看着陈旻茜这个"小鬼"长大的;她的"游天下",我也是一次次见证:她的很多作品我是第二读者,第一读者应该是她的妈妈。如此说来,写个序,应该是顺理成章的事了。

第一次看到陈旻茜的文章,她还是个五年级的小学生。那次,与她的母亲一同在北京参加一个培训,我们每晚畅谈教育理想至深夜。有次谈到语文基础教育的话题,我们都认为语文教学的根本所在是培养学生浓厚的阅读兴趣和自觉写作的习惯。自然谈到了她女儿——"小鬼"陈旻茜,一个好读书并喜欢习作的孩子,还看到了她的一篇篇游记,《迷人的大连》《韩国之旅》……虽语言未脱稚嫩,却也娓娓道来。尤其惊叹于她四年级暑假的《澳大利亚游学》,洋洋洒洒三万多字,吃、住、行、游,均出自儿童的视角、孩子的笔端。她妈妈一再强调:女儿是一个极其普通的、智力平平的孩子,只是自她读书认字开始,便养成了每日读课外书的习惯,同时,每有长假便外出旅游并用文字记录过程,积累下来便有了《小鬼游天下》。

后来,"小鬼"成了我们镇江市外国语学校的学生。我校"培养三年,服务一生"的理念给了孩子们相对宽松而自主的学习环境,"小鬼"又开始了在这里的三年"畅游"。印象最深的一次是2008年"汶川地震"后,她当晚打电话给我,表达想给汶川的受灾学生捐款、捐物,她还说,一个人的力量有限,她想由她们班向全校同学发出倡议,为灾区的孩子捐赠学习用品和款项。正是在她和她们班的带领下,我校全体师生积极投入了对汶川灾区的捐助活动。一年后,她有机会随镇江"社会妈妈"考察团到汶川慰问。那时恰逢期中考试前夕,同时她还正为参加江苏省"希望英语口语"大赛做准备,可她没有犹豫,在班主任杨爱萍老师的积极鼓励和支持下,她去了汶川。回来后,她不仅收获了省"希望英语口语"大赛二等奖、获得了期中考试的优异成绩,还有了她的《感悟汶川》。

在我校的三年,读书仍是她的最爱,学校的文学社团,让她有了交流和提升的空间。在社团老师和同学的影响下,她的阅读面越来越广泛。一次与她谈话中得知,她正在读李开复的《世界因你而精彩》,并由此开始了为自己的人生进行规划。在她的规划中,将此书作为自己中小学生活的一份纪念;在她的规划中,选择继续就读我们的国际高中,将来准备走出国门到世界舞台去发展自己;在她的规划中,"我的高中生活"已在酝酿……

学校一直将培养"能自主发展的具有中国灵魂和世界胸怀的现代人"作为育人目标,这也是我对陈旻茜的祝福和愿望。"读万卷书,行万里路",后来有人加上了两句:"经万种事,阅万种人","小鬼"虽刚刚开始,但我坚信,未来她会以自己的独特方式创造出一幅幅美丽的人生画卷。

潘晓芙

2010 年 10 月 25 日

(作者为江苏省人民教育家培养工程培养对象、江苏省特级教师、镇江市有突出贡献的中青年专家、镇江市名校长)

序二

可以借鉴的成长之路

——读《小鬼游天下》有感

陈旻茜是我们中山路小学 2007 届毕业生，她的母亲是我多年的同事，又与我的女儿年龄相仿，我见了她一直习惯喊她"茜茜"。最近收到了茜茜同学的《小鬼游天下》，陆续读完，很是高兴。

这本书收录了茜茜从小学二年级寒假到初中三年级暑假这段时间里写的游记。足迹遍及国内众多山川名胜，也已涉足日本、韩国、澳大利亚等异国他乡。内容主要是旅途中的所见、所闻、所思、所感。语言也从稚嫩朴实走向成熟生动。这本书分明鲜活地记录了茜茜成长的经历，至少是她学习作文的经历。我是搞小学语文教学的，深知作文教学一直是个难点，多年来也一直在思考到底该怎样去教孩子写作文。读了茜茜的游记，我觉得完全可以把茜茜写作文的经历作为一个案例去研究，一定可以给我们许多启示。

根据我的经验，喜欢写作文的孩子不多，甚至许多孩子怕写作文。而茜茜为什么会喜欢写作文？回想茜茜读小学的那几年正是我校大力开展书香校园建设取得成效的时期。全校师生在"新教育"的引领之下，走"读书人生"之路。学校广泛开展了"师生共读"、"亲子共读"、"书香班级"等活动。茜茜当时就是全校出了名的小书迷，大量的阅读滋养了她作文的能力。当时教茜茜的语文老师也非常注重读写结合，经常采用"满分作文"、"班级交流"、"作品展示"等方式让孩子们有成就感，调动孩子们作文的积极性。茜茜的作文也是经常要在全班同学面前大声朗读的，也是经常得高分的。我们学校的这种氛围只是激发茜茜作文兴趣的一个方面。另一个重要方面便是家庭对她的影响。茜茜的母亲也十分重视对孩子阅读和作文兴趣的培养。从给旅游时的照片写(准确地说，是茜茜说，妈妈写)说明开始，帮助孩子完成一件工作，获得一份成功，保护了孩子极其可贵的兴趣之火花。此后，每个寒暑假都要带着孩子旅游，引导孩子写游记——以孩子的眼睛去观察，用孩子的心灵去感受。每一次都把孩子写出来的进行整理，让它像模像样……这些都是为了让孩子感受到成功的快乐。从小学一年级到初中三年级，从不间断，坚持不懈，正是这样的坚持让孩子不断地品尝成功的喜悦，孩子的兴趣也就越来越浓，渐渐地，动笔去记录去表达也从不经意之间变得主动，也就成了孩子的一个好习惯。看来，是身为教师的母亲在培养茜茜读写兴趣方面和学校有着很好的合作并形成"共振"，成就了她。假如，茜茜的母亲不是老师，而且也不是学校的同事，可不可以培养孩子这方面的兴趣呢？我认为是完全可行的。孩子一、二年级时的所见所感，只要是初中毕业的家长也就可以给孩子提供帮助了吧；到了初三年级，即使你是研究生毕业也不一定就能写出茜茜这个水准的《青藏之旅》吧。所以培养孩子作文方面的兴趣关键不在我们这方面的水平，而在于这方面的意识。假如茜茜的母亲不是我们的同事，茜茜会在学校、会在班级得到恰当的鼓励吗？我相信我们中山路小学的老师是会去鼓励每一个需要鼓励的学生的。然而，这个问题的确值得我们每一位老师思考和自警——我们必须公平地对待每一个孩子，无论他（她）父母的地位高低，无论他（她）家庭的经济宽窄，无论他（她）长得美与丑，无论他（她）是否有良好的家教修养，我们作为教师都必须公平公正地对待每一个学生，对他们表现出来的任何一个方面的兴趣都要小心地引导和呵护……这就是我们中山路小学赖以生存与发展的无私的教师之爱。

茜茜在我们中山路小学成长的经历，特别是学习阅读和写作，是顺利的。茜茜的这本小书让我仿佛看到了她非常美好的未来！同时，也让我体会到茜茜的成长之路是可以复制的，至少是可以借鉴的。我相信每一个中山路小学的学生都会像茜茜一样顺利，也祝愿像茜茜这样的校友在以后的人生旅途中会更加顺利！

刘正才

2010 年 10 月

（作者为江苏省小学语文特级教师、镇江市名校长、镇江市中山路小学校长）

序三

扬起孩子兴趣的帆

——从女儿"编报"、"编书"谈起

手捧女儿的书,思绪随着文字回到女儿学写游记的初始。

事情始于一次偶然。女儿上一年级的国庆节,我们游了北京。回来面对一沓照片,她开心地向家人逐一介绍旅游见闻。我忽闪一念,建议她从每个景点的照片中挑选一张,剪贴成了一份《首都之旅》。编好后,我又建议她给照片注上说明。但只学了一个月拼音的她尽管认识一些字,却从未写过呀!然而女儿的兴趣那么盎然,她决意让我教她写。为了保护女儿这最初的兴趣,我必须降低写的难度,因为难度和强度太大,会削弱孩子的兴趣。我就决定,女儿说,我用铅笔记,再由她用水笔描一遍。于是,照片上就留下了她稚嫩的笔迹和话语:"天安门广场鲜花盛开,多漂亮!""人民英雄纪念碑真高!""在白海公园看到百塔、湖水、小船、绿树红墙,就想起《让我们荡起双桨》这首歌。"……之后她又爱不释手地用彩笔勾上花边,贴上心爱的贴画纸。这是女儿编的第一份小报。节后,她把小报带到了学校,在老师的鼓励和同学们的羡慕中,她初尝了成功的喜悦。

我没想到,这份成就感在女儿幼小的心里似火种一直燃烧着。这年寒假,我们又外出旅游。一天傍晚,在一处断崖前,女儿突然驻足静默,少顷,她转身对我说:"妈妈,在这儿给我拍张照,照片下面就写:这景色多美呀,就像一幅五彩的画!连画家都画不出来。"我愕然,这才注意到:这不起眼的断崖在夕阳的余晖中,映衬着石缝间生长出的五彩的植物,恰似一幅油画!这是女儿的发现!她还想编报!为了编报她开始有意识地观察、感悟!接下来的游程中,我们围绕编报不停地拍啊、说啊……于是,旅游被赋予了新的内涵。回到家,女儿只用了一天时间编出了她的第二份小报。当然,照片下的说明已不再是一句话,而是几句话了。

　　二年级的寒假,我们去福建旅游的途中,她更是有心地观察、述说。这时,我意识到,她的表达不能停留于编报给照片写说明的形式。但是,写完整的文章对只读了一年半书的她来讲难度和跨度又太大,我惟恐扼杀了她的积极性。我一向认为,对孩子的教育可以超前,但切不可超之过急。适度的超前会让孩子体验到攀登后的成功的喜悦,孩子能以更积极的态度和兴趣投入到下一轮的攀登;超之过急则让孩子感到畏惧和高不可攀,孩子对高不可攀的东西又最易采取放弃的态度,也就失去了再体验的兴趣。而一旦失去了这种兴趣就是花数倍力气也难以唤回。所以,呵护孩子的兴趣比激发孩子的兴趣更重要! 我就决定让她从写一段话开始:把一个景点的见闻分成几段来写,对她来讲,一段话就是一篇文章。我还建议把这一段段话编成一本小册子。女儿面对新的挑战很兴奋:那可是一本“书”哎! 她又有点畏惧:那得写多少啊! 我就给她信心,她写好一段我就打印一段,用大字体把一百多字的一段话打成满满的一页,还给她编辑了一张以福建风景为背景的漂亮的封面,上面还写着“我的第一本书——福建之旅”。两天,她写了五段话。为了增加“书”的厚度,我在每张纸的背面贴上照片。然而,女儿不满足,还要写! 这编书的欲望成了她写作的动力,激起她莫大的兴趣,这是我始料未及的。晚上,她竟然不肯休息,还要写。第二天就要开学了,我不忍让她熬夜,而她又迫切希望将她的“成果”向老师和同学展示。尽管她的语言表达超出她的年龄,但那时她写字却很慢:习惯于一笔一画工整地写。我不能一味地图快,打破她良好的习惯。因为小学起步阶段的习惯非常重要,正是这种习惯让她写得一手虽显稚嫩但不失漂亮的铅笔字。为了满足她的欲望又能抓紧时间,我就让她口述,我录入,再由她修改。这样我们又很快合作了三段话。我一再叮嘱她:要如实跟老师说清楚。女儿照办了,但同时又升起新的念头:下次自己编一本“书”。

　　教育的机会无处不有。这年暑假我昔日的学生带着他的大学毕业论文来看我。我故意让女儿把她的“书”拿出来给大哥哥看。在大哥哥的夸赞中,女儿竟然惭愧了:哥哥的毕业论文厚厚的,那才叫书呢,自己的那么薄,哪能叫书啊! 她又暗下决心:要编第二本厚厚的书。

于是,有了二年级暑假的大连之行,也有了女儿的为编第二本"书"而不叫苦的写作。从大连回来的第二天,女儿就和同伴迫不及待地写起大连游记。连续三天,每天近十小时的写作,写了十二篇短文,共计六千多字。手指写酸了、写红了,甩甩小手继续写,竟然没显出一丝厌烦,同伴们还边写边比。而那时她只是未满八周岁的二年级的孩子,无论是作文的谴词造句,还是写作的耐力毅力,都超出了她的年龄。但是我知道,女儿智力平常并无过人之处,只是比同龄孩子多了一份写作的兴趣和编"书"的强烈愿望。我再次帮她做了封面,做了目录,还把照片编辑进去,成了二十几页的《迷人的大连》。当然,我把她的厚厚的原稿也装订起来,那是更为珍贵的纪念。

女儿再次不满足了,她说以后要练快速打字,不用妈妈帮忙,自己编自己的"书",还说梦想编一本正式出版的真正的书。其实我知道她的梦想能否实现并不重要,重要的是我已激起女儿写作的兴趣。以后的日子,我更要呵护好这种兴趣,让她永远带着这种兴趣去高兴地学习,这才是最重要的,也是最难做的。

孩子的潜力无限,看你如何去挖掘,我和女儿一起努力着。后来,每年的寒暑假,旅游成了我们的必修课。旅游线路的选择、当地人文习俗的了解均来自于她和伙伴们的资料查找;旅游中,她们会认真听导游讲解、主动对话,并用心感悟,每晚回到旅馆会习惯性地记录当天所见所闻的关键词;旅游后对照着关键词、照片、录像,写作游记也就成了顺理成章的事情了。

后来,就有了女儿的一本本游记小册子,每每打印出一本,就被亲朋好友拿走,说是让他们的孩子借鉴学习。偶有一日,女儿将自小到大的游记进行整理,竟有近二十万字了!恰逢女儿以优秀的成绩初中毕业,在我的同行好友和江苏大学出版社编辑的鼓动下,女儿将游记汇编成了这本《小鬼游天下》,作为自己小学和初中生活的一种纪念。

遗憾的是,小学毕业那年暑假的《欧洲五国游》近三万字的手稿不慎遗失,后来也试图补写,但每每动笔,都感觉缺少了当初的那份灵动和悟性,只能作罢。这也给了她深深的感触:游记要趁热打铁,及时记录,否则很多细节和感悟会淡忘、消失。同时她也越发意识到文字记录的重要性:很多事情过去了,在你脑海中留下的只是一份记忆,这记忆还会慢慢衰减,而一旦用文字记录下来,就成了你永久的不会淡忘的历史。所以,女儿渐渐有了用文字记录的习惯,在她的电脑里,不止游记,生活中的点点滴滴,开心的、郁闷的、值得思考的,均有记录。获知中考成绩后,女儿写下了五千多字的《走过中考》,平白朴实的文字记录下了初三最后阶段备考的心路历程,她说以后每遇大型考试或高考时,这段文字会给自己启发和反思。其实,这正是文字记录的意义所在。

　　但愿这本书只是女儿的开始,期盼她能一如既往地用文字记录自己的成长;也但愿这本书能为小读者们抛砖引玉,有更多的"小鬼之书"诞生!

张晨晖

2010 年 9 月 25 日

(作者为江苏省小学语文特级教师　陈旻茜的母亲)

目录

太姥山

大年初二的早晨，风和日丽，太阳火红火红的，阳光照在人们的身上暖和和的。我们乘着汽车去太姥山游玩。汽车在盘山公路上行驶着，就像游乐园里的龙车，一会儿向左，一会儿向右，一会儿上山，一会儿下山，真有趣。一路上，山一座连一座，真是美极了！过了两个小时终于到了太姥山的脚下。

奇异的石头

走进太姥山，山上的石头各式各样，千姿百态：有的像雄伟的老鹰在扑壁，有的像大鹏展翅，有的像调皮的小猫，有的像一只可爱的小老鼠住在一座大蘑菇下，还有的像人的头像……太姥山上最有名的石像是和尚抱尼姑，这个头像还有一个有趣的故事呢！不过，故事太长，我都记不下来了。这些石像都是自然形成的。大自然真是奇怪无比！

钻一线天

走进一线天，只见两旁巨大的石壁就像要往天上冲，天空就只留下一条缝了。许多块大石头被石壁夹在顶上，就像悬空在那儿要掉下来一样。一线天又窄又陡，人们只能侧着身子艰难地向前走着。你瞧！最窄的地方大胖子行走起来可就为难他了。看！老爸可好玩啦！他进也不进，出也不出，挤呀挤呀，好不容易收紧肚子才挤过去。惹得大家哈哈大笑！一线天真好玩！

钻山洞也很有趣，有的山洞窄窄的，人们只能侧身收腹走过去；有的山洞矮矮的，人们只能低头弯腰走过去；有的山洞黑黑的，人们只能摸着墙凭着感觉走。遗憾的是：有一座又长又黑的山洞不开放，没有玩到。要是以后有机会，我一定还要把所有好玩的玩个痛快！

福州国家森林公园

旱地雪橇

大年初四早晨,天气晴朗,阳光灿烂。我们坐着汽车来到福州国家森林公园。公园门口车水马龙,来这儿的游客人流如潮!

刚走进公园就看到旱地雪橇。我迫不及待地要去玩。大人们正在犹豫,可是我已经坐上了雪橇。开始滑行了,雪橇沿着光滑的轨道上山。我觉得一点也不可怕。突然,雪橇向山下冲去,我们的身体一会儿向左倒,一会儿向右倒,有的人被吓得哇哇大叫。我却瞪大眼睛向前看,觉得非常好玩。雪橇沿着像长龙一样的轨道向山下冲去,一会儿就到了终点。

我忍不住再玩一次,又坐上了雪橇。这次上山的速度慢了些,下山的速度却飞快,感觉真像在崇山峻岭间穿越,比刚才刺激多了。

鸟语林

我们沿着竹林小道来到了鸟语林。里面的鸟儿数不胜数,各式各样,千姿百态,美丽极了。我买了一袋鸟食迫不及待地去喂鸵鸟。鸵鸟在鸟语林里自由自在地漫步着。我伸出手把鸟食放在手上。鸵鸟就伸出长长的脖子张开嘴巴啄食。它可调皮了,光吃我手中的玉米,不吃小麦。一会儿,一只不知名的长嘴鸟走来,伸出又尖又长的嘴巴,光吃小麦不吃玉米。看来鸟儿也会挑食呀!它们啄得我的手又痒又痛,难受极了。

小鸟真是又聪明又可爱:它们一会儿表演弹电子琴,一会儿表演学人说话,一会儿表演玩滑轮,一会儿表演走钢丝……精彩极了!有一只小鸟正在舞台上表演跳舞,另一只在旁边休息的小鸟也忍不住随着音乐的节奏跳了起来,惹得大家哈哈大笑!这些鸟儿这么听话、这么聪明,我想:这都是饲养员叔叔、阿姨的功劳呀!

大榕树

森林公园里,到处长满了绿绿的草儿、高大的树儿。

道路两旁长满了翠绿的竹子。这些竹子一根挨着一根笔直地向上。地上铺满了笋芽的壳儿。我好像看到笋芽冲破泥土,掀翻石块,脱掉外衣,从地里冒出来。

笋芽的生命力可强了。

公园中央有一棵巨大的千年古榕,它已经有一千岁了。远看像一把巨大的撑开的伞;近看像一片树林。那一根根气根高高地垂下来,一直插到泥土里,长成了粗大的根。许多人围着这棵千年古榕在拍照留影。

森林博物馆

在森林公园里我们还参观了福建森林博物馆,里面有许许多多的知识等着大家来学习。你瞧,那么多的蝴蝶标本看得你眼花缭乱,让你真想看个仔细,甚至去摸一摸。你看,木鼓演奏区前摆放着几根檀香木,你每用木棍敲一次,它都会散发出一阵清香。最引人注目的是一头虎狮兽的标本。这头虎狮兽是我国目前存活时间最长的虎狮兽。它的爸爸是4岁的东北虎,妈妈是3岁半的非洲狮。它的妈妈在生它的时候难产而死,它的爸爸伤心极了,三天不进食。饲养员找来了一头母狗,虎狮兽就是吃狗妈妈的奶长大的。在它一百一十一天的时候,因为免疫功能发生了故障,不幸死了。人们就把它做成了标本,让我们参观。

鼓 浪 屿

初五的傍晚,我们坐着客船来到了鼓浪屿。鼓浪屿上人流如潮,到处是欢声笑语。

听导游说,鼓浪屿是著名的琴岛,平均六个人就有一架钢琴,你瞧,道路中间也嵌着一个个的小音符。我踩在小音符上,就像一只快乐的小鸟踩在钢琴上演奏着美妙的音乐呢!奇怪的是岛上一辆汽车、一辆自行车也没有,就连救护车也只是一辆电瓶车。

我们终于来到了海边。我迫不及待地伸出手玩起了沙子。沙子又细又滑,从我的手指缝间漏了下来,手指痒痒的,又舒服又难受。浪涛拍打着海岸发出哗哗的声音,就像在为鼓浪屿演奏欢快的曲子。

遗憾的是,天快黑了,大人们要赶去吃晚饭,我们就离开了鼓浪屿。可是日光岩还没爬,钢琴博物馆也没来得及参观。干嘛要赶着吃饭呢?玩更有意思呀!

迷人的大连

写作时间：2003 年 8 月　　

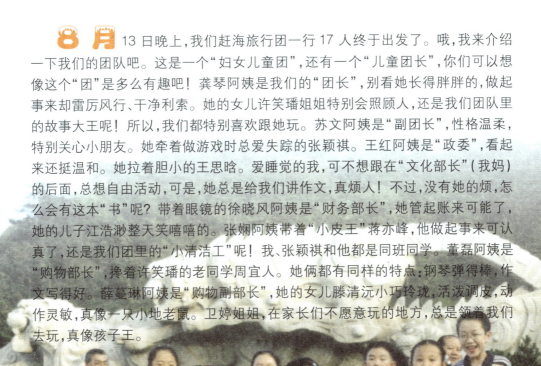

8 月13 日晚上，我们赶海旅行团一行 17 人终于出发了。哦，我来介绍一下我们的团队吧。这是一个"妇女儿童团"，还有一个"儿童团长"，你们可以想像这个"团"是多么有趣吧！龚琴阿姨是我们的"团长"，别看她长得胖胖的，做起事来却雷厉风行、干净利索。她的女儿许笑璠姐姐特别会照顾人，还是我们团队里的故事大王呢！所以，我们都特别喜欢跟她玩。苏文阿姨是"副团长"，性格温柔，特别关心小朋友。她牵着做游戏时总爱失踪的张颖祺。王红阿姨是"政委"，看起来还挺温和。她拉着胆小的王思晗。爱睡觉的我，可不想跟在"文化部长"（我妈）的后面，总想自由活动，可是，她总是给我们讲作文，真烦人！不过，没有她的烦，怎么会有这本"书"呢？带着眼镜的徐晓风阿姨是"财务部长"，她管起账来可能了，她的儿子江浩渺整天笑嘻嘻的。张娴阿姨带着"小皮王"蒋亦峰，他做起事来可认真了，还是我们团里的"小清洁工"呢！我、张颖祺和他都是同班同学。董磊阿姨是"购物部长"，搀着许笑璠的老同学周宜人。她俩都有同样的特点：钢琴弹得棒，作文写得好。薛蔓琳阿姨是"购物副部长"，她的女儿滕清沅小巧玲珑，活泼调皮，动作灵敏，真像一只小地老鼠。卫婷姐姐，在家长们不愿意玩的地方，总是领着我们去玩，真像孩子王。

空中看大连

　　飞机在夜空中穿行着,透过窗户往下看,啊!好漂亮!一盏盏灯像一颗颗小星星撒落人间,又好像一颗颗夜明珠铺满大地,让夜晚的大地充满勃勃生机。这些灯光一团团、一簇簇,有的像小蛇,有的像项链,还有的像银色的飘带……最醒目的是一条长长的路灯像金色的长龙一直伸向银河的尽头。那一个个金色的小积木也许是一栋栋高楼大厦。我感觉人间变成了天堂,天空变成了人间。这时,广播开始了:"旅客们,飞机马上就要降落了,请系好安全带……"原来,我们已经到了大连的上空,我高兴地欢呼起来。但是,我真希望飞机慢点降落,让我再欣赏这美丽的夜景,尽情地看个够,把这漂亮的夜景图深深印在我的脑海里。

　　空中看大连的夜景真美呀!

星海广场

　　大连的广场可多了。有友好广场、虎滩广场、海之韵广场、希望广场、奥林匹克广场、中山广场……其中,最吸引人的是星海广场。

　　星海广场有四个天安门广场那么大,是亚洲第一大广场。广场上有高耸的华表,有星罗棋布的草坪,有巨大的台式广场,还有栩栩如生的足雕……四周是迷人的音乐喷泉。一条宽敞的大道把草坪、华表、台式广场相连,一直通向大海。

　　广场可美丽了。一面环山,一面环海,四座巨大的楼房依山而建,显得格外壮观。站在台式广场上极目远眺:远处,蓝蓝的天空,浩瀚的大海,海天一色,令人赞叹不已。岸边,停泊着一艘世界四大名船之一的游轮。蓝天,白云,青山,碧海,鲜花,绿草,形成了一幅美丽的画卷,令人心旷神怡。

　　广场上可热闹了。人流如潮,车水马龙,欢声笑语,热闹非凡……大人们有的在悠闲地散步,有的在聊天,有的在自由自在地放风筝,有的在拍照留念……孩子们有的在台式广场上奔跑,追逐,有的在儿童乐园里游戏、玩耍……

　　广场上真有趣。广场中央有一条金属做的千人足雕。许多脚印指向大海，像一千个人一齐向大海走去。足雕的尽头有两个可爱小孩的雕像，它们的手指向大海的上空，好像在看空中自由飞翔的海鸥。

　　足雕的前方就是巨大的台式广场，许多人在那儿散步奔跑。我们也在上面奔跑起来，跑到边沿时，上也上不去，下也下不来，吓得直打哆嗦。因为，广场的边沿是个巨大的陡坡。第二次，我们掌握了技巧，一口气往上奔去，终于奔到了最顶端，往下一看，在巨大的草坪上，有一个儿童乐园，许多小朋友玩得可开心了。

海之韵广场

　　海之韵广场是大连最具特色的广场。

　　用大理石铺成的地面，在阳光的照耀下闪着银光，漂亮极了！广场上布满了造型独特的雕像。最醒目的是浪鸥雕塑，几条波浪型的雕塑在阳光的照耀下熠熠生辉。浪雕很逼真，就像惊涛拍岸，还溅起了一个个小水珠呢。几只神态逼真的小海鸥在海浪的上方像是要飞向湛蓝的天空。

　　最有趣的是一些小学生去海边夏令营的雕塑。他们有的喝水，有的顶游泳圈，有的踢球，有的背包，还有的偎依在老师的身旁听老师讲海里的神话故事。我们也忍不住在雕塑前来张合影。

　　广场的后面还有瀑布。我感觉好像来到了《西游记》里面的水帘洞，又好像来到海底水晶宫。站在广场，远眺如洗的天空、碧蓝的大海，近看惟妙惟肖的雕塑，倾听浪涛拍击海岸的"哗哗"声，感受着海风送爽，真令人神清气爽啊！

鲸、豚表演

　　我们在极地海洋馆里观看了鲸、豚表演。

　　首先上场的是五岁的白鲸，它长着洁白光滑的身躯和弧形的嘴巴。这只小白鲸真调皮,在水里跳来跳去,总把水溅到驯养员的身上。一会儿,它用美声唱法唱世界名曲,歌声在海洋馆上空回荡;一会儿,它一边唱歌一边跳起水中芭蕾!

下一个上场的是四只海豚,它们都长着漆黑光滑的身躯,像四胞胎。它们先表演空中跳跃。随着激昂的音乐,它们一跃而起,再潜入水中,在空中留下了一道优美的弧线,水面上溅起了白色的浪花。接着又表演顶圈,驯养员叔叔、阿姨把圈抛向水中,它们把圈顶在头上,不停地转动,圈子转得可快啦!一会儿屋顶上降下来两只球,两只海豚笔直地腾空而起,头顶到了球。它们又表演空中飞人。一个驯养员叔叔的手和脚分别贴在两只海豚的背上,两只海豚沉入水底,欢快的音乐响起,两只海豚突然把驯养员抛到几米高的空中,全场响起了热烈的掌声。它们还表演水中快艇。驯养员两只脚分别站在两只海豚的背上,海豚飞速地向前游去,犹如一只快艇。最后,它们表演了四重唱和水上芭蕾。两个驯养员跳入水中和两只海豚跳芭蕾舞。

表演结束了,海豚用尾巴拍打着水面,好像在对我们说:“欢迎你们下次再来!”我们恋恋不舍地离开了海洋馆。

羊入虎口

你一定听过“羊入虎口”的故事吧,但你有没有亲眼见过这惊心动魄的场面呢?今天,我就带你去旅顺的狮虎园去看一看吧。

我们坐上了汽车,关好门窗,汽车首先开进了熊园。只见黑熊有的散步,有的洗澡,可自由了。

接着,汽车进入了狮园。一群母狮有的聊天,有的散步,还有的在睡觉……有一只威武的公狮子,长得可帅了,也许,是这片草地上的狮子王吧!

然后,汽车进入了虎园。我们感到奇怪了,这么大的森林,怎么一只老虎也没有?我们四处寻找,终于在树丛里找到了几只老虎。它们有的睡大觉,有的静静地坐在那儿……这时,一辆饲养车开了进来。饲养员把一只小羊锁在一块大石头上,小羊还不知道它要面临着怎样的危险呢!我们也在为小羊担心。我眼睁睁看着这个活生生的小生命将要成为这些凶猛老虎的食物,我心里在喊:羊妈妈,你的小羊已经无依无靠了,你快来救救它吧!这时,四面八方的老虎,正悄悄地靠近小羊。小羊看见了,吓得左躲右闪,魂飞魄散。老虎们正虎视眈眈地看着小羊,一只老虎猛扑过去,其他的老虎跟着上去。我们大喊:"小羊快逃!"可是,这么弱小的动物怎么能逃得过这么多庞然大物的掌心呢? 我们吓得都哭了,闭上了眼睛。等睁开眼睛的时候,小羊已经被咬死了。老虎们还抢小羊吃。我们望着这落入虎口、血痕累累的小羊,心想:也许,自然界就是这样弱肉强食吧!

"羊入虎口"的事多悲惨啊!

神奇的海洋动物

我们参观了大连的圣亚海底世界和极地海洋动物馆,看到了奇妙的海洋动物。

那里的海洋动物真是千奇百怪、数不胜数。有黄绿相间的矶鲈鱼,有身上背着大壳子的海龟,有全身布满尖刺的刺豚,有晶莹透亮的水母,还有色彩斑斓、黄白相间的小丑鱼……它们有时在珊瑚丛里穿梭,有时成群结队觅食,有时躲在洞里睡觉,有时藏在丛里游戏……

我们又进入了海底隧道。头顶、四周,就连脚下,都有小鱼,好像我们伸手就能抓到一条鱼儿来跟我们游戏。不知是我来到了海底,还是鱼儿来到了人间。

最好玩的是一只大鲨鱼,眼角有几个疙瘩,就像害了"偷针眼"。最有趣的是海龟,长得可大了,也许是千年海龟吧!你瞧!一只最大的海龟在它的洞穴前,好像在练倒立。海龟游在水里,过一会儿就要把头抬出水面换口气。我们就说:"小海龟,你再把头抬上来换口气。"小海龟似乎听懂了我们的话,又探出小头来,再换口气。这时,一只大海龟向它游来,它们头靠头,嘴碰嘴,就像在亲嘴呢。

快看!潜水员在给鱼喂食,打扫卫生了!难怪鱼儿在这里生活得自由自在呢!但是,我想,如果它们回到海洋里,会更加无忧无虑的。

赶　海

到大连不下海,那就太可惜了。所以,我们今天就来到棒槌岛国宾馆,穿上五彩的泳衣,终于下海了。

只见，渔帆漂向远方，海天相连，一片朦胧。一排排波浪，奔跑着，翻滚着，涌向前来。哗！撞在礁石上，溅起雪白的浪花，发出快活的笑声。浪花跳跃，落进大海里，又汇成波浪，奔流向前，一片欢腾……

我从没尝过海水的味道，于是，捧一口海水尝一尝，啊呀！好咸呀！

我们又捡贝壳。我捡一个大的鹅卵石，叫一声，给你看；你捡一个五彩的贝壳，喊一声，给我看。叫声、喊声、波浪声，混合在一起，形成了一首"赶海交响曲"。

 ## 参观自然博物馆

在大连最后一站，我们来到自然博物馆。

这里真让我大开眼界。原来，我以为鸟的祖先是始祖鸟，看了化石我才知道，100多年前，一位科学家在中国的辽宁省发现了带毛的恐龙化石，人们把它叫中华龙鸟。科学家认为，鸟的祖先是中华龙鸟。

我又走进一个展厅，闻到一阵海腥味儿。一抬头，大吃一惊，只见几条庞大的大鲨鱼和大鲸鱼的标本，最大的是一头大鲸的标本，长17～18米，重66.7吨。听导游说，工作人员先把这头大鲸的内脏挖掉，喷上化学药水，再用大吊车把它放进自然博物馆，最后，再把屋顶封上。看着它们，我想，也许，它们是海洋之王吧！游起来，一定威风无比。

这里万物珍奇：有瑰丽奇艳的海葵，有细细长长的海蛇，有2米多长的带鱼，有奇特的魔鬼鱼，有不知名的胖胖鱼，有嘴巴像剑一样的剑鱼，还有没有硬骨头的中华鲟、奇形怪状的海螺……我想，拿着海螺，可以吹出海洋交响曲吗？最后，我还把我的手放进鲨鱼的嘴巴里拍了一张照片，不过，它现在已没有往日那样威风了。

五彩的大连

大连是蓝色的，
天空、大海，碧蓝碧蓝，
浩瀚的大海倒映着蓝蓝的天空，水
　　天一色。

大连是绿色的，
绿树成荫，青山相连，
葱葱草坪，随处可见。

大连是黑色的，
海边竖立着一块块黑礁石，
好像调皮的小墨鱼游戏时
不小心将墨水瓶打翻，
黑墨滴落蓝蓝的大海，
形成了一幅诱人的水墨画卷。

大连是金色的，
看那在阳光下的沙滩金光闪闪，

用那沙金做成的宝塔金光灿烂。

大连是白色的，
千姿百态的白云在天空中飘荡、
　　变幻，
瞧！像小兔散步，
像汽车奔跑，像小狗撒欢……
漂亮的小海鸥用它那
洁白的身躯把天空装扮。

大连是红色的，
通红的苹果把树梢挂满，
像一片片火红的朝霞染红了天边。

大连是五彩的，
蓝天、碧海、青山、绿树、
黑石、白云、沙金、红霞……
形成了一幅色彩斑斓的画卷！

韩国之旅

三年级寒假

写作时间:2004 年 2 月

在国内,我看见许多外国人,我多么想能到他们的国家看看啊! 这次,我也能坐国际航班到国外去玩了,这还是我第一次踏上外国的土地呢! 我就要成为韩国人眼中的外国人了。

我想:韩国人长什么样? 韩国人吃什么? 韩国是不是很强大? 我带着许许多多的问题上了飞机,开始了好玩的韩国之旅。

釜　山

我们在韩国的第一站是去釜山。

龙头山公园

汽车把我们送进了龙头山公园,刚下车,我们就看见了韩国民族英雄李舜臣将军的铜像。他高大挺拔,双眼凝视前方,好像在观察着敌方的一举一动。耸立在后方的是釜山塔,属韩式铁塔。一群小鸽子停在李舜臣将军的铜像上,有绿鸽子、花鸽子、白鸽子……我多想喂喂它们呀! 想到这里我就想起我在家乡金山喂鸽子的情景,多好呀! 向前走了几步,我看见一口大钟。我想:这是干什么的呀? 导游说:"每当春节的时候,市长总会在这里敲钟。"哦! 真可惜,还有几天才过年,我们得在年前回国,看不到市长敲钟了。

逛　街

走下上百级楼梯,好像下了几层楼那么高。我们来到国际购物市场。大街上人流如潮,小店里商品琳琅满目。我们小朋友可没兴趣,大人们却逛得津津有味。来到文具店,我们兴趣大增,里面有笔、橡皮、夹子、尺、贴纸画、头绳……总之,各式各样,五彩缤纷。我买下了一支双色笔、一个黑夹子和一根红头绳……来到糕点店,我来神了,赶紧吃了两个糕点,又香又甜!

不知不觉,天快黑了,突然下起了毛毛雨,打在脸上,凉凉的,柔柔的,可舒服啦! 路边的灯亮起来,五彩缤纷,仿佛一条金色的长龙伸向天边。我们又仿佛在仙境闲逛,在天上的街市购物。真幸福!

济　州

第二天,我们乘坐飞机来到了济州。济州位于韩国的最南端,是一个大岛。导游讲:"这里有三多。一是女孩多。所以,人们期盼生男孩。二是风多,一年四季大风不断。三是黑礁石多。"沿途我们看见许多用黑岩石做成的房子、铺成的小路、砌成的围墙。

龙头岩

汽车把我们送进了龙头岩公园。一下车，我们就感到一股强风，头发被吹得飘起来了。这时，天上还飘着毛毛细雨。向前走几步，道路中间有两个小娃娃的雕像，哦，这是求子的东西，要求子，就摸摸它们。着湿湿的楼梯向下走，随处可见黑礁石。站在黑礁石上，一个大浪打过来，吓得我赶紧从礁石上逃下来。

一眼看去，有一块龙头似的岩石面向大海，好像在巡视着什么。关于龙头岩，我听到两个传说。一个是："汉拿山有一条龙偷吃了仙丹，天神惩罚它，把它变成了岩石。这就是龙头岩。"另一个是："海里有许多龙，这些龙很想上天，但上天时要让天使同意。这些龙都在海里等上天的机会。可是有一条龙，它很凶恶，不听这些话，自作聪明，跑上了天。天使一箭把它的尾巴射到了海里，龙的尾巴掉了，就不能上天了。这条龙掉了下来，在海里找它的尾巴，一直没有找到。后来，就变成了海边的岩石。就是这个龙头岩。"

导游还告诉我们，夏天在这还能坐潜水艇在海底观光，冬天不行，雾气太大，海里看不见什么。夏天也能看见"海女人"下海采珍珠、网鱼、捕虾……据说，"海女人"下海不带氧气瓶，半小时再上来。我想：她的肺活量多大呀？我半信半疑。

城山日出峰

来到城山日出峰的山脚下，只见日出峰屹立在海边。我们在山下拍照留影。刚开始，我们一边拍照一边登山。然后，鼓足了气，一口气跑步登上山顶。

爬到山顶，我才感到城山日出峰跟家乡的北固山差不多大。城山日出峰是以前火山爆发形成的。在山顶远眺，远处的小河就像一条蓝飘带，躺在大地的怀抱里。真美！突然，我们看见远处的海平面上一道橙色的霞光，我们赶紧在这儿拍照留影。可惜，不能看到日出，因为今天是阴天，太阳公公休息，一点儿也不巧，真遗憾！

天地渊瀑布

走进公园，刚过了小桥，就看见一个石头堆成的小石塔，那石头是许愿石。我在塔边捡了块石头许了个愿。当然，每个人许的愿是不可以告诉别人的。石塔的前面有个妇女背箩筐的雕像。据说，韩国人重男轻女，妇女要背箩筐。如果丈夫帮妻子背箩筐，那丈夫就会在背后又娶一个妻子，所以才有了这个雕像。

　　往里走，有一条小河在流淌。岸边种着许多树，有树就有新鲜空气。这里的空气真好，我大口大口地吸着。轻风慢慢吹过，真爽！岸边，还不时传来流水声、鸟鸣声、虫叫声……形成了大自然舞曲。

　　走到公园的顶头，看见瀑布奔流着。这瀑布不大，跟我国的黄果树瀑布比起来真是小巫见大巫！导游说："冬天，水不多，夏天的瀑布比现在的瀑布大。"但我们还是在瀑布前拍照留影。往回走的路上，我看见有个街头艺人给人家画画。我也用了一万韩币(75元人民币)请叔叔帮我画了一张画。他把我的神态画得很像，不过，把我美化了。我要把画放在美丽的相框中，挂在我的房间里。

汉城（如今叫首尔）

　　第三天早上，我们坐飞机来到汉城（如今叫首尔）首都机场。在飞机上，我想：韩国的首都——汉城，是不是像我国的首都——北京那样雄伟、气派呢？飞机着地了，看见窗玻璃上飘着水珠，我诧异，是雨还是雪？下了飞机，我乐得一蹦三尺高，下雪了！人们争先恐后地在雪景里拍照留影。导游告诉我们明天滑雪会更刺激。

　　汽车行驶在汉城公路上。道路两旁的高楼大厦鳞次栉比，但建筑物的形状都是方块行的，整整齐齐，不像北京的建筑变幻无穷；建筑色彩大多是灰色的，也不像北京的那样丰富。但是汉城的气温要比北京的气温好一点儿：夏天不像北京那样热，冬天不像北京那样冷，因为有一条横穿汉城的汉江调节着气温。汉江把汉城分为南北两部分，就是有许多桥，汽车就一个劲地过桥。

青瓦台、贵宾楼

　　汽车在大雪中行驶着。窗外鹅毛大雪纷纷扬扬地落下来，我多么想冲下车去玩雪呀！

　　汽车到了总统府——青瓦台。青瓦台为什么不是金瓦做的呢？因为很久很久以前，中国是很强大的国家，中国皇帝叫"天子"，所以中国的故宫可以用金色的琉璃瓦。而韩国只是中国的一个诸侯国，国王不能有中国皇帝的待遇那么好，皇室只

能用青瓦盖屋顶。诸侯国每年还要把自己最好的东西送给中国皇帝。

导游告诉我们,青瓦台旁边的贵宾楼是总统接见贵宾的地方,汽车不能停留太久,下去拍照要快点儿。我高兴地第一个冲下车,顾不着拍照留影,就玩起雪来。用手搓一个雪球,用脚踩踩雪,真舒服!在大人们的催促下,我们才想起拍照。只见远处的贵宾楼不高,只有两层,在朦朦胧胧的大雪中就像童话世界的宫殿。马路中间有一个雕像,上面好像是一只大鸟站在柱子上,要展翅高飞。下面是几个人的雕像。雪纷纷扬扬,眼前的一切变得忽隐忽现!

民俗博物馆

我们来到离贵宾楼不远的民俗博物馆。

馆内客厅陈列着古代婚礼用品,以及圆图腾柱、农业用具、纺织机等,由此可见平民生活的情形。

两千年来,中国对韩国的政治和文化产生了巨大的影响。韩语在词汇构成中,汉字占有较大比重。韩文是表音文字,只有几百多年的历史,而中国文字有几千年的历史呢!韩国四季也分为十二节气。他们也过春节、中秋节。过春节时,长辈同样会给晚辈红包和压岁钱。他们喜欢3、7、9这些数字,不喜欢4这个数字。我们过中秋节是吃月饼赏月,他们是吃松饼赏月,还要祭祖扫墓。

景 福 宫

从民俗博物馆出来,走向离博物馆不远的景福宫。入宫后,可以看见中央耸立着高耸入云的10层大理石塔。这些建筑物外观很美,特别是屋顶部分的设计,更是富丽堂皇,但跟中国的故宫比起来又是小巫见大巫了。景福宫内有许多优雅的楼阁及古色古香的宝塔,还有一座壮丽的博物馆。

大人们在塔前拍照留影,我们小朋友只顾着打雪仗,你搓一个雪球扔向我,我抓一个雪球扔向你。连导游阿姨也加入了我们的战斗。我们联合起来,四面八方的雪球扔过去，弄得导游措手不及。

不知不觉已经出了景福宫，景福宫的景物在我的头脑中没有留下多少印象，我只记得打雪仗的情景了。

华 克 山 庄

华克山庄原来是美国人在韩国的军队度假区，现在对外开放，成为一个公共的游乐场所。它有 22 层高的赌场大酒店，设备豪华，是汉城唯一的赌场，但只让我们这些外国人进入。华克山庄除了赌场外，还有迪斯科舞厅、购物中心、餐厅、国际会议室等，可以说是一个综合娱乐中心。

设备豪华的夜总会里，可以看见数百人演出的韩国民族歌舞以及欧美流行冰上魔术，场面盛大，令人大开眼界，叹为观止。坐在座位上，看到舞台分为三部分，中间是一个大舞台，左、右分别是小舞台。座位设计得也很奇特。五个环形的台阶上放着一张张桌子。人们围着方桌子坐下来，小姐还免费给你送一份柳橙汁。每张方桌子上还摆有几只蜡烛，蜡烛闪着火焰，仿佛把我们带入了仙境。

表演开始了，演员们身着五彩斑斓的民族服装上台了。他们跳着优雅的舞蹈，《宫廷之秘》展现华丽的舞鼓与热烈的鼓舞，《欢聚》展现兴致盎然的教坊舞和长鼓舞……音乐时而欢乐，时而悲伤，变化无穷。

接着，由欧洲人表演冰上魔术，演员们像鬼狐变幻：本来演员是站在舞台上的，一秒钟后不知怎么就突然从观众席里冒出来，弄得我晕头转向。

乐 天 世 界

据说乐天世界是世界最大的室内游乐场。入内后，可以看见纪念商店里卖着各种玩具，可以听见人们的喊叫声、音乐声、器具声……

我们先玩"辛巴的冒险"。坐着探险汽艇，在地下水路里看见喷火三头龙、会说话的墙壁和铺满金银珠宝的宝藏。有时，汽艇会慢慢往上开，然后突然下冲，挺刺激。但没有常州恐龙园的"穿越侏罗纪"刺激。接着又玩"法国大革命"过山车。好玩的是那几乎横跨半个室内的长长轨道。过山车开得飞快，好像几十秒就转一圈。在黑暗的轨道里，它一会儿把你向左甩，一会儿把你向右甩，一会儿把你倒过来。真刺激！我毛骨悚然，吓得不敢叫出声音。

然后,我们玩海盗船。我觉得这里的海盗船比金山的海盗船有趣。它不仅装饰得更漂亮,而且会把你甩得更高,又好像要把你从高空垂直扔下去。

滑　雪

第四天,我们起了个大早,啊!太好喽!我终于盼到了滑雪的这天啦!我们坐着汽车来到了滑雪场。只见滑雪场上的树是白的,房子是白的,山是白的,地也是白的,到处白茫茫的一片。清早滑雪场上还没什么人,只有滑雪运动员在训练。

换上笨重的雪鞋,套上雪橇,要开始滑雪了。我慢慢在平地上滑,但妈妈叫我上传送带,从半山腰上冲下来。我上了传送带,看见田霖宜从半山腰上冲下来,没控制好自己,在山脚下跌了个"狗吃屎",在洁白的雪地上印了一个五彩的"大"字。真好

笑!我从半山腰上冲了下来,在人群中穿行,竟然停在山脚,还站稳了!第二次我也没跌倒。第三次,我有点儿得意,滑下来跌了个跟头。我正要爬起来,一个人又从山上冲下来,正好冲到了我的身上,我又跌下去了,两个雪橇戳到了我的屁股上,疼得我哇哇大叫。第四次,我更紧张了,又跌了一个大跟头。不过,跟头没有白跌,因为我已经有一点儿会滑雪了。渐渐,滑雪场上的人越来越多,不是我把你推倒,就是你把我撞倒。有的人刚爬起来又被撞倒了。不知不觉,两个小时过去了。

结　语

韩国的五日游很快就结束了,但韩国的山水景观、人文习俗给我留下了深刻的印象。韩国人很爱干净,世界杯6万多人的体育场足球赛结束后,场内看不到一张废纸;韩国人很讲究环保,宾馆里不提供一次性牙刷等。大街上很干净,看不到一口痰。他们还很注意节能,饭店里基本上用节能灯。这些是不是值得我们中国人思考、学习?

作为一个中国人,在韩国旅游也感到很自豪。因为我知道了韩国以前还是中国的一个诸侯国,而且很早还使用中文……同时,我感到中国的历史多么悠久,建筑多么雄伟……

 写作时间:2004 年 8 月

　　哈哈！ 我们的超级团队组成了！为什么叫超级团队呢？因为 10 个妈妈带着 11 个孩子，组成 21 人的超级团队。

　　这里的"贪睡懒虫"朱子豪到哪儿都睡觉，就连在飞机上也睡觉。有一次，他还一边睡一边吃呢，也许在梦中吃大餐吧。他妈妈滕道燕是我们幼儿园的老师。"贪吃鬼"张哲宇没"带"妈妈。他特能吃，一次吃烤全羊时，他把一只羊后腿独吞了，让我们惊讶得目瞪口呆。见什么爱什么的江千惠，总爱买些小玩意儿，她的头发总是打扮得花枝招展的。她的妈妈王玲阿姨会给女孩子们梳各种各样花花绿绿的辫子。伶牙俐齿的周宜人心情时好时坏，特会辩论。她的妈妈董磊阿姨，又瘦又高，很漂亮，很能干，总是忙前忙后为我们小孩子服务。"调皮王"陶金在汽车上还打打闹闹的。他的妈妈是金晖阿姨。"绿豆芽"方舟很瘦很高，她妈妈薛莲阿姨是我们团队管账的，一有空就算账。我们想买东西时都要跟她讲。儿童团长秦臻姐姐没"带"妈妈，所以她最自由，像个假小子。"Blue Cat"阿姨孙秋芳开过蓝猫店，她脚上的鞋、袜都是蓝猫的。所以我们叫她蓝猫阿姨，她没带孩子。不爱多话的王晨亮总是跟着他妈妈童美芳阿姨。外号叫"牛肉"的刘璐很有主见，有时大人也听她的。她的妈妈韩秀华阿姨是我们的摄像师，她胸前总挂着摄像机，到哪儿她都最忙最累，忙前忙后给我们摄像。我的老游伴田霖宜是我的同学，他和他的妈妈曹静阿姨跟我们一起去过韩国。我妈妈是团长，众人让她当团长还不是把她当枪使——管我们嘛。

　　哈哈！我们这个团是不是很有趣呀？

骑"小海马"

马是草原上的交通工具。内蒙古人3岁时就必须会骑马,迁居、赛马、放牧都要用马,马奶、马奶酒、马奶片、马奶奶酪也是草原人喜欢吃的。

到草原上我们就要骑马喽!来到铁骑俱乐部,这里的马又肥又高又大。正当妈妈们拿不定主意时,我们小孩已经上马了。妈妈们只好也跟着上马,她们又紧张又害怕,我们却神气活现。就这样,我们这支马队浩浩荡荡出发了。

没走多久,我们就看见一群绵羊在吃草。一大片的绵羊像天上的白云降落到碧绿的大草原上,又像在大草原上开出了一朵朵会移动的大白花。

我一边前进,一边与马的主人交谈。我骑的这匹马叫"小海马",是公马,6岁。主人说,这匹马能跑很快。渐渐地,我们在马背上适应了,便想让马快点跑。有时候,主人也会满足我们的要求。当马奔驰时,我们在马背上一颠一颠的,感觉更爽,简直就像威武的小骑士。

到了前方,只见两个雪白的蒙古包。我们进了蒙古包,脱掉鞋子,上了红地毯铺成的铺上,围着小方桌而坐。桌子上放着奶酪、油面果、炒米,主人热情地给我们端上奶茶。一会儿进来了两个小女孩,她们也热情地招待我们。她们说,她们是表姐妹,都只有8岁,上一年级了,平时都住校,一周回家一次,衣服自己洗。听到这儿,有的小朋友佩服得叫起来了。临走时,我们还从包里拿出一些吃的和一些小玩意儿送给她们,并和她们照了相。

离开了蒙古包,又上马了,没走多久,我的马莫名其妙地停下来了。有人喊:"陈旻茜,你的马小便啦!"许多人哈

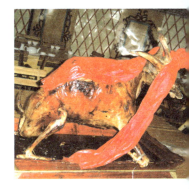

哈大笑，我也乐了。"小海马"小完便又继续往前走了。方舟那匹马的主人把缰绳给了方舟，让方舟自己骑。大家非常羡慕，都要求马的主人把缰绳给自己。"小海马"的主人同意了。我自己拉着缰绳骑着马，多帅呀！

噢！我忘了跟大家说了，我们这支马队里还有三匹小马驹呢！一匹3岁，一匹1岁，一匹只有3个月。它们都紧紧跟着自己的妈妈。走着走着，马儿们渴了，马的主人便把马群牵到了泉边。泉水清澈见底，在阳光的照射下，晶莹透亮，像是在绿色的地毯上嵌了一块蓝宝石。周围的花、草显得格外美丽。

骑着骑着，妈妈们的腿都夹酸了，我妈妈最倒霉，她的屁股都颠破了。我们小孩却安然无恙。返回到起点，妈妈们从马上下来，都不大会走路了。

烤　全　羊

烤一只全羊要三四个小时，晚上，我们在一个很大的蒙古包餐厅里吃烤全羊。穿着蒙古袍的四个主人托着木托盘上来了。只见木托盘上直直地站着一只小羊羔，它的皮被烤得焦黄。小羊羔身上披着红丝绸，头上还扎了一个大红结。它昂着头，挺着胸，依然像一位长了角的大将军。主人介绍说，烤全羊是用6个月大的小羊羔烤成的，这样的肉才又香又嫩，它是蒙古人用来招待最尊贵的客人的。

我们赶紧一一站在全羊旁拍照。接着主人给我们献上哈达。听当地人说：白色的哈达代表白云，象征着纯洁；蓝色的哈达代表蓝天，象征着真诚；红色的哈达代表太阳，象征着热情；绿色的哈达代表大草原，象征着宽广；黄色的哈达代表大地，象征着辽阔。主人们给我们献上的哈达是蓝色的。他们还拉起了马头琴，唱起了蒙古歌。

主人们要我们选一位最尊贵的人在羊的额头上刻一个十字架，因为内蒙古人不吃羊头，羊头是做供品用的。大人们你推荐

我，我推荐你，最后妈妈在羊头上划了一个十字架。主人用蒙古刀砍下羊头，拿走后，便开始切羊了。只见他三下五除二，便把羊肉切好放在四个盘子里端了上来。我们就狂吃起来，羊肉又酥又香，有点腥味。张哲宇最厉害，他拿起一只羊腿就啃，还一边喝着啤酒。不一会儿，就把一只羊腿消灭了。

此刻，写着写着，我仿佛又闻到了香味儿，又馋涎欲滴了……

草原美景

"美丽的草原我的家，风吹绿草遍地花。彩蝶纷飞百鸟唱，一湾碧水映晚霞。骏马好似彩云朵，牛羊好似珍珠撒。牧羊姑娘放声唱，愉快的歌声满天涯……"听着《美丽的草原我的家》这首歌，我们来到了辉腾锡勒大草原。这是一处原始大草原。上面分布着九十九个湖泊，仿佛是绿色的地毯上嵌着的九十九块大大小小的蓝宝石。雪白的蒙古包星罗棋布地搭在草原上，好像绿绸缎上嵌着许多小白花。

草原上的人们能歌善舞，他们穿着五彩的蒙古袍，又唱又跳，欢聚一堂。当人们来到草原时，好客的当地人会献上一杯马奶酒，人们要用无名指三蘸：向天一弹，敬天；向地一弹，敬地；在额头一抹，敬祖先。这是当地民俗。

草原日出

草原漆黑一片，我抬头看看天空，像一块湛蓝的幕布，星星还在眨着眼睛；东边的地平线上有一点点淡淡的橘红；低头看看草、花，看不清是什么颜色；看看蒙古包，只见模糊的轮廓。风车不再转动，像一个个剪影。

5点，草原上黑乎乎的一片，东方地平线上出现了一条细细的云霞层，天空仍然深蓝深蓝。5:10，天空呈现出海蓝色，地平线上的云霞层也厚了一些。5:20，天空变得蔚蓝，云霞又厚了许多，还添了些淡黄。这时，云霞的颜色用语言简直无法形容，说它是蓝，可又有点泛紫，说它是红，可又有点泛黄。现在只能怪自己会的颜色的词汇太少了，或者是世上形容颜色的词汇太少了。5:30，天空淡蓝淡蓝亮堂了许多，身边的蒙古包越来越清楚，云霞夹着绿色、蓝色、黄色、红色。5:40，天空亮多了。

太阳还没出来，大家穿着薄棉衣冷得发抖，这可是夏天呀！怪不得人们把辉滕锡勒大草原称作"寒冷的高原"哪！我们开始围着场地跑步了。董磊阿姨冷得把被子裹在身上，像个内蒙古人；"Blue Cat"阿姨把丝巾裹在头上，活像个狼外婆。这时太阳还不给面子，就是不出来。5:50，天空红了许多，地平线上出现了一个金黄色的小牙儿，又像个小圆点。"太阳出来啦！"我大喊起来。这时，湖面上冒起了水蒸气，雾气飘飘，天空中出现了几条五彩的线条，仿佛是一位神仙用彩笔画出来的一样，花、草上

有一些晶莹透亮的露珠，把花草衬托得更美丽。就在这时，太阳又出来了一些，大家争先恐后地拍照。

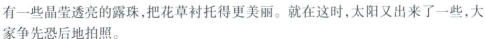

这场面比仙境美，哪怕是世界上最好的画家也难以用色彩画出，哪怕是世界上最好的文学家也难以用语言描绘出来。

草原的日出真是美不胜收啊！

太阳把金辉撒向大地,草原显现出一片生机,河水欢快地流动,鸟儿自由地翱翔,虫儿尽情地鸣叫……新的一天开始啦!

呼和浩特博物馆

到哪儿旅游,我们都要参观当地的博物馆。今天,我们去参观呼和浩特博物馆。

这里有四个展厅。第一个展厅,讲的是史前生物。我们看到一些很有趣的化石。其中,有两只恐龙在打架,讲解员说:"这对化石刚挖出来时就是这个样子,古生物学家都感到很奇怪。"往前走,展示着一个巨大的化石骨架,这是查干诺尔龙化石。这种龙的脑容量很小,所以它反应很迟钝。假如用一个大夹子夹住它的尾巴,它要等到第二天才能发现。我们还看到一头庞大的猛犸象,它差不多是现在大象的三四倍呢。讲解员说,它的头部是人工做成的,因为它的头部太重了,科学家想方设法也无法装上去。它的头部现在正在日本博物馆展出呢。

在内蒙古挖掘出的恐龙有斑龙、甲龙、似鸟龙……我们还看到了恐龙蛋化石,一个恐龙蛋化石差不多有6个鸡蛋那么大。还有一种奇特的恐龙,它有三排牙齿,如果它掉了一排牙齿的话,牙还会再长出来。有小朋友打趣说这也未免太浪费了。讲解员又指着一只似鸟龙说:"这种龙没有牙齿,靠吃一些小石子来磨胃里的食物。磨好以后还要把胃里的石子吐出来,这时的石子又光又亮。"讲解员带我们看了一些食物化石,说:"这些化石是从一只恐龙的胃里取出来的,它胃里的食物还没消化完,就死了。"我们还看了许多恐龙牙齿的化石。

第二个展厅是民族文化厅。这里有鄂温克族、达斡尔族、鄂伦春族的展览。鄂温克族有三千多人,以前生活在大兴安岭的深山老林。这个民族是以打猎为生的。他们的屋子是用白桦树皮和木头做的。他们有三怪:窗户纸糊在外,小孩和摇篮挂起来,大姑娘抽烟袋。驯鹿是他们的林海之舟。现在政府正在让鄂温克族人迁居到为牧民统一盖的木房里去。达斡尔族是契丹人的后代,共有七万五千人。鄂伦春族只有四千到七千人,他们飞快地从原始社会直接过渡到社会主义社会。

我们还了解到了民族服饰。其中一个不知名的部落,未婚女人扎一个辫子,已婚女人扎两个辫子。女人都要戴帽子,有一顶帽子差不多有十八斤,谁帽子上的玛瑙、珍珠多,就表示谁家富有。

我们还看到"草原英雄小姐妹"玉荣和龙梅的故事，以及男儿三技——摔跤、赛马、打猎……

最后，我们又参观了另外两个厅……

喂鹿

包头市秋冬季节风沙很大，人们出门都要用纱巾把头裹住，因而得名。包头市又被称为鹿城，因为这里鹿很多。

晚上，我们来到银河广场。这里灯光通明。

来到了喂鹿区，我拿了一桶胡萝卜，开始喂鹿了。这儿差不多有二十几头梅花鹿。有的在树下睡觉，有的在空地上散步，有的在"聊天"，还有的在抢食……它们有大有小，有高有矮，黑黑的小鼻子，毛茸茸的小耳朵，还有那炯炯有神的大眼睛，很惹人爱。

刚开始我们一根一根地喂，可这样鹿吃得不过瘾，我们干脆把桶伸给鹿，让鹿把头伸进桶里吃个够。这些鹿一点儿也不谦让，总是抢食。我们给小鹿喂胡萝卜时，大鹿就会来抢着吃，甚至把小鹿挤到旁边去，自己独吞。其中，有一只梅花鹿的角不知被谁砍掉了，还流着一些血，真可怜！于是，我就多给它喂一些，想给它一些安慰。我喂了一桶，又要了一桶胡萝卜来喂。我给一只母鹿喂胡萝卜时，它的头一点一点，都把鼻涕弄到我手上了。我想摸摸它，就用胡萝卜引诱它，它吃食时，我用手摸摸它，那毛茸茸的头摸起来特别舒服！

这些鹿真可爱！我真想领一只回家去养养！

成吉思汗陵

八百多年前，碧野无垠的大草原上，诞生了一位"头角峥嵘"、"手握凝血如赤石"的战神。这位战神用"铁蹄"成就了他彪炳千秋的神奇史话。他就是一代天骄

成吉思汗，蒙古语意思是"像大海一样伟大的领袖"。

成吉思汗的一生是征服天下的一生。他将草原上落后、分裂的蒙古部族统一在一起，并且成功地建立了地跨亚欧两大洲的大帝国，开启了"丝绸之路"，推进了东西方以及阿拉伯各国之间的经济文化交流，为元朝的建立奠定了坚实的基础。

今天，我们去位于鄂尔多斯高原伊金洛旗草原上的成吉思汗陵。老天不作美——下起了大雨。大人们打起了雨伞，小孩们穿上了雨衣，跟着导游。雨太大了，我们已经浑身湿透，但是再大的雨也打消不了我们参观成吉思汗陵的兴致。

成吉思汗陵是成吉思汗的后代为纪念他而建的。起初陵寝由8座白色的大帐构成，称"八白室"。1954年，改为富有民族特色的陵园宫殿，由3个蒙古包式的宫殿一字排开构成，三个殿之间有走廊连接。在3个蒙古包式宫殿的圆顶上，金黄色的琉璃瓦在雨中仍气派无比。圆顶上部有用蓝色琉璃瓦砌成的云头花，是蒙古民族所崇尚的颜色和图案。

到了馆内，我们看见了成吉思汗生前用过的纯金马鞍、装奶的木桶、弓箭、马鞭。只有这几件才是原物。我还知道成吉思汗统一了内蒙古货币、文字。成吉思汗的孙子忽必烈创建了元朝。近八百年来世代祭祀成吉思汗的守陵人是勇敢、热情、彪悍的鄂尔多斯达尔扈特人。而在成吉思汗66年的传奇生涯中，也从未有一位将领背叛过他！

成吉思汗9岁时父亲被杀，他以草根填饱肚子。他从没看过《孙子兵法》，却横扫亚欧、用兵如神、天下无敌，逢必战、战必胜，真了不起。我佩服他！在那儿，我特地买了一本人民文学出版社的《成吉思汗》，回去慢慢读。

骑 骆 驼

天下起了雨，而我们游兴未减，穿上租来的雨衣、雨裤，坐上缆车，向响沙湾前进。我看见深渊里有一条不知名的河水在哗哗地流淌，仿佛我也成了一滴小水珠，和其他的水儿一起嬉戏、一起欢快流淌。小河旁、沙漠上有一些雪白的蒙古包，有些人在蒙古包里躲雨。多美啊！我正想，不知不觉缆车已经到了响沙湾。

下了缆车，走到了骆驼圈。我们在蒙古包下躲雨，等待骆驼。奇怪的是圈里还有许多骆驼蹲坐在那儿。为什么不让我们骑这些骆驼呢？看守人说："这些骆驼不听话，不能骑。"我想：是不是给它们东西吃少了？我又想：盯着老实的骆驼骑，让不老实的骆驼自由自在，真会欺负老实"人"！

这时，风更吼，雨更大，蒙古包上的彩旗都快被撕破了，发出呼呼的响声。骆驼都被淋成"落汤鸡"了。有的骆驼冷得站起来跑跑做热身运动，有的骆驼靠在一起取暖。

骆驼终于来了，我骑上了一匹白色的领头骆驼。骆驼后腿先起，我身体往后一仰，前腿后起，我身体又往前一倾。我突然发现骆驼那么高，真把我吓了一大跳！大家纷纷骑上骆驼。这队骆驼出发了。

不知是下雨，还是下冰雹，打在脸上特别疼。我只能眯着眼睛欣赏沙漠风光。骆驼却很聪明。风沙是从左向右刮。后面的骆驼会把头往前一只骆驼的右边伸，用前一只骆驼的身体挡风沙。走着走着，有人喊："周宜人的骆驼大便啦！"大家都"噗嗤"一笑。正在大家笑时，我发现周围有一些绿色的植物，它们的生命力多顽强呀！现在，它们一定在大口大口喝着雨水呢！

不知不觉，我们转了一大圈又返回到了骆驼圈，骆驼往下坐了，它前腿先往下跪，把我往前一颠，接着后腿往下一跪，把我往后一甩，我差点儿被摔下来。等骆驼跪稳了，我才小心翼翼地下来。

骑骆驼真刺激，因为骆驼比马高，更有趣！

滑沙

沿沙坡滑下去，又高又陡，一定刺激。

我和妈妈坐在一个滑板上往下滑。我们想把手插进沙子里，让滑板滑慢点，可还没来得及控制，滑板就已经"嗖"地一下快速滑下去了。我们都没反应过来就已经滑到底了！弄得全身是沙子，抖也抖不掉，真难受！但我不过瘾，还想滑。妈妈同意了，我便顺着软梯往沙坡上爬，好不容易才爬上去。我和导游坐一个滑板往下滑，十几米高，一会儿向左，一会儿向右，像一条条又粗又短的小蛇飞快地从沙坡上往下滑，风声、雨声从耳边呼啸而过。

刚下来，我就看见刘璐和她妈妈坐滑板滑到一半，从滑板上滚了下来，弄得满脸全是沙，成了两个沙人了。有人开玩笑，说："这不叫滑沙，叫滚沙。"逗得我们哈哈大笑。咦？那边怎么也笑了？我仔细一看，噢！原来田霖宜也想再滑一次，沿着软梯往上爬，可越爬越慢，有时候还停下来，上也上不去，下也下不来。看着真吃力！

滑沙真有趣！虽然只有短短的一瞬间，但是让人回味无穷！

结语

短短的内蒙古之旅很快就结束了。那一代天骄——成吉思汗的故事，四大美女之一——王昭君的传说，让我迷恋神往；那草原上美丽的风光，让我流连往返；那美味的土特产，让我回味无穷；那悠扬的马头琴声以及豪放的蒙古歌曲，还回荡在我耳边……

在扬中过年

　　往年过春节,我总是由爸爸、妈妈带着出远门旅行。所以,我从来就没去过农村过新年。今年,我们跟爷爷约定好,一起去扬中老家过年。

　　年三十上午,我们怀着兴奋的心情,上了车。

　　听爷爷说,到了扬中可以尽情放鞭炮,还可以玩鸡、喂羊。如果运气好的话,我们还可以钓鱼呢!

打雪仗

初一下午,我和妹妹躺在床上,津津有味地吃着零食,美滋滋地看着电视。窗玻璃上突然传来"噼里啪啦""噼里啪啦"的声音。我吓了一跳,往窗外一看,兴奋得一蹦三尺高:"哈!下雪籽啦!"妹妹也嚷道:"要是雪下大一点的话,我们就可以打雪仗哩!"

晚上,雪越下越大,越下越猛,在地上、房顶上、车上、工地上积了一层薄薄的雪。我们来到一个亲戚的工厂里吃晚饭。我们无暇饱餐桌上的美味佳肴,糊弄了两口,拉着陈捷叔叔出去打雪仗了。虽然是晚上,但是院子里被洁白的雪映衬着,所以比往常亮得多。

我和哥哥一伙,妹妹与陈捷叔叔联盟,王啸宇则孤军奋战。

妹妹是专门的"造弹工人"——负责造雪球,哥哥和叔叔是"士兵"——专门打仗,我则是"两用兵"——一般我是负责造雪球,当哥哥需要人帮助一起攻打时,我就上前助战。王啸宇是"综合兵"——自己造弹、打仗。我正跃跃欲试,哥哥把我拉到一个角落,告诉我一个秘密供应站——一个不易被人察觉的地方,只有我、妹妹、哥哥知道,当我做好雪球时,就放在那儿,以便哥哥拿取。

"战争"开始了。一个个白色的雪球划破喧闹的夜空,似一颗颗白色流星飞驰而过。

哈!叔叔本想砸哥哥的,没想到哥哥一闪,雪球砸到了小姑奶奶的腿上,弄得小姑奶奶差点跌跟头。正在叔叔发愣时,哥哥拿起一个雪球,用力扔出去,砸到了叔叔的脖子里。这时,叔叔才反应过来,"啊"地一声大叫,用力把两个雪球朝我和哥哥掷来,哥哥一闪,躲了过去,我用雨伞一挡,雪球砸到了伞上,开了花,洒落到了地上。

最终,王啸宇退出,叔叔认输,我和哥哥赢了!

溜旱冰

来扬中的路上,我看见妹妹的黑皮靴上有一双安装上去的粉色的轮子,滑动起来时,还会闪闪发光呢!我非常眼馋。这时,妹妹好像想起了什么,拿起一个蓝色的纸盒说:"给你,这是一双蓝色的轮子。"我非常高兴,说了声谢谢,就忙请伯伯帮我调一下螺丝的松紧,迫不及待地安装在我的鞋上。呵!感觉不错!下了车,我就连忙滑了起来。我和妹妹都滑得不错,很"溜",从这时开始,我和妹妹都成了"溜溜族"成员了。

滑了没多久,我就发明了新滑法:蛇形滑。我先在平地上跑一段,然后,直线滑,往右滑,往左滑,往右滑,往左滑,右滑,左滑……一直滑到没有动力为止。滑出的路线像蛇一样,扭扭曲曲,所以被称为"蛇形滑法"。

在一块平地上,我和妹妹比赛谁滑得快。不过,这次比赛很特别:由自己的爸爸拉着滑,哥哥没有滑轮,所以做裁判。哥哥发出口令:"One,two,three,go!"我们被爸爸拉着,风一样往前滑。爸爸和我一路顺风,滑在前面,叔叔拉着妹妹紧跟在后,可没多久,妹妹就重重地摔了个跟头。比赛总是残酷的,我也顾不了那么多,继续滑。我们一路畅通无阻。啊!我赢了!正在我高兴时,却不小心,"扑通"也跌了个跟头。

晚上,我和妹妹回到旅馆一看,我们的腿上都青了。

但是,我还是爱滑冰!

游环岛大道

大道很宽,很长,有四个车道,横穿整个扬中,由它可到达扬中市所有的乡、镇,真可谓是"四通八达"。

爷爷告诉我们:扬中市是一个小岛,它是锅底状,市里没有山,所以这里的土就显得很珍贵。建筑大道用的土都是从江南运来的。扬中大道这么长,这么宽,要用多少土呀!当年扬中人民建造这条大道是多么困难呀!那真要有愚公移山的精神。

大道两旁的每个路灯上都挂了三个大红灯笼,远远望去,就像一条红色的长龙,给大道增添了节日的喜庆。

在环岛公路修建之前,扬中几乎每年夏天都要闹水灾。一到夏天,人们就提心吊胆,一旦发起了水灾,人们还会死的死,伤的伤,财产也丧失无数。于是,扬中人就下定决心建了这条120公里长的环岛公路。有了这条又高又宽的防洪大堤,即使再发生洪水扬中人也不怕了。因为防洪大堤把江水挡在了扬中市外,而整个扬中城却固若金汤。

向外望去,江面上行驶着许多船,浪花不断地、轻轻地拍打着岸边,真是美极了!

公路的大堤上许多柳树映入眼帘。你可别小瞧这些光秃秃的柳树,夏天时,它们就会长出碧绿的长辫子,江风吹来,那些长辫子随风飘荡,美丽极了! 柳树不仅美丽,而且还能起到固土的作用。每当闹洪水时,柳树就能减少洪水对大堤的冲击力。

放烟花爆竹

对于城市里的孩子来说,放烟花爆竹是属于那些淡淡的记忆了。

因为扬中没有禁放烟花爆竹,我们就可以痛痛快快地放一回了! 汽车刚停下,我和妹妹就跳下汽车,冲向烟花爆竹店,一下子就买了50支"九条龙"和一些叫不出名字的包装精美的烟花。我先把一支"九条龙"轻轻插在地上的圆洞里,并点燃导火线,随着"嗖"的一声,"九条龙"迅速窜上了天空,并立刻无影无踪了,天空只留下了一缕淡淡的烟雾。"嗖"的声音接二连三,烟雾从一缕缕变成一团团,再由一团团变成一片片……空气中的火药味越来越浓,烟雾越来越多……不一会儿,50支"九条龙"全被我和妹妹送上了天空。

晚上,吃完晚饭,大家又一起出来放烟花。爸爸和叔叔抬了一个叫不出名字的大箱子——一种装烟花的箱子。

叔叔点好导火线,随着"嗖嗖"的声音,烟花接二连三地飞上了天空,有的似金蛇狂舞,一枝独秀;有的似霹雳流星,银光闪烁;有的似长空一剑,傲视群雄;还有的似天上的繁星坠落人间……这箱烟花足足放了十几分钟。

这时,妹妹不知从哪儿冒了出来,手上还提了一个大红塑料袋,里面装的全是烟花爆竹! 我先从里面拿出一种叫"百年好合"的烟花来。我把它放在地上,并点燃导火线,撒腿就跑。紧接着,五彩的烟花从火药盒里"跳"了出来,越跳越高,最后,烟花不见了,火药盒里"蹦"出了红色的火光,然后,从红色的火光中又"蹦"出了银色的火光,直冲云霄。

叔叔又递给我一种叫"降落伞"的烟花,因为我过于兴奋了,不管三七二十一,一放在地上就点燃导火线,没想到竟然放反了,降落伞没往天上飞,却往地里钻,惹得大家哈哈大笑。更有趣的是,我把没用的降落伞从地上捡起来,瞧个究竟,最后想把它往天上扔,没想到降落伞没扔出去,反把手上的打火机扔出去了。空气中弥漫着浓浓的火药味,飘着浓浓的烟雾。我幸福

地嗅着,兴奋地喊呀叫呀跳呀……

　　接下来的两天,我们不断玩出新花样。哥哥点燃一个擦炮,在手上燃烧两秒钟,然后扔进大水塘里,一秒钟后,水面上会冒白泡,三秒钟后,擦炮爆炸,并溅起一米左右的水柱,宛如银花四溅,白练腾空。而我和妹妹也发明了一种新玩法:站在二楼阳台上,把一支"九条龙"瞄准大水塘。"一、二、三,开火!"随着"嗖"的一声,"九条龙"钻进了水塘,立刻消失了。

　　"噼里啪啦! 噼里啪啦!"烟花爆竹声响不断,那声音直到我们离开扬中才停止。

　　烟花爆竹,它在我的脑海里不再是那些淡淡的记忆,它被我视为一种最有趣的娱乐活动!

瑶溪野营

写作时间:2005 年 6 月

四年级下学期

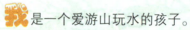是一个爱游山玩水的孩子。

我去过哈尔滨,领略过晶莹的冰雕;我去过北京,领略过悠久的历史;我去过内蒙古,领略过辽阔的草原;我去过海南,领略过绮丽的南国……但我从没有背着行囊,走在铺满石子儿的山路上,露宿在深山老林里。

这次,学校的老师们组织野营活动。虽然这是大人们的活动,但是我多么希望也能体验野营的乐趣呀!因为我相信,我能行。我再三恳求,妈妈经不住我的软磨硬泡,只好同意了。于是我和妈妈成了这支野营队里的一"老"一"小"。凌晨四点半,汽车出发了,我的瑶溪之行开始喽!

攀　　岩

　　汽车开了5个多小时，来到了一个小镇上。我们在小镇上吃了午饭就进山了。山路很陡，最多只能供两辆汽车小心地对开，山路的一边是陡峭的山壁，一边是悬崖绝壁。大概又开了十多分钟，汽车在一个涵洞口停住了。我们下了车，背上旅行包，真正的野营之旅开始喽！

　　我们沿着又陡又滑的羊肠小道艰难地往山上爬。翻过一个山头后，来到一座岩壁前。只见岩壁又陡又滑，几乎找不到落脚处。岩面上垂挂着一根麻绳，是让我们攀岩用的。由于麻绳太粗糙，容易把手蹭破，所以朱老师建议我们戴上手套，如果没有手套就把棉袜套在手上，当手套用。

　　妈妈把她的手套给了我，然后在我的包里拿了一双袜子套在了手上。正在我们准备的时候，"狼王"叔叔像猴子一样只几秒钟就轻巧地爬了上去，连麻绳都没碰，真是身轻如燕啊！莫非他有"特异功能"？还是他脚下的那双鞋有机关不成？让我们看得目瞪口呆。

　　我排在队伍的最前面，大家催我快上。我套上手套，连忙抓着绳子笨手笨脚、小心翼翼地往上爬。我一边用手抓紧麻绳，一边低下头来找石壁上的落脚处。我的脚几乎使不上劲，因为落脚处都太滑了。我拼命稳住身子，还要使劲把劲儿往手上使。眼看要到顶了，石壁更陡了，上面的一位叔叔把我往上一拉，我才好不容易上了山顶。往下一看，这岩壁足有二十几米高，把我吓出了一身冷汗。再一看，其他人还在吃力地爬着呢！就连老妈也被我甩掉了。

　　接着，我们又沿着羊肠小道下山。下山的路也很滑、很陡，我们一边稳住身子，一边抓住旁边的植物，以防摔跤。有时山路太陡，我们就索性蹲下身来，手脚并用。一次，我抓错了植物——不小心抓了一个带刺的植物，结果我的手都被刺破了。真惨！

　　终于下了山，我们突然发现又回到了攀岩的起点，原来是导游在"耍"我们呀！

　　我们来到一座大坝上，稍作休息。大家个个都大汗淋漓、满脸通红，有的喝水，有的擦汗，忙得不亦乐乎……这时，"菜菜"阿姨建议我们就在这儿拍张合影。大家站好后，拉开了"菜菜鸟野营"的横幅，拍了一张"全鸟福"。我们朝山下望去,绿树成荫;往上看,天空一碧如洗;往远处看,山有高有低,连绵起伏……真是美不胜收!还没来得及欣赏够眼前的美景,呼吸够清新的空气,我们就又踏上了山间的旅程。

戏　水

　　我们翻过山,攀过岩,沿着山路小径慢慢往前走。忽然,传来一阵水声和欢叫声,我们加快脚步,声音也越来越大。猛一看,哇!眼前是一个小潭,潭水清澈见底,远处的溪水缓缓流入潭中。潭的一边是山壁,另一边是土坡。小潭里有几条橡皮船,几个橡皮圈,一条竹筏,许多人在快乐地戏着水。我连泳衣都没来得及换,戴上泳镜就往水里跳。

　　水底布满了鹅卵石,又光又滑,不小心就很容易被滑倒。几个女老师刚爬上橡皮船,还没坐稳,几个男老师就上前一齐把橡皮船掀翻,女老师还没来得及叫一声就一头栽进了水里。男老师们哈哈大笑。女老师可不会甘拜下风,抓住机会在水下反击,男老师们猝不及防,仓皇而逃,又找别的攻击目标了。

　　一会儿,朱老师手拿竹竿,稳稳地站在竹筏上,理所当然——她又成了男老师的攻击对象。竹筏比橡皮船重多了,根本掀不翻。男老师们对竹筏又拉又推又摇又拽,可朱老师就是不掉入水中。男老师们就一齐往竹筏上跳,竹筏一下就陷入了水中,朱老师也掉进了水里。

　　男女老师继续打起了水仗,那水花晶莹剔透像长了翅膀一般升上天空,又笔直地坠入潭中。水仗越打越激烈,我可不想凑热闹了,潜入水中游起泳来。这是我今年第一次在水中游泳,也是我平生第一次在山泉里畅游。我尽情地享受着水中嬉戏所带来的欢乐,享受山泉的清凉舒适。这时,我发现有两三条芝麻大的小鱼在我身边快活地游着,它们看见了我,连忙钻进了水中的沙土里。我想:它们是也想来凑热闹呢,还是因为我们的到来,打破了它们宁静的生活呢?

　　泼水声、欢叫声、欢笑声,组成了山林交响曲,在潭水边回荡……

溯 溪

　　天空飘起了毛毛细雨。大家戏完水,换好衣服穿上凉鞋,给背包罩上防雨罩,又整装待发。

　　沿着溪流艰难前行。不巧,刚一出发,就遇上了困难:溪流中间有几块大石头挡住了去路,我们又爬不上去。从右边走,是深深的溪流,会把包弄湿;从左边走,是"一线天"——两块大石头之间只留一条细缝,背着包根本就穿不过去。最终,大家想了个好办法:先把包放在岩石上,等人过去了,再把包递过去。但就这样放包、递包、背包的简单动作,在这儿做起来却很麻烦:包很重,放下背上都很不方便,而且脚下踩着石头很滑,人又站在水里。由于穿行的速度太慢,最终造成了"交通堵塞"。

　　大家慢慢往前行。由于我的背包太重,走路更慢。"狼王"叔叔见了就把我的背包拿去。他身上背着自己的大背包,因为他不仅带了睡袋,而且还带了帐篷和防潮垫以及酒精炉等一应俱全的东西,肩上再背上我的背包,人简直就被包给包围住了。但是他行走起来依然身轻如燕,还人前人后帮忙呢!

　　我们边走边观,两岸奇松倒挂,瀑布飞流,壮观无比。一路岩石千奇百怪:有的似巨蟒吐信,有的似老鹰扑壁,有的似鸟儿狂舞……我们有时淌过齐膝深的水,差点滑倒;有时爬上又高又大布满苔藓的岩石,差点摔跤;有时因为水太深,得攀上两米来高的岩石绕道而行。

　　又走了一程,终于来到了一块铺满鹅卵石的比较平坦的溪水里。不知咋搞的,老妈突然摔了个四脚朝天,四仰八叉。我正担心别撞破了头,只见妈妈身下的包成了支点,头和脚一上一下晃来晃去的,妈妈就像在玩跷跷板,惹得我哭笑不得。妈妈好不容易才爬了起来。嘿,包落到水里,湿啦!

　　这时,张军老师发现水里有螃蟹吐的水泡泡,就蹲下身子捉螃蟹。谁知,他没捉到螃蟹,反而滑了一大跤,逗得我们哈哈大笑。

　　我们一路上跌跌撞撞,走了不多远,又得爬上一块斜着的、又滑又平的石块,我四肢并用,像猴子一样爬行起来。又走了一段,我脚一滑,掉进了水里。不好,我的衣服、裤子全湿了。再爬上岩石可不容易,而且太烦,我干脆在水里游了起来。

　　老天爷大概发了点小脾气,把水打翻了——天上突然下起了大雨,在峡谷里穿行越来越艰难了,我们只好从溪边的坡子爬上大路,结束了我们的溯溪活动。

由于溪边的沙土太松,大家往上爬的时候,一块石头掉了下来,把我的脚当成了攻击目标,砸在我的脚背上,疼得我哇哇直叫。

入住农家

溯溪后,我们冒着大雨走了近两个小时,来到了峡谷的尽头。峡谷的一边是溪流,一边是山路,前方是大坝。山路边有几幢普通的农舍。我们赶忙走进农舍避雨。

决定入住后,大家卸下沉重的背包,坐下来休息。刚被淋成落汤鸡,又满身泥浆,能洗一把澡那当然最好,由于条件有限,热水限量,我们只能草草冲了一把澡。不过,洗过澡,身上清清爽爽,顿觉轻松多了。

玩了一天,肚子饿得咕咕叫了。大家都迫不及待地朝饭厅走去。农家的菜尽管简单,吃起来却又香又爽口。最好吃的是油炸土豆片。大家吃了一块还要吃一块,吃了一盆还要一盆。走进厨房一看,土豆儿都堆成山了。我们问这土豆饼是怎么做的。主人说,先把土豆去皮煮一煮,再切成片压一压,放油锅里炸一炸,就成了。

大家吃饱饭,心满意足地走出了饭厅。不知是谁叫道:"看哪! 彩虹!"众人的目光一齐向天空投去。没错! 在两座高山之间,架着一座七色彩虹桥。那七色桥艳丽无比,在一碧如洗的天空的映衬下,美不胜收。大家急忙打开照相机,对着彩虹狂照。因为这美丽的彩虹在城里可不多见啊! 不知又是谁叫了起来:"看那,还有!"远处,果然还有一条七色桥。我想:今日,牛郎织女可以相见了吧。

接着,我们去大坝上走了走。从大坝上回来,听说要举行篝火晚会,可把我乐得一蹦三尺高。

大家进屋搬几张凳子围坐在木架旁。农家主人把 DVD、音响搬了出来。原来篝火晚会有音乐伴奏呢! 搞得真隆重! 篝火点燃了。火光把一张张兴奋的脸照得格外红艳。月光洒向大地,一座座山就像剪影。远处不时传来蛙鸣鸟叫声,微风吹过丛林的沙沙声,小溪的潺潺流水声……大自然的声音令人心旷神怡,令人有种身处天堂的感觉。身处这世外桃源,人们把一切烦恼抛在脑后，心中只有快乐、幸福的感觉。

接着，有人提议："我们光坐着有什么意思，干嘛不搞点节目？"然后，有人讲笑话，有人出谜语……热闹极了。这时农家主人朝火里投了几个土豆，又搬出几个烧烤架子——烧烤开始喽！我和王之声各占一个烤架就忙活开了：又是烤鸡翅，又是烤香肠。空气中弥漫着烤肉的香味。我们边烤边送给大家，最后我才美美地吃了一根香肠和一块鸡翅。

晚上回到宿舍，我钻进睡袋很快就睡着了。第二天早晨，我们起床后，农家又以同样美味的早餐招待了我们。

吃完早餐，走出屋外散散步。只见一位老婆婆从峡谷间一座又窄又陡的小木桥上轻松地走来。她背上还背着一个小娃娃呢！小娃娃红嘟嘟的脸，黑黑的、水灵灵的大眼睛，可爱极了。大家围在一起逗小娃娃，也许这个小娃娃没怎么见过世面，看到这么多人，竟吓哭了。我们和老婆婆又聊了一会儿。老婆婆走了以后，我看看小桥，想上去走走，可又不敢。这时一个叔叔把我牵着，往桥对岸走。桥面分四段：第一段很稳，是水泥做的；第

二段很窄，是四根木头拼成的；第三段是薄木条拼的，走上去摇摇晃晃的；第四段很宽很稳。终于走到了对岸，我松了一口气。回头时叔叔让我在前面走。我很害怕，小心翼翼地、慢慢地往前挪。终于回来了！我高兴极了，又自己独自走了一回，成功了！

新的一天开始了，新的旅程也开始了！

速 降

第二天上午，我们来到了大坝上玩速降。

速降就是在身上套上安全套，再把安全套系在麻绳上，左手抓八字环，右手抓绳控制下降速度，身体与大坝呈斜角，顺着麻绳从40米高的大坝上往下滑。

站在大坝上往下看，好高、好险哪！一个胖叔叔给我们作了示范——他套上了安全套，手抓八字环，像蜘蛛侠一样从40米高的大坝上往下滑。只见他脚蹬墙壁，

飞"岩"走壁一般快速地滑了下去。我想，这么惊险，我才不敢玩呢。

接着，工作人员问谁先上。大家你望望我，我望望你，谁也不敢玩。这时，朱老师说她先来。大家都称她是女中豪杰。朱老师沉稳地套上安全套，手抓八字环，不紧不慢地滑下大坝。她不仅不怕，还悬在空中东瞧西看，观赏起风景来了。大家一个劲地给她摄像、拍照。最后朱老师安全着陆。大家又一起为她喝彩。真是的！男的不如女的，这哪像话！接着，体育老师潘老师也套上安全套从大坝速降。不知怎么搞的，他突然停在了空中，因为他技术不如朱老师，结果身体垂直悬在空中不好上不好下，像被树叶缠住了的毛毛虫。惹得大家又是尖叫又是喝彩又是大笑的。过了好长一段时间，这条"被树叶缠住的毛毛虫"终于摆脱了"树叶的纠缠"，身体倾斜，顺着绳子往下滑。

这时，朱老师从大坝下面爬上来说，速降一点儿也不恐怖，反而挺好玩的。看着她那轻松自豪的样子，我心里有点痒痒的，速降真的很有趣吗？我有点儿想玩了。我沿着大坝跑来跑去，想看清别人是怎么玩的。我越看越想玩。妈妈见我这样，便对我说："如果你决定玩，我不阻拦你，但你要有充分准备，不要害怕；如果你犹豫不决，我也不勉强你，但你以后别后悔。你再考虑一下。"于是，我对妈妈说，你玩我就玩。

过了好一会儿，又有几个人降下去了。也许是为了我，妈妈突然对大家宣布说她决定玩了。大家都很惊讶。我兴高采烈地在妈妈后面排了队。

这时，"天意"叔叔速降后爬上来了，他叫我不要玩，因为，八字环和绳子摩擦后太烫了，戴着的手套也很烫。他的手上的一块皮烫掉了，太危险了。他又说我太小，皮又嫩，更危险。然后，许多人都劝我不要玩，太危险了。这么多人劝，当然是言之有理，我和妈妈只好不玩了。我的情绪一落千丈，好失望啊！这时，"菜菜"阿姨说，镇江有个拓展训练基地，那里很好玩，也有这些项目，她下次让我去拓展基地玩。听了以后，我多云转晴，又高兴起来了。

溪 升

我们又来到一个峡谷口，抬头一看，天哪！一块块奇石屹立在我们的眼前。一条小溪在石缝中慢慢流着。莫非——我们要爬上去？

刚开始，我就遇上了困难：两块石头之间的空隙太大，我的腿不够长，跨不过去。一个叔叔想把我抱过去，可我太重，害得他差点摔跤。

石头上布满了苔藓，特别滑，我们得手脚并用才行。一次，我刚想用手抓住一块石头，可突然发现一只浑身是刺的毛毛虫趴在石头上，我吓了一跳，大叫："毛毛虫！"我这种菜鸟几乎不会攀，一定要前面人拉、后面人推，才能勉强往前挪。突然，一只绿色的像喇叭一样的小虫在一秒钟内窜到我的腿上。我吓得大叫一声。叫声引来一个叔叔，把它揍扁了。一会儿不知是谁，大叫一声："蛇！"几个叔叔凑上前一看，是一条幼年剧毒蛇——竹叶青。为了不惊动它，大家只好绕道而行。又攀了一段，王之声突然叫道："蚂蟥！"有人低头一看，蚂蟥逃了，倒是一只壁虎窜了出来。

这时，几块大石头挡在了路中央。李飞老师上去探路，一不小心一滑，扑通一声跌进了水里，大家哈哈大笑。他发现那里走不通，只好返回。回来时，他脚一滑又"扑通"一声跌进了水里，又乐得大家哈哈狂笑。我把肚子都笑痛了。

来到一个小水塘前，水塘下全是淤泥，人没法蹚水过去，塘边的石头又少得可怜。我踩在一块石头上，身子一晃，差一点跌进水里，虚惊一场。

又走了一段，有人大叫："蛇！"一看，不得了——这可是条成年竹叶青。我们只好又绕道，小心翼翼地走过去。

好不容易爬到了顶，我和王之声的腿上青一道紫一道，全是划口。

我们沿着羊肠小径往山下走。尽管山路很滑，但比起沿着峡谷的溪流往上爬轻松多了。但不可大意，瞧，我本想拉住一个植物稳住身子，没想到那植物带刺，刺得我的手疼死了。

往前走，忽然眼前一亮——一大片白色的野花在眼前。它们洁白如雪，还散发着清香。远处是绿色的桑树林，这绿色的树林把洁白的花丛衬托得更加美丽。

走到小径的尽头，发现又回到了溪升的起点。唉！又被导游"耍"了！

不过，我们这些菜鸟能有惊无险地溪升完毕，真是万幸啊！

澳大利亚游学

写作时间：2005 年 8 月

四年级暑假

7 月 25 日，我们这支由 89 名学生和 9 名带队老师组成的游学访问团，来到上海浦东国际机场，将要前往澳大利亚度过美好的 14 天。我们来自江苏省的不同城市，有南京的、昆山的、泰州的、常熟的……我们学校有 11 名学生参加。巧！我妈是带队教师。别人羡慕我有妈妈照顾，不过，我倒羡慕别人，离开老爸、老妈的视线，那才自由呢。反正我会离老妈远远的。

下午四点多，我们登上了国际航班，怀着对澳大利亚那块美丽、富饶又神秘的土地的向往，踏上了去澳洲的旅程……

途中——"超级"国际航班

　　下午 3 点开始,我们办理了一些乱七八糟的复杂手续,4 点终于登上了飞机。

　　这可是国际航班哪! 它有五个机舱,大概可以载五百多人。飞机上的空姐穿的是东南亚特有的服装——印有花花绿绿的别具一格的热带风情图案的套裙。男服则是西装。

　　刚坐下来,我又是一阵激动——前面的座椅背上居然还有迷你电视机! 我连忙从座椅的扶手上拿出遥控器开始捣鼓起来。不一会儿,空姐给我们每人都发了耳机,这样,我们就可以各玩各的、各看各的了,互不干扰。

　　又过了一会儿,空姐送饭来了。有土豆加鸡肉,还有叉烧饭。我点了叉烧饭。里面的东西真多呀! 有蛋糕、烧肉、米饭、山泉水、果冻、蔬菜沙拉……另外,我还点了杯加冰果汁。这真是"皇家"待遇呐——边享受美食边打游戏。

　　吃完丰盛的晚餐,我又开始捣鼓电视了。捣鼓来捣鼓去,终于把电影片搞了出来。我先看了《海底总动员》,觉得不过瘾,又看了一会《怪物电力公司》,还看了一会《精武当家》……不知不觉,五个小时过去了。广播里传来叮嘱:"女士们、先生们,飞机很快就要降落了,请系好安全带。"这时,空姐拿来一个大袋子,哇! 原来发纪念品了。我拿了一个长毛绒玩具狗"史努比"。

　　下了飞机,已经 10 点了,可是我们还不能休息,因为这是经停新加坡,我们还要等待下一班飞机飞往澳大利亚。

　　夜晚 11 点半,我们登上了新加坡飞往澳大利亚的航班,还是那么大的飞机! 入座不久,许笑璠对我说她饿了。这时一个空姐来问我们要不要夜宵,我们当然要。飞机上,已经有人睡着了,还有些人在享用夜宵。夜宵有鱼肉加土豆,还有鸡肉饭。我和许笑璠吃了鸡肉饭后,很快进入了梦乡。

　　一觉醒来,7 点了。啊,不! 已经 9 点

了，因为我们已经到了澳大利亚的布里斯本，那儿的时间比我们中国快 2 个小时呢!

我们下了飞机，提取行李，过了安检，就算真正地踏上澳大利亚的国土，开始愉快的旅程了。哎，对了，由于在飞机上睡得太沉，早饭都没吃，少了一顿空中美食了。

入住友好家庭

等　待

在纳际学校的大礼堂里，我等待着友好家庭的到来。名片上写着我和许笑璠住一家。我们的女主人是 Niki，男主人是 Keim。我们期盼着、等待着，看见一个个同学被友好家庭的主人接走，剩下的同学似乎有些不耐烦了。有的友好家庭的主人像东南亚人，有的像黑人。有不少友好家庭的主人还抱着小宝宝来呢。

我和许笑璠都希望我们的房东是胖胖的，因为我们俩不瘦，这样，我们心里可以平衡一点。果然，不负所望，来接我们的是一位胖胖的、金发碧眼的大姐姐。我们上了她的车，一辆小小的、深蓝色的甲壳虫。

去新家啰!

家 庭 成 员

坐了大概 10 分钟的车，来到了新家。家在马路边上，进了院子，就见大门旁的墙上写着"Eduards"几个英文字母。英文字母下面还有一个仿古式的大铜铃。进了门，刚放下箱子和背包，准备去客厅跟主人认识认识，就听见几声"汪! 汪!"的狗叫。原来有两只狗狗来欢迎我们呢! 一只小小的，黑黑的，十分可爱。另一只大大的、棕色的，正把关望着我们。它们都奔拉着耳朵。刚进客厅，我们的女主人 Niki 就立刻过来欢迎我们。她对我们说的第一句话就是："I am sorry! The boys are too bad!"接着，她给我们介绍了她的大儿子 Lian、二儿子 Ethen、三儿子 Domnic、四儿子 Luye 以及丈夫 Keven。另外，家里还住着一个韩国学生、一个日本学生和两个中国浙江的女学生。真是一个国际大家庭呀!

家 庭 宠 物

楼下，大姐姐 Emly 正坐在沙发上逗着两只狗呢!

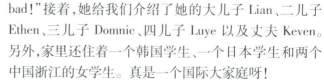

我们下楼和她聊起了天。她告诉我们这两只狗都是公的，大的叫 Bob，小的叫 Frenk。Bob 的毛摸起来又软又滑，而 Frenk 的毛摸起来很粗糙。

家里还有四只猫。有一只毛色像加菲猫的猫咪，所以我们管它叫加菲。一只毛是黑白相间的猫，是最胖的一只。我们管它叫斑斑。另外两只猫是黑猫。其中一只脖子上挂着铃铛，我们没给它们起名字。那两只黑猫经常神出鬼没的，容易吓着人。

狗狗们经常追猫咪，由于房间和游泳池之间有一道铁栅栏，当狗狗们追猫咪时，泳池边便是猫咪们最安全的避难所。因为猫咪小，所以很容易就钻过栅栏，跑到泳池边。Frenk 勉强能通过栅栏，而 Bob 就不可能了。可当 Frenk 刚跑到泳池边，猫儿们又爬上了墙，Frenk 可不会爬墙，所以它只好败下阵来。每当这个时候，狗狗们总是气得不得了。

不知咋搞的，Frenk 似乎对许笑璠"一见钟情"，成为许笑璠的"追星俱乐部"成员。每天许笑璠一回家，Frenk 就和 Bob 在大门口迎接她了。而且每当许笑璠坐在沙发上休息时，Frenk 就跳到她腿上。她刚开始挺高兴的，可没过多久就生气了——Frenk 居然舔她的嘴巴。我开玩笑说："你的追星跟你打 Kiss 啦！"许笑璠气得叽里呱啦乱叫。可她刚叫完，Bob"呼"的一下又跳到了她的腿上。Bob 这小子分量不轻，在 Bob 的重压下，许笑璠再次大叫。

家里还有一个大鱼缸，鱼缸里有许多破船模型和木头碎片，它们都是鱼儿的"避难所"。到临走为止，我和许笑璠只发现了两条小鱼，因为其他的小鱼儿都在避难所里呢！

另外，家里还有一个大鸡棚，鸡棚里有一大群鸡，它们都是狗狗的食物。"小四子"Luye 带我们去看鸡，他还抓了一只鸡让我们玩。可缺乏抓鸡经验的我，在抱鸡时，膀子被鸡的爪子划破了，真惨！

家 庭 饮 食

——早饭

25 日下午，到学校的第一天，听几个来自浙江的比我们早几天到的男同学说，澳大利亚人的早餐很简单，每天一片面包，加点小黄油或果酱以及一杯冰牛奶。他们每天早上都吃这一点儿，根本吃不饱。我想：我们的早饭会是什么呢？第一天早上，我们吃的是冰牛奶泡巧克力麦片和葡萄干。别说吃不饱了，就这一点，差点儿没把我和许笑璠胀死。第二天，主人却改成了两片面包加果酱和一杯冰牛奶。第一次觉得很好吃，但不知为什么，我觉得越吃越恶心，想吐。最后，我向主人提出了建议,于是,之后的几天,主人又把我的早饭改成了牛奶泡麦片了。

——午饭

午饭都在学校吃,是主人做好了,让我们用饭盒装好了带到学校。我和许笑璠的午饭通常都是一个三明治或一个汉堡包,不过很少有肉。另外,还有我们最爱喝的冰果汁。我们的饭盒里还会有一些小点心。例如:饼干啦,小蛋糕啦,小面包啦……这么多好吃的,经常让江千惠和方舟看得眼馋,所以许笑璠的午饭经常被她们瓜分了。

——晚饭

晚饭一般都是以肉类和面食为主,每天还有一锅特地为我们准备的、用泰国香米煮的米饭。晚饭时,很少有蔬菜的影子,偶尔主人也会为我准备一点儿蔬菜沙拉或肉片炒蔬菜。晚餐一般都以自助餐的形式进行。有一次,主人为我们炸了鱼扒和薯条,我们吃得津津有味,连狗狗们也望着我们垂涎三尺。最后,我们全都被"喂"得饱饱的。

家 庭 活 动

——串门

一天晚上,Niki 带我们去她姐姐家玩。她姐姐家有一架 YAMAHA 的三角大钢琴和一架四个踏板的古董钢琴。Niki 姐姐的女儿也多才多艺——不仅会弹钢琴,还会吹各种各样的管子。她们家也有一只狗狗,Niki 把 Frenk 带去了,于是,两只狗狗开心地玩了起来。好景不长,Frenk 居然去舔那只狗的屁股了!那只狗狗气得发狗疯,朝 Frenk 狂叫:"嗷汪!嗷汪!"但 Frenk 却视而不见,听而不闻,依然拼命地想去舔那只狗的屁股。那只狗忍无可忍,却又拿 Frenk 没办法,只得"嗖溜"一下窜出起居室。Frenk 随后也像箭一般溜出去。

我、许笑璠和来自浙江的一个叫童舟的中学生都弹了那架三角钢琴。Niki 特别喜欢听我弹的那首中国民乐——《绣金匾》。

大概在 8 点钟左右,Niki 领我们去餐厅吃晚茶。Niki 的姐姐请许笑璠她们泡茶,但不知是茶叶的原因还是技术的原因,茶水特别淡。然后,Niki 的姐姐还把一块烤好的大 Pizza 饼切成小块分给我们吃。Pizza 饼的味道香极了——咸咸的,还有一丝甜味儿。空气中弥漫着浓浓的香气。吃完 Pizza,Niki 的姐姐还给我们分了巧克力蛋糕!

大概在 9 点 10 分左右,我们才回了家。

——参加生日会

毕业典礼的那一天,Niki 在我们吃完晚饭后,带我们去参加她小侄子的 15 岁生日宴会。小侄子的大名我不清楚,不过我们给他起了外号:小小。

因为生日宴会只能让寿星和男的上席,所以其他人只能坐在沙发上。我们倒是挺高兴的,特别是我和许笑璠,因为我们那天已经吃了六顿饭了,肚子都快撑炸了。但热情的女主人又给我们发巧克力,我们只得一人拿了一块巧克力。第二回,女主人拿的是一大盒 Pizza 饼。没过多久,女主人又给我们发巧克力了!然后又给我们发巧克力生日蛋糕。这个蛋糕可不能不吃呀!好不容易把巧克力蛋糕给吃下去,主人却又给我们发巧克力了!

吃完巧克力,女主人带我们去参观了他们家的庄园。庄园里有一幢很大很大的砖瓦房,进去一看,原来是一艘船在里面。船很大,起码有四辆轿车那么大。听女主人说,这是男孩子们自己造的,还可以航海呢!

参观完庄园,主人又领我们去参观房子。房子的第一层,就是一间客厅、几间卧室、一个厕所间和一间电脑室。男孩们正在电脑室里开心地打电脑。我们顺着楼梯走向地下室。地下室有个台球室,小 Dom 正和韩国小子打台球。我们在地下室看他们打台球。看腻了,我们便跟主人说想回家了。

男女主人带我们绕啊绕,走的已经不是来时的路了。我们来到一丛花前,花是粉红色的,还散发着一股清香。主人给我们一人摘了一朵最好看的花。往前走,有一棵苹果树,苹果还没成熟,又小又绿的。再往前走,来到一间屋子前,屋子里有几个笼子,里面有几只小松鼠在冬眠。看完小松鼠之后,我们便回家了。

 学 校 活 动

参 观

Nudgee(纳际)国际学校非常大,有 12 个网球场、16 个足球场、2 个游泳场、1 个健身房、1 个高尔夫球场、N 多个篮球场和乒乓球场。

学校场地约 150 万平方米,分男校部和女校部,我们在男校部学习。这个学校是澳洲南半球最大的国际学校,也是全澳洲第二

大的国际学校。学校有着悠久的历史,创建于1891年,距今已有114年的历史了。学校里有一个很大的教堂,是布里斯本市学校里最大的教堂。

学校的所有活动场地都是免费开放的,两千年悉尼奥运会时,美国足球队还借纳际学校的场地训练呢!

漫步校园,绿树成荫,青草遍地,空气清新,环境优美,是学习和放松身心的好地方。学校里有许多来自不同国家的学生,有日本的、韩国的、英国的……所有的学生都友好相处,这儿真是一个国际大家庭。

午　饭

在布里斯本市的9天里,我们一般都是上午在学校上课,下午游玩。

午餐都由各自的友好家庭准备。有些友好家庭准备得好一些,有些准备得差一些,还有的只准备方便面……我和许笑璠的友好家庭准备得很好,唯一的缺点就是没有水果。但我们每天都有果汁,还有半块巧克力蛋糕,这蛋糕闻起来很香,吃起来很甜。

后来,我对那美味但千篇一律的午饭感到厌烦了,便特别想吃方便面。正好,贺伟的主人每天都只给他一碗方便面,他也对方便面感到厌烦了,于是,我们俩就交换午餐。

每天吃午饭时,我们都围坐在树阴下,分享午餐,交换食品。吃完后,男同学有的去踢球,有的追逐打闹。女同学有的闲聊,有的瞎逛。整个校园最显活力的时候就在中午了。中午时,校园里生机勃勃;中午时,校园里欢声笑语;中午时,校园里身影矫健。

上　课

我们最讨厌的时光就是上午。

十几人被分成一班,学习语言。我们的课堂最无聊,每天,课开得最早,下得最晚。老师上课时,语速很快,我们听不清也听不懂,她也不注意我们水平有限。最后,课上出来了这样一派"景象":第一组,同学们都在望呆,有时也听一两句。第二组都是男同学,他们围在一起闲聊。第三组,也就是我在的这组,有的聊天,有的打闹,只有一个初中生在听。第四组,他们聊一会儿天,最后居然还围在一起,看一位女同学录的录像带。老师依然自顾自地讲，我们自顾自地玩。唉！在澳大利亚的这种课堂上，能够学到多少东西？

下课以后，不知是谁说了一句："这老师上课真像在念经！"

结 业 典 礼

在 Nudgee 国际学校学习了 8 天，我们就算结业了。8 月 3 号的下午，我们在小礼堂举行了结业典礼。

首先，气宇不凡、风度翩翩的校长上台发言，他讲了许多，但我没听懂多少。接着，一位老师代表发言。她用投影仪把他们班的活动照片一一放给我们看，还配上了Nudgee学校的校歌。我们班也上台表演了一个节目——合唱一首叫《绿翠鸟》的英文歌。说是合唱，但其实没几个人能从头唱到尾，大家唱得结结巴巴的。之后，还有几个学生代表上台发言、唱歌，当然全用英文啦。最后，老师给我们一一发了结业证书和刻有 Nudgee 学校字样的纪念品。

典礼后，就是自助餐会。来到餐厅，已是人满为患了，因为今天友好家庭的主人也来参加了。我们勉强找了座位挤下来。哇！吃的东西真多！先是一道道主菜，然后是水果，最后是一道道甜食。大家都吃了个够。

 ## 布里斯本

参观 WOOLSHED 农场

第一天下午，我们去布里斯本的 WOOLSHED 农场。汽车从学校出发，开了近半个小时，抵达了农场。

穿过一片竹林和几间屋子，来到了一片空地上，空地上有一间小木屋，两张木桌，三根木头架在一个石头堆成的木柴上，木柴正在燃烧，有一只盖着盖子的黑色小铁桶挂在木架上，里面不知煮着什么东西。烤架后面有一排排板凳，板凳后面还有一个大铁网，里面有几只绵羊、几只孔雀和几只漂亮的公鸡。

大家就座后，两位个子高高的、穿着制服的工作人员走了出来，

说了几句英语,王老师把它翻译了一下,原来,桶里煮的是比利茶呀!一位叔叔把铁桶取下,打开盖子让我们看,桶里是没煮好的比利茶。茶水的颜色是透明偏咖啡色,水里还有一点儿像白色小菊花一样的东西。那位叔叔没盖桶盖,用手拎着桶360度旋转,空中留下一道道弧线,可茶水却没有滴出来一滴。他请了几位同学上去试,茶水也没滴出来。茶水又煮了一会儿,叔叔换了一个桶,放在了烤架上,过了一会儿,他取下桶和桶盖,原来是一块大面包。另一位叔叔把面包切成小块,涂上甜酱,再把比利茶倒进一个个纸杯里,又准备了一壶牛奶。我们排队上去拿面包、比利茶加牛奶回到座位上,品尝了起来。比利茶香香的、甜甜的,味道有点像立顿奶茶。面包又酥又香,我们吃起来津津有味。这时,几只公鸡在我们面前跑来跑去,我们便向叔叔提出要吃烤鸡的要求。叔叔开玩笑说让我们把鸡捉来,让他烤。捉鸡?唉!没戏唱了。

喝完茶,吃完面包,叔叔又开始表演甩长鞭了。长鞭甩在地面上,扬起一阵阵灰尘。"啪!啪!"的响声传开去。叔叔让几位同学上去试试。好多同学扬起鞭子甩动起来,没甩响,反而把自己甩疼了。轮到朱子豪时,他第一次用力把鞭子甩响了,全场欢呼。第二次没听到鞭响,反而听到了一声惨叫,原来是朱子豪自己被鞭子甩到了。

之后,我们来到表演区就座后,看剪羊毛表演。后台上来了一只白色的绵羊。彪形大汉让绵羊做出各种滑稽的姿势,绵羊一脸不情愿:它一会儿向我们鞠躬,一会儿向我们招"手"……乐得我们哈哈大笑。接着,大汉拿出一把电动剪刀,在羊头上剪了起来。几簇羊毛掉了下来,而绵羊只是坐在那儿,眨巴着眼睛,似乎刚才那簇掉下来的羊毛与它无关。然后,大汉打开一个剃羊毛的电动剪刀——一条黑线从天花板上垂下来,黑线下面连着一根银色的金属细管子似的电动剪刀。剪刀"呜呜"地在羊身上剃着,羊似乎有些躁动不安。这时,大汉请了一位女同学上来试着剃一剃,那位女同学小心翼翼地剃着,台下的我也心惊胆战地看着,因为我生怕绵羊的皮肉会被电动剪刀给弄破了。那位女同学剃过羊毛之后,大汉从剃下来的羊毛中抓出一点儿羊毛,卷成花的形状,献给了那位女同学。大汉又接着剃,羊身上最外层的那层厚毛很快就被剃光了。原来看似又大又肥的羊,现在却变得又小又瘦。小羊儿想站起来,可它刚站起来,四肢就开始发颤,后腿还站不稳,差点儿跌跤。我想:是它冷了呢?还是身子太轻,不习惯了呢?不过,我觉得这只小羊还是挺可怜的。

接着,王老师又领我们去看牧羊表演。我选了一个好位置。只见一只短毛牧羊犬正蹲在我旁边，它的毛色是黑白相间的。哨声响起来了，牧羊犬敏捷地跳下台来，跑到绵羊群前，绕着它们打转，还不时地发出几声威风的叫声。绵羊们居然听话地跑动了起来。后来，工作人员又放出一只牧羊犬来，在两只牧羊犬的配合工作下，羊群跑动得更快了。有的时候，牧羊犬还趴到羊的背上，这样，这只受惊的羊就跑得更快了，在这只羊的带动下，整个羊群也跑得飞快。

看过牧羊表演，我们就去看考拉、袋鼠和奶牛。

一只只可爱的考拉趴在树上，它们有的专心致志地啃着桉树叶，有的则优哉游哉地睡着大觉。考拉们各顾各的，都不看我们一眼。一些同学没耐心了，便和王老师去看袋鼠了。在考拉生活的大树旁边，有一个小木屋，提供与考拉拍照的地方，每张 14.5 澳元。尽管价格不菲，但我还想拍。我付了钱，工作人员则抱来了一只考拉。考拉是灰白色的，毛茸茸的，黑色的小爪子十分锋利。这只考拉似乎有点儿不知所措，毛茸茸的脑袋和黑溜溜的小眼睛转来转去。我抱起它，它好温顺，坐在我的手上，小爪子扒在我的膀子上，脑袋贴着我的脸，眼睛还四下张望着。

草地那儿，只见一只成年大袋鼠正往几棵大树那儿跳去。我随着它也往那儿跑。那只袋鼠听到了我的脚步声，警觉地抬起头，用鼻子嗅嗅、闻闻，再竖起耳朵听一听，然后跳到树与树之间，低下了头。我走过去看，原来那儿有一个石头堆成的小潭，里面有个孔，孔里不停地冒出自来水，袋鼠正在喝水呢！我过去摸摸它，它也没反应，依然在喝水。

回头一看，在我身后还有一大群袋鼠！同学们正在那儿开心地玩着呢！我急忙朝那儿跑去。袋鼠真多！不过草地上也有许多袋鼠粪，一团一团，黑糊糊的。袋鼠有大有小，小的只有一只成年猫咪那么大，大的有两只成年大丹犬那么大。袋鼠们有的躺着休息，有的吃着树叶，有的追逐打闹……最为有趣的是，有一个袋鼠居然学着人样用爪子挠背！它先用左爪子挠一挠，再用右爪子挠一挠，学得惟妙惟肖。我还看到一只正躲在妈妈的袋子里的小袋鼠呢！我从树上摘下一片树叶，喂给一只袋鼠吃，它居然吃得津津有味。我又拿了一片有点枯的树叶给它，看它会不会吃，它居然也照吃不误。我又多摘了几片树叶喂袋鼠，它们还是照单全收。

农场的半天，玩得真尽兴。

华 纳 影 城

早晨吃完早饭，我们来到学校，乘车1个小时前往华纳影城。

华纳影城的大门跟苏州乐园的大门很像。一进门，正对面是一个大喷泉。喷泉高3米左右。晶莹剔透的水珠似长了翅膀飞向天空，又以光速般坠向地面。喷泉旁是一棵棵高大粗壮的霸王椰。影城里有一条条小街道，两旁有许多造型别致、装饰精致的小商店。

最经典的商店——哈利·波特魔法商店

我是一个十足的哈利·波特迷，到华纳见到波特魔法商店就激动。

走近魔法商店，就看到一个大招牌，上面写着"Harry Potter"几个字母。商店门口还挂着许多猫头鹰笼子，它们都是《哈利·波特》电影中出现的那种鸟笼子。走进店里，琳琅满目的商品看得我们目不暇接。店里有飞天扫帚"火弩箭"，有红色的羽毛笔，有猫头鹰"海德薇"，有霍格沃茨魔法学校模型，有霍格沃茨的校袍，有"霹雳爆炸"的游戏牌，有《哈利·波特》全套英文版的书，还有哈利·波特圆珠笔……我们想买羽毛笔，想买校袍，想买……但一看牌子，全都是"Made in China"，而且价格不菲。就这，把我们买东西的兴致一扫而光。不过，店里有一个东西倒挺滑稽搞笑的——屋顶上有一些"蜘蛛网"，"蜘蛛网"是布条做的，"蜘蛛"是塑料做的。我看到它们的第一眼以为都是真的，吓了一大跳。

最有趣的节目——警校特技表演

表演区的走廊上，一个穿着蓝色制服的警察站在那儿，做着各种滑稽可笑的动作：他把一个扁扁的、条形的气球吹鼓了，再把它绕来绕去，一下子就做出了一个耙子。一个人通过时，他用"耙子"在人家的脖子上挠了挠，人家抓一抓脖子，再扭头去看，他又赶紧把耙子收起来。过一会儿，他又从口袋里掏出一把水枪，对着其他人喷一喷，人家回过头来找时，他又赶忙把水枪收起来。然后，他又从口袋里拿出一个条形扁气球，把它吹鼓，再把它绕一绕，像变戏法似的弄成一辆摩托车的形状。他向一个戴蓝色帽子的小男孩招招手，小男孩顺从地走过去，他把那辆"摩托车"递给小男孩，小男孩高兴地接过车，他乘机把小男孩的帽子摘了下来。

过了一会儿，他跑下了台。原来，警察特技表演开始啦！

不知什么时候，两个小偷已经爬上了房顶，又开着一辆黄色跑车出来了，后面还跟着一辆警车。哇！两辆车子居然在小小的空地上玩起了甩尾！小偷赶忙把车停好，然后下车骑上摩托车，再从口袋里拿出一个炸弹，用火点燃，扔给一个警察，那个警察吓得大叫，他抱着炸弹跑到观众席前，假装要把炸弹扔到观众席上。好多人吓得大叫。接着,他转过身把炸弹扔向垃圾筒,炸弹几乎刚进垃圾筒就爆炸了。

之后,还有一场滑稽可笑的"升旗仪式"。刚开始,一个女警从警局里冲了出来,身上还裹着一面大国旗。(那旗是要升上旗杆的。)接着一位男警把旗钩在旗钩上,另一个男警就开始升旗了。没想到人和旗缠在了一起,女警也被升了上去,大叫。长官连忙跑到了旗杆底下察看,并命令立即降旗。没想到降旗时女警一屁股栽到了长官的头上。看得观众们哈哈大笑。

看完特技表演,来到门口,看见许多人正和演员们拍照呢!演员们很尊重儿童,他们先让儿童拍,请大人们在旁边等候,我们很快跟演员们拍了张合影。

最恐怖的 Schoobee-Doo

我们称 Schoobee-Doo 为鬼屋,因为刚进门,里面就尽是"大头鬼",另外,还有两个穿盔甲的机器人。进了门,许笑璠、江千慧、方舟吓得魂飞魄散。特别是许笑璠,一边尖叫一边发抖,都快哭了。我倒是挺开心的,因为我喜欢刺激,喜欢冒险。往里面走,天花板上还发出打雷的声音。许笑璠更是吓得脸色惨白。终于,轮到我们玩了。我们上了一辆四座位的小车。车向前开了。通道里面到处是鬼的声音。车道旁有大头鬼、小头鬼、无头鬼、无身鬼,还有最恶心的光身子男鬼。许笑璠一直闭着眼睛,还在尖叫。我眯着眼睛好奇地望着,其实我觉得那些鬼很滑稽。突然,车子开到一个地方停了下来,我们前面的一辆车也停了下来,再往前面一看,居然没有其他车了!只有一堵闪着红光的墙!"咦?前面的车子都去哪儿了?"我轻声嘀咕道。忽然我觉得车在往上升。原来,这是一部电梯呀!那其他车子一定也升上去了。电梯一会儿向左摇,一会儿又向右摇。升到了上一层后,车子又突然向后开了,再向下一坠,又向上一升,拐了一个弯,又继续向前行。可把我吓了一大跳!车子一会儿左拐,一会儿右拐,许笑璠在我身后尖声大叫,整个屋子都能听得见。我忽然发现,车子居然在悬空的轨道上行驶!终于,车子驶上了平坦的轨道。通道里迷漫着浅蓝色的烟雾。突然,眼前一下子亮了许多,啊,结束了!这么快!出来后,许笑璠用手捂着脸,大声喘气,真是欲哭无泪。

最刺激的奔鸟过山车(致命武器)

刚进华纳影城的门,就能看见黑色的、高高屹立着的过山车道。

终于轮到玩这个过山车了,我兴奋极了,第一个冲上去,系好安全带,坐在上面等待着。

开始了!我有点儿害怕,闭着眼睛。车子开上坡了,我睁开眼睛一看,差点儿没把我吓傻——车子离地面有五十几米高,人掉下去必死无疑!我赶紧又把眼睛闭上。突然,车子开下坡了!开得那么快!令人有一下子坠入万丈深渊的感觉!以后,我的眼睛紧闭,双腿僵直,嘴巴紧闭。车子颠过来倒过去的,只觉得脑袋甩来甩去。下去后,我唯一的感觉就是肚子被扭得变形了。

最精彩的大游行

啊!卡通人物大游行就要开始啦!我在人群中挤来挤去,终于搞到了一个好位置。

许多卡通人物站在各自的游行车上向我们驶来。有可爱的火星人和火星鸭子,有大头 Schoobee,有恐怖黑怪、红怪,还有美丽的花仙子……最令我喜爱的是兔巴哥。肚白身灰的兔巴哥乘着一辆胡萝卜大车向我们缓缓驶来。它站在车上歪着脑袋向我们友好地招手。许笑璠见了它也高兴得一蹦三尺高。这时,蝙蝠侠穿着黑袍、戴着黑头盔、乘着一辆海蓝色的车子出场了。他站在车头向我们频频点头、挥手致意。不知为何,许笑璠突然在那儿神经质地尖叫,窜上窜下,还发疯似地向蝙蝠侠招手。众人向她投去奇怪的目光,可她却不知道。江千慧和方舟称许笑璠是超级蝙蝠侠追星族成员。

参观土著人文化村

下午,我们来到文化村的招待屋门口,只见屋子上用彩墨画着许多英文字母。在屋前的两根柱子上,画满了彩色的动物啦,土著人啦,回力镖啦……

屋前排起了长队。"咦?进屋也要排队呀?他们到底在干嘛?"我探头一看,妈呀!那边一男一女正往同学们脸上涂油彩!男的给同学们涂橙色的油彩,女的给同学们涂白色的油彩。轮到我时,那位金发碧眼的大姐姐在我的脸上涂了四个点,两条杠。顿时,我成了大花脸啦!

接着,我们来到草地上。一个"啤酒肚"叔叔已经拿着两个回力镖在那儿等候了。哦!原来他是教我们投掷回力镖的呀!他先用右手拿了一个大回力镖,在手上摇一摇,然后抢起手臂,向前一掷。回力镖向前飞去,飞得很远,还不时地旋转着,又慢慢地旋转着飞回来了……

我们每个人都试着投了。我投出的回力镖不远也不近,在飞回来的途中还掉到了地上,可"啤酒肚"叔叔却说:"Good! Good!"我听得心里美滋滋的。后来发现,每个同学投完了,"啤酒肚"叔叔总会说一声:"Good! Good!"原来这句"Good!"这么廉价呀!唉!在学习掷回力镖的过程中,最倒霉的就要数朱子豪了。他扔的时候,太用力了,结果回力镖就被掷到了离草地几百米外的树林去了。他只好"呼哧呼哧"地跑去找,过了好长一段时间,才见到他满头大汗往回跑。

学过试飞回力镖后,我们又来到招待屋里就座。

呀!原来我们要在这儿画回力镖啦!两位金发碧眼的大姐姐正在给我们发还没有涂色装饰过的回力镖。但每只回力镖上都有一只用黑墨画好的动物。我拿到的回力镖上画着一只小黑鸭。

在我们面前的桌子上摆满了油彩和绘画用的小棒子。我先用一根小棒子蘸了一点儿红油彩,涂在了回力镖的中间,也就是鸭子的周围。我突然想:用小棒涂又累又费时,还涂不好,那还不如用手指涂呢!于是我扔下小棒,用手指蘸了一点儿红油彩,涂在了鸭子的周围。接着,我又拿起小棒,蘸了一点儿浅蓝色的油彩,在鸭子与红油彩的交界处点上了小点点。点完后,我发现这只鸭子没有翅膀,但眼下又没有黑墨,所以我还是用手指蘸蓝油彩给鸭子画了一个翅膀。这时,不知是谁问我:"你画在鸭子身上的是什么呀?是不是鸭子胃?"我晕!我说那是鸭翅膀,这回可轮到那人喊"晕"了。然后,我还用回力镖上的黄油彩画了几个小回力镖和几片雪花,还写上了自己的英文名字——LUCY。最后,我还用深蓝色的油彩涂在了其他地方。完工后,我把小回力镖放在了草地上,让太阳把油彩晒干。后来,许笑璠告诉我,这个回力镖不能飞,只能用来做装饰。

土著舞蹈表演开始了。四个土著人上了台。一个棕发小男孩,一位卷发阿姨,他们都穿着普通人的衣服,但脸上都涂满了油彩。另外两位叔叔都只穿着草皮裙,而且身上的其他地方也都被涂满了油彩,他们一个瘦瘦的、高高的,活像个"瘦猴";另一个胖胖的,个子不是很高。这时,我们突然认出了那个胖胖的男土著人——他就是那个教我们飞回力镖的"啤酒肚"叔叔。"啤酒肚"拿出一根又扁又宽又长的棍子,棍子上画满土著图腾。他用棍子在我们面前挥一挥。"瘦猴"拿着一个土著人吹的乐器——笁子。他一边踩脚一边用笁子捶地,"啤酒肚"也一边踩脚、拍手,一边叉腰。小男孩和阿姨则各用两根画有图腾的音乐棒和回力镖相互敲击着,帮他们打打节奏,一会儿又吹用空心木做成的音乐棒,发出奇妙的嗡嗡声,像精灵在呼唤。接着,他们一起跳起了舞,一边踩脚,一边又叉腰,再拍拍手。然后,我们被邀请上去跟着一起跳。跳的内容很简单,随着敲击音乐的节奏踩脚、击掌就行了。整个屋子全都沸腾起来。跳舞的、欢叫的、拍照的,人们欢作一团。

Sea-World(海洋世界)

Sea-World(海洋世界)是位于黄金海岸边的现代化的游乐园。里面有许多大型的游乐项目,这对于好刺激的我来说真是再开心不过了!

海豚表演

我们赶到海豚表演区时晚了一点儿,表演已开始了。

几只小海豚在海水里上蹿下跳,可爱极了。小海豚很听话,对人也很友好。训练员请了一位观众上台来喂海豚。海豚游到这位观众的面前小心地咬起鱼,有模有样地吃起来,还朝观众感激地点点头。

接着,它们还表演了"空中飞人"。一位叔叔的两脚分别踩在两只海豚的尾巴上,人半趴在海豚的背上。海豚在水池里飞速地前进,忽然把尾巴一抬,叔叔便飞上了晴空,又迅速坠入池底。

然后,它们又表演了"水上飞人"。另一位叔叔像刚才那样站在海豚的背上。两只海豚并肩箭一般地绕着池子飞驰,叔叔张开双臂,似水上飞人,好不威风。

四只海豚又表演了其他一些节目后,整齐地飞上天空,向我们鞠躬、翻身,又摇摇尾巴,跟我们道别。

4D 电影

我们来到电影院前,那儿已经排起了长队。

影片的名字叫《拯救地球》。片子并不长。讲述的是人类破坏地球,环境受到污染,许多动物都遭了殃。那些动物很可怜,它们原本幸福地生活着,健健康康,快快乐乐,但人类毁了它们生存的家园。我想,我们不能再破坏地球了,因为动物的灭亡预示着人类的灭亡期也不远了。

因为戴着特效眼镜，所以有身临其境的感觉，动物仿佛就在眼前，伸手就能抓到。我前排的一个小妹妹情不自禁地用手抓来抓去，好笑极了。有时我们的座位还会随着电影的情节摇动，我们脸上还会喷到水。

触摸池

一个由红色大礁石围成的池子里有许多海洋小动物。这是触摸池，也就是说，我们可以用手去摸一摸、碰一碰那些小东西。

触摸池里有许多东西：海星、贝壳、海胆……触摸池的深处，也就是触摸池的中央还可以潜水呢！我们都对海星很感兴趣。我曾经在电视上听说海星很刺手，能把人的手刺破。这下，我特别想试试海星的刺人威力。只见海星呈朱红色，身上的刺是白色的，应该说是白里透红。我冒险用手摸了摸海星，咦？它身上一点儿也不刺，就是有些疙疙瘩瘩的。我把它拖上礁石，仔细端详。它死气沉沉的，一动不动，好像死了。我又迅速把它拉回池中。此刻，我脑中浮现出一首歌的歌词："一闪一闪亮晶晶，满天都是小星星……"我想，现在该改为："一闪一闪红星星，满池都是海星星……"

我正想着，盛诗情指着一个支离破碎的贝壳说："看那个贝壳上的小东西！"我视力不好，好不容易才看清那个"小东西"。它很小，比芝麻粒还小，样子像被缩小了几十倍的九孔鲍，静静地吸附在那个贝壳上，好可爱！可惜，我们搞不清这小玩意叫什么，由于语言不通，我们又无法问别人。

急流勇进

急流勇进的游乐项目就是坐在一条行驶在水中轨道上的小船里，船爬上约45度角的斜坡，开一会儿，再从坡上冲下来。

船头是一个龙头，很漂亮。船沿着轨道向上爬，我们的身子都顺势往后仰，坐在后面的方舟又急得大叫。船慢慢开上了几十米高的轨道，下面的水面上波光粼粼，风平浪静。我们还能看到远处的大海。船拐了个弯准备往下冲。我好高兴！船"嗖"的一下冲下了坡，我几乎没什么刺激的感觉。身旁溅起的水花足有一米多高，我们浑身湿透。

不过，这也是理所当然的。因为这是一个海洋公园嘛！它的游乐项目大多应该与水、海有关，就像华纳影城的游乐项目大多与卡通有关一样。现在想想，如果这"急流勇进"没有水，那就太不好玩儿了。

北极熊馆

我们来的时间真巧！这段时间正好有几只小北极熊光临 Sea-World。我们转啊转，终于找到了北极熊馆。

透过玻璃窗，看见有两只白白胖胖的北极熊正在快乐地嬉戏着，它们长着黑眼睛、黑鼻子、黑爪子，其他地方都长满了雪白的绒毛。它们时而上岸时而下水，好不自在！

两只北极熊一起钻进了水底。别看北极熊那笨拙的身体在地面上给人的感觉又笨又蠢，可它们在水里给人的感觉是又聪明又灵巧又可爱，还是游泳高手呢！它们在水里打来打去、斗来斗去。其中一只退到一块岩石旁，后腿一蹬，箭一般向另一只冲去。另一只一闪，灵敏地躲了过去。那只北极熊扑了个空。

鲨鱼滩

可我们刚到鲨鱼滩时，只看到了一大堆大钢鱼。大钢鱼一动不动躺在水底，好像在闭目养神。

过了一会儿，我们终于看到了一条体型较小的鲨鱼游过来，我们急忙端起相机给它拍特写。随着小鲨鱼往前走，啊，我们又看到了两条黑鲨鱼在水里快活地游来游去。这两条的体型比刚才那只小灰鲨大多了。

这时，不知是谁喊我们去另一个池子看，我们赶紧跑了过去。

真的！那个鱼池子里有大群大群的鲨鱼。它们有大有小，有长有短，有胖有瘦，有黑有灰……池子里不仅有鲨鱼，还有许多海星、珊瑚和色彩斑斓、奇形怪状的小鱼儿。小鱼儿都躲着鲨鱼，有的在水里游来游去、闪来闪去，有的干脆躲到珊瑚里去睡觉了。鲨鱼们对小鱼们也是爱理不理的样子。

"百慕大三角洲"历险记

"百慕大三角洲"这个名字听起来就让人觉得很刺激。

我依然抢坐船头的位置。船顺着水里的轨道慢慢开着。到了一座"山洞"里，里面黑得伸手不见五指。一会儿开到一个墙壁前，只见壁上画着一只小考拉。

船又开到一块空地前，周围的小彩灯闪烁着，我们的眼前一亮。但是，船一抖，镶嵌在墙上的许多棺材突然显示出来，每个棺材里都站着一个人，他们都睁着眼睛，瞪着我们。好恐怖！我们周围还有几个银灰色的外星人，其中一个拿着一个小玻璃管，好像要把我们装进去。胆小的同学吓得尖叫起来。我呢，当然若无其事。

我们穿过一个又一个外星人大厅，来到一个石洞里，四周都是灰扑扑的大岩石，岩石上不时冒出一些可怕的东西来，好像要向我们进攻。在走道尽头的外星人大厅里，有四个外星人，正前方有一个大屏幕，上面有一些乱七八糟的图案，周围的音响还发出刺耳的"嗞嗞"的怪叫声。我心里也不免有些紧张了。这时，船向后退了，出了大厅。忽然，船前有一幕水帘突然落了下来，屋顶一扇石门也落了下来。

就在我们担心时，船快速往后退，周围，有许多白雾喷了出来，船旁一片雾蒙蒙。接着，船停住了，我们左边的一扇石门打开了，船转了一个弯，开了进去。里面一片漆黑。刹那间，我们前面的土黄色的大岩石上燃起了一团火，火一轮一轮往上滚，又一轮一轮燃烧起来，呈蘑菇云冲上天！可怕的是，船居然还往火堆开去，一阵热浪袭来，船突然往下一沉，哗！一下子，我们浑身上下全湿了。眼前，我们又回到了光天化日之下。哈！原来我们没有撞上那可怕的火！

啊！好险！我心里长叹一声。

黄　金　海　岸

从 Sea-World 出来，我们终于来到了黄金海滩！远看，黄金海岸上金黄金黄的，海水蔚蓝蔚蓝，金得那样耀眼，蓝得那样纯洁，仿佛在一个金块中镶着一个海蓝色的钻石，好美！但光看金块不美，光看钻石也不美，只有钻石与金块相互映衬着看，才美！光看金沙滩不美，光看碧蓝的海也不美，只有金沙滩和碧蓝的海相互映衬着看，才美！

黄金海滩人很多，有的在沙滩上打排球，有的在海上玩冲浪，还有的在享受日光浴。我们脱下鞋子，卷起裤脚走进了沙滩。哇！沙子好细腻呀！用手抓一把，手轻轻松一条小缝，沙子便会顺着小缝向下流，最后手上一粒沙子也不见。

黄金海岸真不愧是冲浪者天堂呀！这儿的浪好大。一浪推一浪！远处，一个大浪推着前面的小浪向前进。那水花能溅到一米多高。水珠夹着金色的小沙粒在海浪的推动下飞上了晴空，然后又坠向海中。那些冲浪爱好者们踩在浪板上，在浪尖上忽上忽下，与浪齐舞。

俯看布里斯本市全景

我们来到布里斯本市的最高点——库萨山,俯看布里斯本市全景。布里斯本市一片灰蒙蒙,那都是各式各样的建筑、房屋,在蓝天、碧海的映衬下,很是气派。远处,是一小块亮蓝色,原来,那是有名的布里斯本河。我们来到一块展牌前,牌子上画着布里斯本市的发展史。大家看罢,惊呼:"发展得真快呀!"——1823 年,人们发现布里斯本市。1835 年,土著人居住在布里斯本市。1865 年,人们开始造一些矮小的房屋,并走向文明社会。1911 年,茅草屋全部改为砖瓦房,开始造桥修路。1988 年,布里斯本市已十分繁华,世界博览会在布里斯本河畔的南岸公园举行。展牌下面,还有一幅小朋友画的幻想 2070 年时的布里斯本市。

植 物 园

一进植物园的大门,只见绿树成荫,青草遍地,空气清新,景色宜人。门口,还可以租单人或双人的自行车骑。突然,我们意识到:现在已是中午了,肚子早就饿了。于是我们坐在草地上,拿出主人给我们准备的午餐,开始吃饭。妈妈给我一个橘子,我没拿稳,橘子掉到了地上,我一边啃汉堡,一边去拣橘子。没想到,橘子刚拣到手,手上就一阵火辣辣的疼!我叫了一声,橘子又掉在了地上,一看那手,我立刻跳了起来——那只手上爬着一只又大又黑的蚂蚁!蚂蚁被我甩了了地上。我的手背和手腕上被它咬了两口,红红的。王老师带我去"德国老鬼"那儿,因为"德国老鬼"也是我们的急救医生,他从急救药箱里拿出一小包真空包装的消毒湿巾,给我擦了擦,并让我疼的时候再擦擦。没想到,来到植物园,坐在草地上,还没享受到午餐,倒被蚂蚁先享受了。

吃完午饭,我们漫步在植物园里。真不知那些树怎么长得那么粗大,是它本来就大,还是因为它太老了?它是千年古树,还是百年老树?这些树的树冠,像一把把超级绿伞,可以让人避暑。我们在这些树之间穿梭着,根本没感觉到艳阳高照、酷热难当。这些树枝干粗壮,最细的也要三个人才能抱起来。

有一棵树很有趣,地上有许多围起来的树干,一层又一层,真不知那是一棵树的许多根须还是几棵长在一起的树。不过,它的树冠看起来只有一个。

布里斯本河绕着植物园慢慢流淌着,树林的地上,有几只黑身红嘴鸟和几只白身黑掌红冠黑嘴鸟在散着步,还时不时地低下头来找一找面包屑。于是,我们便把没吃完的面包慷慨地撒给了它们。

昆士兰大学

不知不觉,我们走进了植物园旁的昆士兰大学,一边闲聊,一边散步在林荫道上,走道两旁竖满了白色的帐篷,哦!原来最近昆士兰大学正在忙招生呀!

这时,一位阿姨拿着一大堆五彩的气球过来了,我们一人拿了一个气球,继续往前面走。前方,我们看到了两个金发碧眼的小宝宝坐在草地上,那雪白的肌肤,卷曲的金发,蓝宝石般的大眼睛,可爱极了。于是,我们就问她们的妈妈:"May we take photo with them?"那位妈妈回答:"Yes."于是,我们给了他们几只气球,一起拍了照。

往回走时,又碰到发气球的阿姨,她把剩下的四个气球全送给我。许笑璠、方舟、江千慧看得直眼馋。

再往前走,一片草地上铺着红地毯,美丽极了!旁边的女士们都穿着晚礼服,男的都西装革履,他们好像在庆祝着什么。再一看,哦!有一对新人结婚了。

这时,一个妇女抱着一个宝宝走了过来,我走上前送给那个宝宝一个橙色的气球,宝宝很高兴,可不知是宝宝没抓好,还是妈妈没拿稳,气球飞了。橙色的气球在蔚蓝的天空中飘飞,也是一道美丽的风景。

草地上坐着一个男孩和一个女孩。我们上去把气球全部送给了他们,并聊了一会儿。原来她们来自英国,女孩已经 15 岁了,男孩 13 岁。

时间很快就过去了,我们恋恋不舍地离开了植物园,上了大巴。

阿尔玛动物园

阿尔玛动物园坐落在原始森林里,从外面看,它似乎没有大门,且人不管站在哪儿,周围都会有植物。

我们在动物园里漫步着,一条人工小溪流从我们身边流过。身边古木参天,树冠又大又密,遮天蔽日。这儿千奇百怪的植物真多啊!有一种树,它的果实长在枝头,一条一条的,好似拖把从树枝上垂落下来。所以,我们给它取名叫"拖把树"。

前方有一个又大又高又长的大铁笼子。笼子里有许多迷你秋千跷跷板、滑滑梯、双杠……我想:哪个动物需要这么多运动器材呀!想着想着,就看到了两只猴子。唉!原来是猴子呀!小猴子趴在大猴子的背上,想帮大猴子挠痒痒,可大猴子不领情,拼命想把小猴子甩下来。看着两只猴子,我突然对老妈喊:"妈!那不是你吗?"(俺老妈属猴。)

在林中闲聊着,漫步着,乌鸦也在我们头顶欢呼着。大树上不时传来乌鸦"啊——啊——啊"的叫声。其实,乌鸦并不是只在树林里才有。在澳大利亚,学校里、大街上也经常能听到乌鸦的叫声。甚至每天早晨,乌鸦还在主人家的窗前为我们叫早呢!澳大利亚人从来都不像中国人那样厌恶乌鸦,我们说"乌鸦嘴",并认为乌鸦叫声不吉利,而他们总是对乌鸦很友好。

往前走,看到一块大空地,空地的一侧有几个盆子,另一侧有个很小的小屋子。我们去屋子那儿看看,哦,原来是小老鼠呀!小的只有一个钢笔墨水瓶那么大,我拿出袋鼠食喂给一只小老鼠吃,那只小老鼠居然也把它吃得精光。我乘机抓了一只最小的老鼠出来玩玩。小老鼠全身毛茸茸的,它的毛色是棕白相间的,大大的脑袋与身体不成比例。不知是因为它太冷了还是因为它害怕了,一直在我手上发抖。我摸摸它,它好些了,但它那小小的四肢依然缩在肥胖的身体下。我把它放进屋子,不知是它的妈妈还是它的爸爸急忙往它那儿跑。

来到羊棚前,里面有两只山羊,两只绵羊。山羊很友好,不停地把头伸出羊棚,我便喂给它们一点袋鼠食,它们也吃得精光。我怀疑我手中的是不是袋鼠食。绵羊们对我们不理不睬,一直在低头享受着饲料。羊棚旁的猪棚里有两只可爱的花斑猪。它们有时抬起头,摇摇尾巴,望望我们,有时低下头去,吃吃饲料。于是,老妈指着花斑猪开起我的玩笑:"茜茜,你真贪吃!"(我属猪。)

我们离开空地,来到骆驼园。有几只单峰骆驼被绑在柱子上,它们不耐烦地用又大又厚的蹄子刨着地,脑袋转来转去,眼睛也无奈地望着地。那样子好可怜呀!

来到山羊园,几十只山羊在园子里快乐地奔跑着、打闹着。一只山羊敏捷地跑上了几米高的石堆,另一只山羊则跳到了一根一米多高的木桩上,好像在向我们炫耀着它们奔跑跳跃的技能。我又拿出一点袋鼠食,那些山羊一拥而上,三下五除二,就把袋鼠食抢光了,弄得我满手的泥巴。

不知为何,阿尔玛动物园里的动物都是被关在笼子里或是被铁丝网加木板围着养,但孔雀却是散养的。我们走啊走,随时都能看见几只漂亮的孔雀在草地上、丛林中自由地、快乐地漫步着。

不知不觉,我们已经来到了养鹿的地方,几十只可爱的梅花鹿在圈中转悠着,有小有大,有瘦有胖。有几只看见我们来了,立刻跑到铁丝网边,开心地望着我们。我也喂给了它们一点儿袋鼠食,它们也照吃不误。盛诗情正用一张地图逗梅花鹿,那只梅花鹿一跳,咬住了纸,盛诗情吓了一跳,赶紧把手缩回去。梅花鹿们一拥而上,把地图抢着吃掉了。

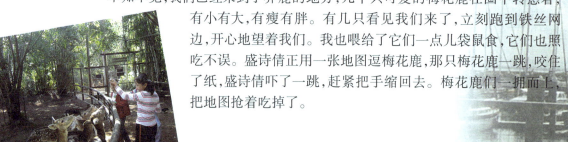

　　鸵鸟园里鸵鸟们一个个都高大万分。一只鸵鸟居然跟我们赛跑。我们往前跑，它也往前跑，我们往回跑，它也往回跑。

市政广场、博物馆和南岸公园

　　市政广场位于市中心。广场的中央是议会大楼。楼上有一个大钟。听说，乘电梯可以上到市政厅钟楼顶，从楼顶可以饱览布里斯本市中心风光。市政大楼前有一个大水池，许多市民坐在水池边休息。水池旁的金色雕塑在阳光下熠熠生辉……

　　接着，我们来到了布里斯本博物馆。刚到博物馆大门，就看见了一具霸王龙的大骨架。不过拿它和在大连看到的恐龙骨架比一比，那真是小巫见大巫了。然后，我们来到一个玻璃柜前，只见玻璃柜里放着几个国家的民族乐器，其中就有中国的编钟，更为有趣的是，你按乐器前的一个个按钮，玻璃柜里就会发出相应乐器的声音。接着我们还看了各种各样的昆虫标本。二楼，天花板上挂着许多飞机，地上也放着许多汽车模型。一面墙上，还黏着一只大大的红背蜘蛛。它头朝下，仿佛随时都会跳下来袭击我们。往里走，还能看到狮子、老虎和金钱豹的标本。最令我感兴趣的是鸟类标本。白色的猫头鹰瞪着它那双铜铃般的眼睛，仿佛能明察秋毫；金色的老鹰半张着翅膀，仿佛能搏击万里长空；红身蓝翅的小鸟昂着脑袋，仿佛在纵情高歌……这些可爱的鸟儿们看得我目不暇接。之后，我们还看了白蚁的窝、鲨鱼标本、仿古考察现场……

　　离开博物馆，我们还去了艺术馆。艺术馆里有许多艺术画和艺术雕塑。

　　出了艺术馆，呈现在我们眼前的是布里斯本河，维多利亚大桥横跨河面。沿着布里斯本河畔走着，一边是宁静而又喧闹的布里斯本河，另一边是热带植物林。

　　最后，我们来到了南岸公园。1988年的世界博览会就在这里举行。至今，各个国家的国旗还高高挂在南岸公园前的旗杆上呢！

　　在岸边的咖啡店里，我们稍作休息，要了杯咖啡和薯条，静坐河边，赏景、闲聊，真自在。

红岩半岛

　　汽车开在通往红岩半岛的跨海大桥上。天碧蓝碧蓝，海碧绿碧绿，在那水天相接的地方，一群群海鸥在快乐地飞翔，不时地还有几辆小房车从我们的车旁驶过。听说，这些房车都是老人度假使用的。一般都是老头开车，随处转转，觉得哪儿环境好，他们就在哪儿停下，住上十天半个月的。

到了红岩半岛，只见几十只小游艇停在海岸边，那都是私家的。几群海鸥在海上飞翔着，有几只飞累了，停在小游艇上休息；有几只飞饿了，落在海鲜店铺旁，吃一吃游人剩下来的食物残渣。

我们一下子挤到了卖海鲜的小店铺里，里面立刻被挤得水泄不通。我买了一大块鱼和一包薯条。我们挤在店铺外的遮阳伞下享受美食，海鸟也来凑热闹。我打开盒盖，一块鱼肉散发出阵阵香味儿，鱼皮已被炸得金黄。咬一口，外皮又香又酥，里面那泛白的鱼肉又鲜又嫩。太好吃了！一眨眼，我已把鱼肉给吃光了。虾饼被烤成粉红色，里面包着黄色的玉米粒和青豆，咬起来又鲜又香，还有一股淡淡的清香。接下来的时间，我们就一边咬薯条一边闲聊。我把一些没吃完的薯条扔给海鸟吃，海鸟们照单全收。

接着，我们跑到海边，海岸上有许多贝壳，五彩斑斓，美丽极了。还有几只水母悠闲地躺在石头堆上。不知不觉，我越过石头堆，跑了好远。这时，王老师叫我们上岸了。我们还意犹未尽，耽搁了会儿。返回时，一时心急，越过石头堆时竟然"轻吻"大地，好不狼狈。最后，还是那个德国老师搀扶着我离开了海岸。

悉 尼

8月4日早晨，我们早早地起了床，从布里斯本坐了1个小时的飞机，8点半，我们来到了美丽的悉尼。

下了飞机，糟糕！我们在布里斯本的几天里，一直是晴空万里，而今天迎接我们的却是毛毛细雨。

上了汽车，导游早已在那儿等候我们了。他是武汉人，来这已有3年了。导游向我们介绍："澳大利亚国土有760万平方千米，比中国小一点，但人口差距很大。澳大利亚人口只有2100万，而中国有13亿。澳大利亚共有196个民族。"

我向汽车外眺望。我们的正前方，有一座观光塔。导游说："那是悉尼的最高点，有305米，站在上面可以看到悉尼全景。"哇！305米！好高哦！

悉尼港湾

不知不觉，我们来到了悉尼港湾，先去参观麦克里太太的椅子。麦克里太太的丈夫是一个船长，他非常敬业，每天都要很晚才能回来。每天晚上，麦克里太太都站在海边等着。由于人们非常敬爱她，所以就给她造了一把椅子。这样，每天晚上，麦克里太太就不用站着等她丈夫了。

我们过去一看，哪里有什么椅子啊，不就是在岩石上挖了一个口子嘛。大家争先恐后地坐上"椅子"拍照。

我们沿着海岸往前走，来到了皇家植物园。右边是蔚蓝的大海，海风阵阵；左边是翠绿的花草树木，花草香香。好爽呀！右边蔚蓝的大海上，船慢慢地开着，几只海鸥在海面上自由地翱翔着。左边，绿草遍地，古木参天。我想：如果现在是晴天，我们在草地上铺个塑料布，围坐下来野餐、钓鱼，那该多好啊！

再往前看，哇！是名闻世界的悉尼歌剧院！悉尼歌剧院雪白雪白，像几个插在大地上的大贝壳，又像几片串在一起的帆。

邦迪海滩

邦迪海滩在土著语中的意思是"拍打礁石"。也就是说，邦迪海滩有许多礁石，而且海浪很大，不断拍打礁石。在沙滩上眺望，波涛滚滚的海里，一些人在游泳，另

一些冲浪爱好者则在玩冲浪。此时,悉尼歌剧院和海港大桥已成为天边的一个小白点和一条细黑线了。沙滩上人满为患。孩子们在浅水滩里嬉戏,大人们则在沐浴着阳光浴。这儿的远景比黄金海滩美,近景却不如黄金海滩,沙子白花花的,没有黄金海滩的沙子细腻。正当我们陶醉于其中时,一个大浪突然打来。我们急忙躲闪,虽躲过了海浪,但满鞋、满脚都是沙。

圣玛丽大教堂

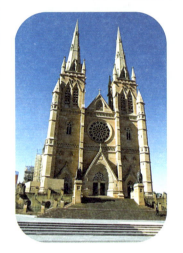

　　圣玛丽大教堂的外墙是咖啡色的大石壁,外形像几座尖塔。走进教堂,中间是一排排椅子,那是给人们做礼拜用的。教堂里有一尊受难后、复活前的耶稣,圣母玛丽亚托着它的石膏像。还有一尊耶稣出生时圣母玛利亚抱着他的石膏像。石膏像的两侧是两个"蜡烛楼"。蜡烛楼有五层,每层上都放着许多白蜡烛,外面包着一层银色的铝壳,它们把那尊雕塑照得透亮。教堂的墙壁上还有一些人物和抽象壁画。教堂里很安静,但有点暗,也许是教徒们做礼拜时对上帝的一种尊重吧。

情　人　港

　　情人港周围有许多高楼大厦,海面上倒映着高楼大厦的影子,红的、黄的、金的、银的……一条条、一片片五彩缤纷,美丽极了!海风轻轻吹拂着,海面上的颜色慢慢荡漾开去。

　　夕阳西下了,太阳把它的最后一缕光辉洒向了海港。夕阳照在高楼大厦上,又反射到了海面上,情人港一片金黄。太阳落山了,晚霞把天边的最后一缕光辉留给了情人港。我们奔上码头,争先恐后地拍起了照,因为我们想把这美丽的景色记录下来,作为永久的纪念。

奥林匹克村

　　在奥林匹克村前,远远地就能看见高高屹立着的火炬。它在阳光的照射下闪闪发光。火炬的对面竖立着一根根不锈钢柱子,那都是志愿者纪念碑,上面刻着志愿者的名字。我们来到一个形状像大蘑菇的东西下,原来那里有十几台电视环绕着，在回放奥运会的精彩场面。

维多利亚大厦

大厦里金碧辉煌，一间间商铺排列有序。大厦二层中央最醒目的地方有一尊英国女王 17 岁加冕时的雕像，栩栩如生。我们在大厦里匆匆逛了一圈，买了 3 件衣服。维多利亚大厦里东西很多，人也很多，可只有短短的 1 小时，要不然我们就可以好好逛一圈了。

堪 培 拉

导游说，"堪培拉"在澳大利亚语中是"开会"的意思，在悉尼和墨尔本争执谁是首都的情况下，政府选择了一个折中的方法，就将位于悉尼和墨尔本之间的堪培拉作为首都。在堪培拉，晚上人很少，很冷清，因为人们宁愿驱车四五个小时返回悉尼或墨尔本，而不住在堪培拉。

汽车前方有一个大水柱，水柱很高，远远地就能看得清清楚楚。过了一会儿，我们绕过了一幢又一幢房屋，终于看到了"水柱真面目"。那个水柱其实是一个喷泉，喷泉下面就是一个湖泊。听导游说，那是人工湖，那个喷泉是纪念库克船长的。喷泉水柱高达 140 米。一阵微风吹来，水珠飞到了我们的脸上，霎时间，空中出现了两条彩虹，好美。它与蓝天碧湖、青草绿树、白色建筑浑然一体。在湖对面，是几栋白色的建筑物。

接着，我们又去了新国会大厦。国会大厦前，有一块红土和一个小池子，那些都是为了纪念土著人而建的。国会大厦的门端有一个澳大利亚的国徽。国徽上有鸸鹋和袋鼠这两种动物。我在纳闷，想：这两种动物都是澳大利亚特有的动物，但澳大利亚的动物代表怎么不是考拉呀？导游告诉我们，袋鼠和鸸鹋这两种动物只会向前，不会向后，它们代表澳大利亚会越来越繁荣昌盛。

一进国会大厦的门，就是一副气派的样子。大理石地板，白色油漆粉刷的墙和天花板，金色的扶手，好漂亮！我们进入了一个大厅看挂毯。墙上挂着五彩缤纷的挂毯,挂毯上画着许多画,可让人感觉那画的全是抽象的东西,我怎么也看不懂。屋顶上的灯光射向挂毯,把挂毯照得格外突出、美丽。这些挂毯象征着澳大利亚的多元文化。我们上了楼。楼上有许多画,有总统画像、历史画像和许多抽象的画像。有些地方有英文解说词,可是我们看不懂。然后,我们来到了议会厅。议会厅很大,它的四周全是沙发椅,中间是给总统坐的。

议会大厦的顶楼有一个旗杆,有 4 根铁柱撑着。旗杆高达 80 米,国旗宽达 12 米。在楼顶上向下眺望,几乎能看见堪培拉整个城市。

再接着,我们去了大使馆区。大使馆区中,美国大使馆建在大使馆区中最高的地方,它的占地面积最大。中国大使馆的建筑很有中国特色,它的外形是仿故宫建筑的,庄严、大气。作为中国人,在国外看到自己的大使馆就如见到自己的祖国,当然要拍照留念。

最后,我们又来到了战争纪念馆。一进门,就看到了一个大池子。池子里有许多钱,池子的顶头有一个大石盆子。石盆子里有一些水,一团火正在水里燃烧。听说,那是圣火,只有世界上的战争都停止了,圣火才会熄灭。战争纪念馆里的一面墙上有许多英文名字,那是纪念战争英雄的。其他还有许多英文说明,可我们看不懂,又没有解说员,所以纪念馆里的一些人物雕塑、壁画是什么意思,我们都不知道。

晚上,我们驱车返回了悉尼。

结　语

8 月 6 日下午,我们坐汽车来到机场,准备登机返回中国。

在澳大利亚那美好又短暂的十四天很快就过去了,虽然这时光如此短暂,但却令我回味无穷。

那里,是花草树木的天堂。我们每到一个地方都能看见大片的花草树木,无论是在家里、马路上、学校里、农场、动物园、游乐园……

那里,是鸟儿的天堂。学校里、马路上,甚至是喧闹的大都市里,各种鸟儿都快乐地飞翔……

舟行三峡

 写作时间:2005 年 10 月  五年级上学期

我们乘坐火车,来到了湖北宜昌,将乘坐乾隆号游览三峡。乾隆号,是长江上唯一一艘中国清朝皇室风格的豪华游船,是五星级的呢!

来到乾隆号前,哇!好雄伟的一艘船!它的外形是一条龙。这条"龙"高昂着头,似乎在显示:"龙行天下,唯我独尊。"船身是一片一片金黄色的"龙鳞"。船的尾部还有一条"龙尾巴"。"龙尾巴"很大,像一面金色的大扇子。"龙"那"血盆大口"里便是驾驶舱了。乾隆号停在江边上,真有一种皇家风范。

乾隆号一共有 5 层。里面还有图书馆、健身房和酒吧。我们上了第三层,来到了我们的房间。这是一间标准双人间,房间外面还有一个阳台。阳台上还有两把绿椅子,可以坐着观赏江景。

妈妈告诉我,这船上有 9 999 条龙。如果有人能把船上的 9 999 条龙全数出来的话,就可以获得 100 万元人民币奖金。这么多龙藏在何处,要数到何年何月呀?灯上有龙,墙上有龙,椅子上有龙,屋顶上有龙,楼梯扶手上还有龙……真是"随手摘金龙"呀!船上不仅有龙,还有凤和狮,船被打扮得金碧辉煌、古色古香。船上的龙充分代表了龙之舟的独特韵味。龙,形态各异:有的是二龙戏珠,有的像是雄霸一方,还有的像四海龙王……龙的形态,与传说、神话中的一模一样。

乾隆号的年龄不小了。它的"破壳日"也在 1995 年,跟我同岁哟!

滩险流急的西陵峡

西陵峡西起秭归香河口,东至宜昌西津关,长 69 千米,是三峡中最长的一个峡。

我们从三毛坪码头出发,船行进了西陵峡。据说此峡在葛洲坝修建之前是一个滩多浪急的险峡。现在映入眼帘的却是辽阔浩瀚的江面,似一幅五彩斑斓、气象万千的壮丽画卷。货轮、客轮、游船来来往往,两岸山峰云雾缠绕,过江索道高悬空中。

西陵峡是峡中有峡,最著名的有四峡:兵书宝剑峡、牛肝马肺峡、黄牛峡、灯影峡。

兵书宝剑峡的一个石缝中,好似摆着一卷兵书一样的东西,"兵书"下面还有一块像宝剑一样的石头,所以这个峡叫兵书宝剑峡。牛肝马肺峡中有两块大石头,一个像牛肝,一个像马肺,所以叫牛肝马肺峡。黄牛峡中,有一块岩壁上有一个黄色的、像牛一样的图像,所以叫黄牛峡。灯影峡中有四块石头像灯影戏中的角色,所以叫灯影峡。

西陵峡两岸,绿草绿树丛生,像在山上铺了一层绿绒。坐在阳台上,我用望远镜漫无目标地观察两岸,忽然一个小猴子闯入我的镜头:从树中跳了出来,又栽了进去。我急忙搜寻,可再怎么找,也没有找到它的踪迹。

由于水位上涨,西陵峡已经没有礁石和旋涡了。虽然船行方便,但西陵峡的滩险流急已经不复存在了。

大宁河小三峡

长江三峡天下闻名,而大宁河小三峡也是驰名中外。小三峡长 60 千米,分龙门峡、巴雾峡和滴翠峡。

因为前两天在下雨,所以大宁河的水就不像往常那么清澈,那么绿了。

龙门峡峡口有一座大桥,叫龙门桥。由于三峡大坝的建成,水在 2009 年的时候上升到 195 米,船将在与龙门桥一般高的地方航行。

巴雾峡那一段的雾很美、很浓,所以叫雾峡。那一带的民间有一个习惯,那儿的人在什么名词前都要加个"巴"字。人叫巴人,客叫巴客,船叫巴船,舟叫巴舟。所以,按照当地人的习惯,那段峡就叫巴雾峡了。

　　滴翠峡的两岸,树木葱茏,群峰竞争。我们在游船上正欣赏着这些美景,忽然听见有人喊:"猴子! 猴子!"我一看,嘿,一边的树丛中,有几只金色的小猴子正在快乐地嬉戏呢! 它们一蹦一跳,欢快地叫着。旁边的船,它们理都不理。我们还没怎么看清楚,它们就又调皮地钻进了树丛。

　　"朝辞白帝彩云间,千里江陵一日还。两岸猿声啼不住,轻舟已过万重山。"这首诗浮现在我的脑海里。因为船已经驶到了白帝城。我们看到的白帝城并不大了。

　　在行船过程中,我们常看到那一座座橘红色的桥。导游向我们介绍,三峡的特产是柑橘,橘红色又代表荣华富贵,而且很醒目,所以用橘红色做桥的颜色。

　　接着,我们还看到船型悬棺。那是一个渔民的棺材。当这个渔民死时,他的儿女就将他以前用过的船做成棺材,再把他放进去,然后把棺材吊到悬崖上去。

　　三峡可谓峡中有峡。三峡里有小三峡,小三峡里居然还有小小三峡! 小小三峡是漂流的好地方。但是前几天下大雨,有个地方决堤了,正在抢修,所以我们就没法玩了。真遗憾! 我觉得,小三峡最美。

幽深秀丽的巫峡

　　巫峡以巫山得名,因俊秀闻名天下。船至巫山,广播里传来解说员清脆的声音:"相传,三峡里有12条恶龙兴风作浪,危害人民。仙宫王母娘娘的小女儿瑶姬知道后带领众姊妹下凡,斩了12条恶龙,并向大禹授天书,帮大禹疏通了三峡,消除了水患。以后,众仙女再也不愿意回宫,便化成12座山峰守护在巫峰两岸,神女峰便是瑶姬的化身。"只见错落有致的巫山十二峰分别坐落在巫峡的南北两岸,它们上干云霄,壁立千仞,下临不测深渊,直插江底。最醒目的是神女峰,山峰间,神女侧身而立,仿佛对着滔滔江水在诉说什么,云烟缭绕峰顶,那人形石柱像披着薄纱似的,分外妩媚动人。

　　夕阳西下,巫峡里一片雾蒙蒙,金黄色的霞光把巫峡映衬得格外美丽。一座座山峰屹立在巫峡间、屹立在云雾间、屹立在霞光间。那山峰朦朦胧胧,一大片浅绿色、铁灰色和赤红色,那颜色忽深忽浅。远处的水面波光粼粼。山峰、霞光和龙舟倒映在水中,风轻轻一吹,这些美丽的图像便成了五彩缤纷的幻影。我想起一首诗:"巫山十二峰,皆在碧虚中。回合云藏日,霏微雨带风。"这时,船的马达声停了。船顺水慢慢漂。我望着带着波纹的江水,一阵风吹来,倒影模糊了,而我也似乎陶醉了。两岸寂静，偶尔传来几声猿叫鸟鸣。船就在这宁静的时刻，驶过了巫峡。

气势雄伟的瞿塘峡

　　杜甫在一首诗中写道："白帝高为三峡镇，瞿塘险过百牢关。"长江三峡中，气势最为险要的要数瞿塘峡。瞿塘峡那雄伟的气势可谓远近闻名。

　　瞿塘峡又叫夔峡，全长约8千米，是三峡中最短、最窄的一段峡。进入夔门，赤甲山和白盐山"劈"出的夔门像打开的一扇大门展现在眼前，游客都不禁拿出钱包里的10元人民币背面的图画与实景比来比去。瞿塘峡两岸怪石林立，陡峭如壁，把滔滔大江逼成一条细带，蜿蜒于深谷之中。两边的岩壁有的像倒吊和尚，有的像凤凰饮水，有的像犀牛望月……把瞿塘峡打扮得格外神奇、美丽、壮观。

　　由于水位上涨，所以我们已经看不到瞿塘峡往日的雄姿了。但瞿塘峡的神奇与气魄依然没有变。

　　我们又看到了著名的千年悬棺。那悬棺就在江边的绝壁上的细缝中，很高，不认真看根本看不见。因为这儿有一个民间风俗：把人葬得越高，就表示地位越高。所以，有人才费劲把棺材葬得那么高。但至于这棺材怎么放上去的，至今还是个谜。

　　江的两边，是一条条古栈道，当年是给纤夫拉纤用的。因为以前三峡的水很浅，漩涡很多，船很难行，所以就需要人沿着栈道拉。栈道上，我们还能清晰地看到那一道道深深的纤痕。现在，三峡里行船容易多了。所以，"纤夫拉纤"也就成为了历史。

　　但愿瞿塘峡的壮观气势永存。

结　语

　　三峡风光各具特色：西陵峡滩险流急，巫峡幽深秀丽，瞿塘峡挺拔险峻。船行驶在长约200公里的三峡画廊里，眼前所见的景致没有重复的，随意拍下一张照片，都是那么独特，但又让你觉得似曾相识，那就是眼前重复了太多的绿色，形态各异的山峦披着绿装，好像造物主在这里撒下了太多绿色的种子。青山绿水，连绵不绝，永留心间……

香港之行

写作时间:2006 年 2 月

香港究竟是什么样呢？我在电视上、书本上看到的香港总是繁华的。在我们的想象中，香港是个现代化的城市，是个繁荣昌盛的城市，它是妈妈们的购物天堂、孩子们的游戏乐园、爸爸们的休闲世界。然而，我最想去的是香港的迪士尼乐园。爸爸去过美国迪士尼，说那里很好玩，让我羡慕得要死。在我们的课本上，有一篇文章叫《东方之珠》。这篇文章描述的香港海洋公园十分吸引人。我去过大连的海洋公园，去过澳大利亚的海洋世界，香港的海洋公园又是什么样的呢？有没有大连海洋公园里那样精彩的鲸、豚表演？有没有澳大利亚海洋世界里那样刺激的百慕大三角洲的历险？一切都是未知。

终于熬到去香港的这一天了，我带着许许多多的问题，踏上了去香港的旅程。

浅 水 湾

　　浅水湾可是驰名中外的旅游景点,到香港的第一站我们就去浅水湾。

　　来到了浅水湾。入口,有几尊雕像。其中两尊雕像很大。一尊是观音菩萨像,她手倒拿着甘露瓶,似乎在把甘露撒向人间,奇怪的是,甘露瓶里没有柳条,大概柳条已落入海里了吧。怪不得海岸旁的树那么绿,一定是柳条起的作用。还有一尊玉皇大帝像。玉皇大帝是一脸福相——双耳垂肩,面红如枣,双臂垂膝,真是大福大贵。观音菩萨下方还有一尊小财神像。导游跟我们说,用手先摸摸财神像,再摸摸财神旁的金元宝,就可以招财进宝。只见想摸财神的人排成了一条长队,看起来财迷还真不少。

　　海岸边,我们看到了一幢很奇特的楼房,这幢楼中间居然被留了一个大洞。原来,香港人很讲究风水,传说这幢楼后有一条大财龙,如果没有这个洞,财龙就被大楼挡住飞不出去,住在这幢楼里的人就被挡住了财路。所以,建筑师就在楼中间空了一大块,为了招财进宝。我们还看见一幢奇怪的楼,这幢楼的墙面上有两个小洞,样子很像古代的铜钱。它的意思就是让海里的财富宝藏全部跑到这幢楼里。

　　大人们忙着看这些房子,和佛像拍照片。我们小孩哪有心思忙这些呀？一起奔向了沙滩。听说,浅水湾的沙子都是政府花巨资从海南运回来的。我抓起一把沙子,感觉这沙子似乎也不是很好。我小时候去过海南,可是沙滩上的情景我都忘了。不过我去年去了澳大利亚的黄金海滩。那儿的沙子比这儿的沙子好多了,细细的,像粉末一样,握在手里,滑溜溜的,两相比较,这儿的沙子就略显粗糙了。

　　我又见到了大海,好兴奋哦。都说浅水湾是风景名胜,可今天来的人并不是很多呀！大概是快要过年了,又是冬天的缘故吧,唉！要是现在是夏天那多好呀！那我就可以尽情地跳到海里玩玩。我想捡贝壳,可惜没发现什么完整的好贝壳,只见一些碎贝壳。我想堆沙堡,堆来堆去,又堆不出样儿。我就堆字母,这沙滩上的沙子坑坑洼洼,字母很难堆。结果,我费了好半天的功夫,终于堆起了几个字母——CHINA 的缩写——CHI。看看其他人在干嘛？原来他们在"建水坝"：在离海水很近的地方把沙子堆得高高的，形成一条堤坝，等海水冲过来时，堤坝里就可以留住一些海水；然后再用沙子把堤坝堆高一点，海浪再次上来时，海水就被挡在了堤坝外。

香火冲天的黄大仙庙

传说，黄大仙本名黄初平，一千多年前，出生在浙江金华。15 岁时，出门放羊，结果再也没有回来。后来，他跟仙人修炼，成了仙。传说他法力高强，能点石成羊。他羽化登天之后，常常以"药方"度人成仙，所以就有了"黄大仙"这个名字。人们对黄大仙很尊敬，便建了这个庙。

黄大仙庙的地理位置很有趣。一般寺庙都是被山林包围着的，但黄大仙庙的周围却全是高楼大厦。古代风格和现代风格合在一起，似乎有点格格不入。更有趣的是黄大仙庙旁的一幢建筑，像个烟囱一样，又细又高，似乎随时都要倒下来，住在里面的人不会感到恐怖吧？香港的地皮很紧张，真是寸土寸金，所以像这样细细高高的建筑很多。

一进黄大仙庙，一股香火味扑鼻而来，那味道不敢恭维！我们来到黄大仙祠前，只见香火冲天，许多人跪在地上，面前摆满了供品，供品上还插着许多香。香港人无论保平安、求事业、问姻缘或者任何疑难杂症，都愿意来这里求解迷津，所以黄大仙庙的香火一直很旺。

在庙里逛一圈。妈呀！味道真刺鼻！我们捏着鼻子终于走完了一圈。我可受不了，不一会儿就逃走了。出了黄大仙祠，突然看见两个人推着两只做供品的烤乳猪过来了。烤乳猪！我的最爱！可惜这是供品，只有黄大仙的份。生活在黄大仙祠的老鼠一定很幸福，因为晚上它们总能吃到美味大餐，我想。

说实话，参观黄大仙庙真没劲。

金紫荆广场

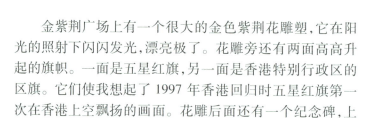

金紫荆广场上有一个很大的金色紫荆花雕塑,它在阳光的照射下闪闪发光,漂亮极了。花雕旁还有两面高高升起的旗帜。一面是五星红旗,另一面是香港特别行政区的区旗。它们使我想起了1997年香港回归时五星红旗第一次在香港上空飘扬的画面。花雕后面还有一个纪念碑,上面写着"香港回归中国纪念碑"。

从金紫荆广场上看大海真是美极了。天空把它最后一缕余晖散向大地,维多利亚港湾被这余晖衬托成金色,美丽无比。建筑物的倒影映在海面上,一阵微风吹来,倒影模糊了,许多种颜色混成了一团,微风过了,海面又静了下来……

会展中心坐落在金紫荆广场上,面临维多利亚港湾。它的外形像一只海鸥。说是像一只海鸥,我倒觉得更像一只鸭子。不知为什么,我们都没进去参观参观。

星光大道

星光大道位于维多利亚海港的对面,道路上有许多明星的手印。大概这就是星光大道名字的由来。香港人怎么对明星这么痴迷啊!我对明星一向不感兴趣,不过既然来了,那还是看一看吧。

天已渐黑。刚走进星光大道,只见地上有一块块铁块镶在地板上,铁板上是明星的手印。手印旁是明星的签名。有的明星没有按手印,也没有签名,所以铁板上只

刻出了他（她）的名字。地上不仅有这些明星手印块，还有许多灯，不规则排列，大的像烧饼，小的像黄豆。大的灯还会不断变化颜色，小的灯则一闪一闪的，远看真像天上的星星撒落人间。走着走着，似乎感觉自己不是在维多利亚港湾上散步，而是在天空中散步。脚下的灯光是星星，右边的楼房是灯火辉煌的天宫，左边的大海是一望无际的银河，上方则是辽阔无垠的宇宙……

星光大道不仅有明星手印，还有一些雕塑呢！

我最先看到的是李小龙的塑像，接着，还看到一些关于拍摄现场的雕塑，这些塑像都是黑色的。我最喜欢的是一个花"雕"，由红花和黄花组成。花"雕"上用黄花摆一个狗的造型，再用红花把它围了起来。今年是狗年，我又最喜欢狗，所以，我就跟这只漂亮的"狗"合了个影。

海洋公园

大连海洋公园主要追求海洋奥秘。它里面的海洋动物表演很精彩，海底隧道也很漂亮。但是大型游戏项目并不多。澳大利亚的海洋世界既追求海洋奥秘，也追求大型游戏，而且它两方面搞得都不错，大型游戏基本上都与水和海洋有关。香港海洋公园主要追求大型游戏，与"海洋公园"这个名字不相称，大型游戏中，与水和海洋相关的很少，关于海洋知识奥秘的不够多。

三个比较下来，我还是最喜欢澳大利亚的海洋公园。

高 空 飞 轮

高空飞轮远看就像一个"躺"在地上的棒棒糖，一个方形的铁柱，最顶端顶着一个大轮盘，轮盘上有许多像大鸟笼一样的"笼子"，每个"笼子"里最多能坐两个人。我和张颖祺坐进了一个"笼子"，机器很快就启动了。刚开始，大轮盘在铁柱子上平稳地转动着。接着，铁柱连着大轮盘慢慢地竖了起来，"笼子"也跟着横了过来。我和张颖祺害怕地闭上了眼睛。过了一会,铁柱子和大轮盘渐渐降低了,"笼子"也渐渐竖了过来。我睁开了眼睛,高空飞轮又转了一会儿就降下来了,"笼门"打开了,我好不容易挤了出去。真爽。

滑浪飞船

滑浪飞船其实就是我在澳大利亚玩的激流勇进。我们坐上了船,船在蜿蜒的水路中慢慢行着,接着,慢慢爬上了坡子,不知为什么,船前行有些吃力,不停颠簸,颠得我屁股都疼了。终于,船开向了平稳的水路。水路旁,是密密麻麻的丛林。一阵轻风吹过,树叶沙沙直响,我们仿佛置身热带丛林。突然,传来了一阵优美的音乐,船就渐渐进了一个山洞,从黑黑的山洞出来,就来到陡坡前。我坐在船的第一排,妈呀,我要成落汤鸡了!果不其然,船"哗"一下冲了下去,水溅了我一身,眼睛都睁不开了,真难受!船靠岸了,我打了两个寒颤。

高空秋千

高空秋千的样子就是一个蘑菇形的转盘的周围吊上一些椅子。我们一齐坐上了高空秋千。等我们坐好以后,机器就启动了。椅子向上升了升,我们双脚离开了地面,身体被旋到半空。转盘和椅子一起转动。我们在高空中一会儿上,一会儿下,感觉好像飞起来了一样,又感觉旁边的椅子不断旋转着向我们撞击而来。可惜只一会儿,我还没坐够,椅子就停下来了。之后,我们又坐了五六遍,头都转昏了,不过那才刺激呢。

越矿飞车

越矿飞车是香港最长的转弯最多的也是最刺激的过山车。我嘛,当然喜欢寻求刺激,所以毫不犹豫地去排队。

我和管晨鹏坐一起。过山车开得飞快,所以我都没法仔细欣赏海岸的风景。不过这过山车倒也不是很刺激,它没有把人倒过来的返行轨道,它的特点只是长而已。如果把越矿飞车和澳大利亚的华纳影城的致命武器过山车比起来,那就真是没什么了。过山车忽上忽下,忽快忽慢,真好玩儿。过了一会儿,过山车停了下来,我们的头顶上一阵灯光闪烁,原来是摄像头在给我们拍照片。下了车,我们去看照片,还好,我和管晨鹏都在笑,只是我的头低了一点儿。再看看其他人,有的还害怕得闭着眼睛呢。

疯狂过山车

疯狂过山车可是名副其实的疯狂。我们这队里只有王瑛阿姨、我和管晨鹏上去玩了。管晨鹏还是被拖上去的呢。疯狂过山车虽然不长，但是够刺激的，它的轨道中不仅有把人横过来的斜向轨道，还有两个把人倒过来的圆形轨道。这么刺激的过山车我可是没坐过，心里多少有些害怕。

过山车开动了，我有点儿紧张，便眯着眼睛。过山车越快越不刺激，因为只是刹那间的事；越慢反而越刺激，因为让你慢慢体验转动的过程。这疯狂过山车的速度并不是很快，所以……过了一会儿，我有点害怕，便把眼睛闭上了。过山车还会突然向下冲，再突然向上爬，我一点准备都没有，所以便有一种失重的感觉。每当过山车向下冲时，我的心脏好像"咚"一下子跳到了嗓子口，过山车向上爬时，心脏好像又"咚"一下子掉回了肚里。当过山车把人倒过来转第一圈时，头昏目眩，转第二圈时，胃里翻江倒海，下车时，又觉得一阵天旋地转……

摩天观光塔

摩天观光塔很高，它上面有一个可以升降旋转的大圆盘，人坐在圆盘里可以观赏到海洋公园的全景。反正这也不刺激，所以全团的人都上去了。

大转盘慢慢向上升，地上的人越来越小，就像小人国的。我还看见了海狮馆，有几只海狮正在水里嬉戏呢。远看，海水碧绿，在阳光的照射下闪闪发亮，似乎是在碧波荡漾的海面上盖了一层银光闪闪的薄纱，漂亮极了。几只海鸟快乐地飞翔着。海洋公园的四周种着许多树，绿色一大片。虽然现在是冬天，但这些树依然青翠欲滴。很快，我们就欣赏完了全景，大转盘也慢慢地向下降了。

青　蛙　跳

青蛙跳是什么？听人说，它就是让人坐在铁柱上面的长椅子上，椅子会升到高空，突然降下来，再反复上下，就像青蛙跳。

我们高兴地来到了儿童世界游乐园，仔细看了看地图，终于找到了青蛙跳。青蛙跳的铁杆不高，7～8米，顶端有只青蛙。玩的人很少。我们毫不犹豫地坐了上去。一位阿姨给我们扣好了安全杠，并开动了青蛙跳。

椅子像蜗牛爬一样慢慢地往上升，升到顶上后停了一会儿，然后快速地降了下来。它又停了一会儿，然后又慢慢地向上升，再猛地下降，再向上快速地升，又不紧不慢地降了下来……这样上上下下的过程足有好几次。这次数虽多却并不刺激，我们坐在上面不禁闲聊起来。

说实在的,我真是兴奋而来,失望而去。

极速之旅

极速之旅就是坐在一个 60 米高的方形铁机械的外围的椅子上,让椅子升到顶上,再突然降下来,然后再突然升上去,再降下来……这种东西可比青蛙跳刺激多了。我虽然胆子大,但也有些害怕。

我们团里的"没胆阿姨"——王瑛阿姨首先倡议,接着,方舟的妈妈附和。小孩子一个也不敢去,由于我原来玩什么项目都第一个冲上去,所以,王瑛阿姨就要把我拖上去。上去玩的小孩只有我一个?我可不干。于是,我就准备再拖两个下水。好说歹说,我和王瑛阿姨联手,终于说服了周宜人和管晨鹏。我们一起跑去排队。虽说这游戏很恐怖,但排队的人还真不少,大多是年青人。

唉!这么长时间的排队真难熬呀!玩的人又多,一次却只能上 12 个人。好不容易轮到我们了,我畏首畏尾走了上去。

刚系好安全带,我就紧张地闭上了眼睛。机器猛然上升了,它突然停了。我睁开眼睛,哇!我现在正在 60 米高的高空耶!我低头一看,妈呀!我要有恐高症了!就在这时,机器猛然快速下降,我急忙闭上了眼睛。"咚"一下,停在了半空中。刚才失重的感觉让我的心脏都跳到喉咙口了。我刚缓了一口气,椅子又向上升了。不过我已有准备,所以就不那么害怕了。最倒霉的是,椅子老是一上一下的,把我的屁股颠疼了。

哇!终于停了!我松了口气,不过玩下来,也没什么可怕的,因为它也就是青蛙跳的放大版。

坐 缆 车

海洋公园是建在沿海的两座山上的。在这两座山之间通行,那就得用缆车。

缆车的颜色各种各样,崭新崭新的,但是形状都是圆圆的,它的样子不禁使我想起了糖豆。我们坐进了一个紫色缆车。缆车绕了一个弯,慢慢开了出去。缆车里面还有四扇窗子,透过窗户朝下看,绿色覆盖着整个山峦,绿色的树木与蓝色的海水紧密连在一起,真美!远看,不时有几艘轮船慢慢行驶着,还有几只海鸥在"啊——啊——"地叫着。远看前方的缆车线,有的向上斜,有的向下斜。但每当缆车开过去时,却很稳,并没有我想像中的那样一颤一抖。时间怎么过得这么慢?终于缆车站到了。一看,哇!这条缆线真长,我们坐了 10 分钟的缆车耶!

高空飞鹰

高空飞鹰有点像地球自转,同时也绕着太阳公转一样。高空飞鹰自转的同时绕着一根铁柱公转。这个铁柱很高,大约 60 米高。柱子上有一个环,环上还伸出三个铁杠,铁杠上吊着一些老鹰形状的"笼子",一个"笼子"里最多可以坐两个人。等机器开动时,"笼子"转动,环也会围着铁柱转动。看起来似乎很好玩。

我和周宜人坐进了一个"笼子"。机器开动了。我觉得这并不怎么刺激,倒像是给我们休闲的椅子,随着风一荡一荡,让人感觉好像飞了起来。没过多久,"笼子"就停了下来。我给转晕了,这是在哪儿?往下一看,天哪!我是在高空哪!一会儿,高空飞鹰又启动了,我们又升得更高,很快,一轮就结束了。

迪士尼乐园

迪士尼乐园是我来香港最盼着去的地方。我盼它已经盼了 3 年了。这回,我终于见到它了。

灰姑娘旋转木马

由于迪士尼乐园是新建的,旋转木马也是新的,就显得更漂亮了。顶篷的外围上有许多卡通人物的相片,相片之间还隔着一面面一尘不染的小镜子。它们的周围涂满了金色的油漆。下面,就是一匹匹旋转木马了。每匹马都显得很高贵,都戴着漂亮的马饰,马具上还镶着珠宝金银。它们的大小、形态全不相同,里里外外,一共有 4 排马。外围的马最大,里面的马像是小马驹,最小。

晚上,我们又来到了这儿,灯全亮了,旋转木马就显得特别华丽,特别引人注目,当然排队的人也更多了。

小飞象旋转世界

小飞象旋转世界的外形就像一个多爪鱼,每个"爪子"的头上都有一只小飞象。每只小飞象的形象都一模一样,只是颜色不同。只见有的小飞象升得高,有的小飞象升得低,我们观察了一阵,发现黄色的小飞象总是升得最高。耶!快到我们喽!工作人员先给我们一人发了一张卡片,每张卡片上都有序号,原来小飞象是有编号的呀,看来我们不一定能坐上黄色的小飞象了。

我和周宜人飞快地奔向了5号小飞象,它是橘黄色的。上了小飞象我们才恍然大悟——小飞象是可以控制的,它上面有个可以上下推动的小把手,把它往上推,小飞象就可以飞高了。小飞象启动了,我使劲儿把把手往上推,小飞象迅速升高,从高处看,周围街上的人可真多呀。往后看,妈妈一个人乘坐着一只小飞象,她就像丈二和尚摸不着头脑一样,都搞不清怎么才能飞上去,我们跟她说了两遍,她才懂,并连忙把小飞象升高。我们有点厌烦高高地一直飞了,便一会儿把小飞象升高,一会儿把小飞象降低,忽上忽下,倒也挺好玩儿的。可惜我们还没有玩够,小飞象就"被迫降落"了。

飞越太空山

飞越太空山是迪士尼乐园里最刺激的游乐项目,所以排队的人也很多。排队时,我们一直在争论这到底是像4D电影那样的视觉感觉游戏还是像过山车?直到快轮到了我们时,我们才看到现场——那是过山车!

我最喜欢坐过山车了,于是,便和周宜人抢了前排的座位。过山车入轨了,我们眼前一片漆黑。过山车忽上忽下,忽左忽右,周宜人一个劲地叫,我呢,倒是悠然自得。因为这种"黑乎乎"的过山车我在澳大利亚的华纳影城坐过3次了。不过,过山车的模拟的宇宙星空倒是很漂亮。没过多久,过山车就结束了。

我们下车去看照片,我和周宜人的表情都很自然,王瑛阿姨疯狂傻笑,管晨鹏以及张哲宇都把头低下去了。

米奇金奖曲

米奇金奖就是给大家播放一些获得金奖的迪士尼卡通乐曲。我对卡通歌曲不太感兴趣,也不太在行。我一开始排队来听卡通歌曲时有点稀里糊涂的,只是随着大家排队,都不知道这是干啥的。

终于,进场的时间到了,大批观众涌入场内。这个厅还真大,前方是一个大舞台,两旁还有两个小银屏。幕布拉开了,大舞台后面也有一个大银屏,三个银屏闪出了画面,音响里也响起了音乐。几个演员上台表演,一曲结束了,就会有米奇、米妮等几个卡通人物出来发言,它们都讲广州话,我们听不懂。音乐一曲接着一曲放,我有点厌烦了,毕竟,我对卡通歌曲不感兴趣呀。

终于,放完了。我觉得这真是最上当的一个项目。

新疆之行

写作时间：2006年8月

言道：不去新疆不知道中国有多大。在新疆，我们每转换一个景点，都得坐飞机，9天，坐了7趟飞机。如果坐汽车的话，每转换一个景点，几乎要坐一天一夜。

第1天（8月13日），我们来到南京禄口机场，开始了我们的新疆之旅。

第2天，我们乘飞机前往吐鲁番。第3天，又乘飞机前往阿勒泰。阿勒泰机场是我见过的最小、最简陋的机场，感觉就像长途客运站，而且，它连行李传输台都没有。第7天，我们乘坐夜里12点的飞机返回乌鲁木齐，只休息了3个小时，又乘早上8点的飞机去喀什。第8天又是夜航回乌鲁木齐。有时，累极了，上了飞机就睡，都不知飞机怎么起飞，又是何时降落的。

除了飞机，汽车是新疆旅游必不可少的交通工具。我们到达一个景点都得坐很长时间的汽车，有时屁股都坐麻了。在车上干嘛？这是个麻烦的问题。车颠，无法看书；看窗外风景，相当长的时间，景色变化不大，也就会出现审美疲劳；睡觉，昏昏欲睡，似睡非睡，越睡越累，不如不睡……所以，只能听歌，聊天，翻来覆去地听，颠来倒去地聊。不管怎么说，在车上熬那么长的时间，真是考验耐性。

吐鲁番

高昌故城

　　高昌故城位于火焰山脚下,因"地势高敞,人庶昌盛"而得名。它在1 400余年的历史中,经历过3次盛旺,于元末明初毁于战火。高昌故城为不规则方形,分为外城、内城和宫城三部分,城的周长约5.4公里。

　　来到高昌故城,刚一下车,热浪便滚滚袭来,阳光刺得人睁不开眼睛。大家连忙打上遮阳伞。听说,进城一定要坐驴车,这是一个习俗。每人车费10元,是真的习俗还是为了赚钱?"入乡随俗",坐呗! 游客多,等了好一会儿才上了一辆驴车。

　　进了城,令我大跌眼镜:眼前的哪是城啊? 典型的荒漠。放眼望去,是无边无际的黄土:黄土夯成的残垣断壁,让你感觉进入了泥巴王国。时时一阵热风吹来,掀起地上的黄土,眼前一片弥漫。不过黄土之上的天空却是越发的纯净,蓝得透亮。地上,偶尔也能见到几株矮矮的、小小的、蔫蔫的植物,使荒凉的古城显出几分生机。

　　曾经,我也见过破败的古城,但总还有砖有瓦,有街有巷,像个"城"的样子,但眼前的"古城"却只见一个个奇形怪状的黄土坡。接着看到一块牌子,上面写着"古城遗址"。这儿的遗址全是土坡,哪有"城"的样子? 确实,这份荒凉很难让人想起那繁荣昌盛的高昌城。听导游说,因为长期的风吹日晒,战火掠劫,古城才风化成这样的。幸亏这里雨水极少,气候极端干燥,古城才得以保存一些"轮廓"。如果常下雨,这里早就变成一堆黄泥滩了。

　　驴车往深处走。虽然驴车有顶篷,但遮不了多少热辣的阳光。颠了一路,穿过城墙,驴车终于停了下来。我们来到一段残缺不全的土墙前,导游介绍说,这里原来供奉着一些佛像,中间还有一尊释迦牟尼的佛像。但伊斯兰教的人来到这里时,摧毁了所有的佛像。仔细一看,土墙上还能依稀看出一些佛像的轮廓。

　　走在古城的黄土地上,从千奇百怪的黄泥残壁中我竭力辨认曾经的房屋、街道和院墙,"地势高敞"犹在,但"人庶昌盛"又何处寻呢?

　　最后,我们来到唐僧讲经台。我发现这里保存得不错,是较完整的寺院。一听,才知道,这里是修缮过的。这个建筑呈半圆形,感觉就像一只半圆的倒扣着的沙漏。里面有3块凹进去的地方,形状就像贝壳。据说,这里面原来藏有经书,但

也毁于伊斯兰教徒之手。

出了高昌故城，我便感慨道，世界真是变幻莫测啊！昔日的繁华城市，如今却是荒凉的戈壁滩！我们只能在犹存的故城轮廓中，寻找当年丝绸之路中屹立于火焰山下的故城雄姿。

火 焰 山

《西游记》里的火焰山可是家喻户晓，这回我可见到了真正的火焰山。

火焰山位于吐鲁番盆地中部，呈东西走向，全长约 100 公里，平均海拔 500 米。当地人称"克孜勒塔格"，意为"红山"，是由红色砂岩构成的。据说，夏季，这里是全国最热的地方，沙窝里可烤熟鸡蛋。每到下午两三点时，强烈的阳光照射在基岩裸露的红色山体上，热浪滚滚，红色闪耀，犹如阵阵烈焰在燃烧。

站在火焰山下，奇怪的是，摄氏 40 度以上的高温，我的脸上居然没有汗，难道是因为气候干燥，把汗都给蒸发了？

火焰山附近，矗立着一根巨大的测温仪，远远就能看见温度刻度。它呈圆柱体，当地人称它"金箍棒"。是不是孙悟空来此留下的纪念？

葡 萄 沟

吐鲁番的葡萄沟是个举世闻名的地方。还是在二年级的时候，我从语文书上读到过描写它的课文，它就成了我的向往之处。以后，一旦读到有关它的文章，我总感到十分亲切，不忍错过。

来到葡萄沟，下了车，顿觉酷热难挡。醒目处一块大石头上的"葡萄沟"三个大字在阳光下迎接着八方宾朋，一条条葡萄架长廊伸向远处，旁边一条溪流缓缓流淌，哗哗的流淌声似舒缓的乐曲让心沉静下来。

我们在导游的带领下走进一条长廊。长廊里，葡萄架上爬满了葡萄藤，星星点点的阳光从缝隙中撒下来，形成一道道金光，刺人眼。漫步葡萄架下，感觉凉爽了许多。葡萄架两旁，竖着不少牌子，上面是关于葡萄的介绍，一张张实景照片漂亮无比。据介绍，葡萄沟现有葡萄田 60 多公顷，主要品种有无核白葡萄、玫瑰红葡萄、马奶子葡萄、喀什哈尔葡萄、比夹干葡萄等，而这里的白葡萄最有名。葡萄架上的无核白葡萄很小，微微有点透明，呈莹绿色，一串串、一簇簇。

穿过葡萄架，来到一户维吾尔族人家的院子。我们邀请了几位漂亮的维吾尔族姑娘在葡萄架下合影（不过得交费的），然后，脱了鞋，坐上了院子中间的葡萄架下的炕上。

主人热情地招待我们，我们围着桌子坐下，吃起了葡萄和西瓜。西瓜特别甜，葡萄更不用说。我吃了几种葡萄，确实，无核白葡萄最好吃，含在嘴里，一咬，"嗞啦"一声，甜甜的葡萄汁就"嗞"出来了。再尝尝葡萄干，软软的，甜得有些腻人。每种葡萄干分别尝尝，不知不觉舌头发麻了。有籽葡萄干的籽嚼起来"咔嚓"直响，很脆，不过吃多了就觉得有点苦。

这时，主人年轻的女儿给我们表演了舞蹈。他们穿着十分艳丽的民族传统服装，在红地毯上边唱边跳。景美、人美、舞更美。不一会，他们来邀请我们上去跳，还说不跳的话就3年不能回家。我们啥时候经过跳舞的培训呀，怎么也不敢上去，倒是妈妈们厉害，上去疯舞了一阵，那架势、那舞姿居然还有那么几分味道。

吃了，跳了，最后，我们就在这家买葡萄干。为了还价，妈妈们有点"不择手段"，开始胡扯套近乎。海霞阿姨说，只要便宜一些，就让她的帅儿子曹哲娶走主人的女儿。主人笑问海霞阿姨有几个儿子，海霞阿姨居然说："你有几个儿子，我就有几个女儿。"砍价砍得还真疯狂，50元的能砍到30元。最后，不用说，大家肯定是满载而归。

坎 儿 井

新疆是干旱地区，尤其是吐鲁番地区，年降雨量仅16毫米，蒸发量却是3 000毫米。所以，聪明的古人在新疆建立了特有的地下水利工程——坎儿井。

坎儿井是地下水利工程的奇迹。因为，坎儿井很窄，地下的部分只有半米高，人只能弯着身躯挖掘，而在古代，挖掘工具十分落后，条件也很差，不知这长长的坎儿井是如何建成的。

坎儿井的水是天山上的雪水融化流下来的，冰凉的雪水常年在地下流淌，温度很低，不能直接用来灌溉。聪明的古人就将坎儿井分为明渠和暗渠，明渠流经地面，雪水的温度就升高了。

来到坎儿井博物馆，能看到地下很深的暗渠。渠水不宽也不深，水清澈透明。水温很低，用随身带的矿泉水瓶子灌了一瓶水，瓶子表层就冒出了密密麻麻的水汽。喝上一口，清凉中透出一股甜丝丝的味道。

坎儿井是新疆人智慧的结晶，它带来了方便，也创造了一个历史奇迹。

吐鲁番的沿途风光

在驱车前往乌鲁木齐与吐鲁番的沿途中，一点也不无聊，途中风光不错，多姿多彩，十分有趣。

在内蒙古，我们看见过风力发电站，听那儿的导游说那是亚洲最大的风力发电站。在这里，我们又见到了风力发电站，而且导游也介绍说，这是亚洲最大的风力发电站。呵呵，到底谁是"亚洲最大"，我还得上网查查。但是，网上又会有多少版本呢？我们眼前的这个风力发电站有发电机组 400 座，每套机组投资 247 万元。它位于新疆九大风口之一，有取之不尽、用之不竭的风能。这些风力发电机擎天而立，似巨人屹立在广袤的戈壁滩上，或成队列，或成方阵，与蓝天、白云相衬，形成了一个蔚为壮观的风车大世界。风儿吹过，巨大的风扇齐齐转动，场面令人叹为观止。这景象倒是我们在内蒙古没有见到过的。

有一句话说：在北京，看城头；到上海，看人头；在西安，看坟头；到新疆，看石头。吐鲁番的戈壁滩十分多，戈壁滩上的石头不仅多，而且形态各异：有大有小，有长有短。大自然真是鬼斧神工，这石头有的像狗，有的像猫，有的布满洞孔，有的表面光滑……

车经过高昌故城时，我们看到了许多维吾尔族人的房子。那些房子十分"老土"，都是用土和木头搭建而成的，看起来还有些破旧。每栋房子前都摆放着一张床。这是吐鲁番十八怪之一——铁床摆在大门外。吐鲁番的夏季尽管高温，但早晚很凉，太阳落山后，人们坐在门口的铁床上纳凉，很惬意，晚上睡在铁床上，更舒服了。还有一怪："男人爱把绿帽戴"，因为，这里的人崇拜绿色，所以，男人们更爱戴绿帽子。"裙子套在裤子外"也是十八怪之一，就是说，维吾尔姑娘穿了裙子还要穿裤子，你说奇怪不奇怪？

沿途，偶尔能见到溪流，不过都是很窄的。也难怪，吐鲁番本身就缺水，能看到小溪实属难得。嘿嘿，我又想到坎儿井了。

梦幻喀纳斯

喀纳斯，是坐落在阿尔泰深山密林中的高山湖泊，蒙古语一种解释是"美丽而神秘的地方"，另一种解释是"峡谷中的湖"，我们听来都觉得是仙境所在。她被誉为"亚洲唯一的瑞士风光",是一块人类未污染的净土。

沿途风光

在距喀纳斯湖还有30公里的贾登峪度假村,我们放下了行李,换上了景区内的观光车。为了保护景区的自然生态环境,减少对景区的人为污染,景区实行封闭式的管理,其他车辆一律不得进入景区,我们也不能住在景区里。

观光车顺着盘山公路,沿着喀纳斯河前行。进入景区,第一感觉就是"宁静",静得让你恍若置身于梦幻之中。向外望去,山峦连绵起伏,线条十分柔美。可惜,前一天的晚上,我眼镜摔坏了,现在眼前就呈现一片模糊的景色,不过,倒更像置身梦幻之中了。

天上,蓝天透彻,白云飘飘,阳光从云层的缝隙中撒下来,不论撒到哪里,都是一片金色。一片阳光的金,一片树木的绿,交错相间。白云顺着风慢慢地飘,金色也顺着白云的移动而移动,眼前的景色就成了一幅活的画!

阳光撒在水面上,顿时,银光闪闪,刺得人睁不开眼。银光伴着流水,缓慢流淌。不远处,盘山公路似灰色的缎带,缠绕在山上,与流水产生鲜明的对比。

最令我惊叹的是这儿到处是树木,放眼望去,找不到一处裸露的地方。五彩斑斓的树林,被自然地分成三种色块:绿色的杉树或松树,黄色的白桦树,红色的欧洲山杨,色块交错,简直是像用油画颜料涂抹出来的一样。

路边,有一些哈萨克族人的毡房,离毡房不远处,牛羊悠闲地散着步。导游克里木叔叔给我们讲解:有些毡房上插着红旗,表示那是商店或饭馆,而在以前则表示家中有人怀孕了。可是,这位克里木叔叔的汉语讲得实在不敢恭维,我们都听不懂,妈妈只好当起了翻译。我们又邀请克里木叔叔唱歌。没想到,他的歌声真不赖,嘹亮动听。我们便说,怪不得你与歌唱家克里木同名呢。

山路弯弯,两旁迷人的风景不时从车窗外闪过,喀纳斯湖也时隐时现。克里木叔叔介绍,喀纳斯湖是一个变色湖,这也是喀纳斯湖迷人的原因之一。据科学家推测,有几个原因:一是阳光的折射;二是河水的深浅不一;三是水里的矿物质导致变色;四是树木的倒影所致。远处的湖水,的确呈现出丰富的颜色:深蓝,藏青,冰蓝,鹅黄,还有蓝黑,相糅交错,充满了神秘感。

远处的喀纳斯湖,就像一幅油画,五彩缤纷;又如一幅水墨画,静谧和谐。

卧龙湾、月亮湾、神仙湾

喀纳斯河的上源就是喀纳斯湖。湖水倾泻而下,在山谷中蜿蜒形成了卧龙湾、月亮湾等秀丽绝伦的水湾河滩。

汽车翻过了最后一座山,转过一个陡弯,只见喀纳斯河变成了一个河湾,河湾中有一小岛,形状如一条静卧的巨大恐龙,这里就是著名的卧龙湾了。传说,这是一条天上的龙,它十分向往喀纳斯这个神仙的地方,便来到这里。呆久了,就化作龙形的小岛。当地人还称卧龙湾是"卡赞湖",意思就是"锅底湖"。因为湖的形状十分像锅底。卧龙湾水面平静,流速缓慢。

从卧龙湾沿喀纳斯湖前行,又绕过一弯,在峡谷中看到蓝色月牙形湖湾。我们站在离河面几十米的高处鸟瞰,月亮湾夹在两山之间,河道随山势迂回,恰似一牙初升的弯月。月亮湾里有两个小岛,形状就像两个巨大的脚丫。对此,也有不少传说呢。一说月亮湾里出现了河怪,它搅得这里的居民、牲畜不得安生。天上的神仙见这里的人很善良,便觉得他们不该受这份罪,就派东海龙王去降怪。龙王踩住河怪的经脉,使河怪不得翻身,这就是当年龙王留下的脚印。另一传说是王母娘娘寻访人间,在此处流连忘返,留下了这对脚印。还有一传说,是一代天骄成吉思汗健步如飞追击敌人时,在这里留下的脚印……不论哪种传说,都给月亮湾添上了一抹神秘的色彩。

汽车前行，又见一片河滩，河水将森林和草地分成一块块似连似断的小岛。这就是神仙湾了。克里木叔叔介绍，每当雨前或雨后，神仙湾上总是飘着迷雾，湖和山云雾缭绕，就像传说中的仙境一般，因而得名。此刻，阳光透过雾霭照射在湖面上，河水波光粼粼、流光溢彩，连树上的叶子都闪闪发光。乍一看，就像天空撒下无数珍珠。所以，这里又叫珍珠湾。我的眼镜出了问题，眼前的景色看得我更加晕晕乎乎，如梦如幻。

见此美景，妈妈们最激动，拿出了道具——各种围巾，扎出不同的花色，摆出不同的造型，在照相机前乐此不疲，吸引众人的目光，倒成了另一道风景线。在另一端，有不少供人拍照的马呀、骆驼呀、牛呀，还有小羊羔。那小羊羔还真可爱，我抱着它拍了一张照。它的毛软软的，我能感觉到它的心跳。它虽然不大，只有猫咪那么大，但头上已经长出了一对又短又小的角，似乎有些"初生羊羔不怕虎"的感觉。

游 湖

来新疆前就一直着迷于喀纳斯湖水怪的种种传说：在风平浪静的如缎面般的湖面上，会突然出现大浪，一阵大浪涌过之后，远处的水面会出现一个巨大的身影，这个身影快速地在湖面游动，它就是喀纳斯湖怪，能将湖边饮水的马匹拖入水中。有时，湖水里突然发出某种声音，湖面上涌起一阵浪花，浪花下面会有一个硕大无比的影子在游动，背是红棕色的。这水怪其实就是大红鱼。但是，迄今为止人们知道最大的淡水鱼类是产自我国的鲟鳇鱼，它身长 7 米左右，体重达到一吨。而在喀纳斯湖的大红鱼的长度却是鲟鳇鱼的两倍多，几乎可以和海洋中最大的生物鲸鱼相媲美。那么，在喀纳斯湖的大红鱼岂不是可以称得上世界淡水鱼之最？还有猜测，喀纳斯水怪可能是人类还没有发现的一种怪兽，一种类似史前巨鳄或恐龙的庞然大物；还有人说喀纳斯的图瓦部族的老人们一直认为喀纳斯湖怪就是湖圣，是他们的保护神。不管是什么说法，都给原本远若隔世的喀纳斯湖增添了几分神秘的色彩。所以，游湖，不仅是为近观喀纳斯湖的全貌，更想幸运地邂逅湖怪。

喀纳斯湖呈弯月形，沿岸有六道向湖心凸出的平台，使湖形成井然有序的六道湾。每一道湾都有一个神奇的传说。其中第一道湾的基岩平台有一个巨大的羊背石，恰似一只卧羊昂首观湖。船驶入第一道湾，大家立刻被眼前的美景吸引住了。

两旁的山上，长着郁郁葱葱的植物，呈现出不同的颜色，船就像驶在五彩的峡谷里。低头看碧绿的湖水，水面平静得像一面镜子。这不禁让我想起乘船游三峡的情形，倒有几分相似，蓝天白云，绿树青山，空气清新，令人心旷神怡。不过，三峡的水质，远没有这里的清亮，两边的山，也远没有这里的静谧、多彩。

很快，船驶入了二道湾。这里是水怪出没的地方。我立刻瞪大了眼睛，生怕漏过一个细小的画面。船上的人也一下安静了许多，似乎都在等待水怪的出现。水面出奇地平静。船在缓缓前行，一直驶入三道湾，都没有任何特别的迹象。于是，叹息声一片。人啊，就是如此，总爱抱着极大的希望，也总免不了接受最终的失望。这不，我们又期盼着下一次的邂逅呢！

三道湾与一道湾几乎一样，河道要比二道湾宽许多。一会儿，船停了，人们轮流出舱拍照。由于我们坐的是快艇，所以，能拍照的空间只有入舱口那一小块，拍起照来取景很困难，速度又慢。我们还没来得及拍好，驾驶员已经迫不及待地掉转船头往回驶了。别说美景照得不够，那剩下的三道湾也不可能进入。遗憾！

快艇回到了码头，我们意犹未尽，沿着河岸往回走。沿岸，看到一个小伙子，身旁的木架子上站着一只老鹰。鹰不是国家保护动物吗？走近看，眼前的这只老鹰，还真威风。金黄色的喙，跟铁钩子一样弯曲着，十分尖利。黄色的眼睛直勾勾地与路人对视，脖子不停地转动着，似乎在看是否有人侵犯自己的地盘。羽毛白灰相间，略显凌乱，爪子铁灰色，有点脏，但看上去十分有力。架不住小伙子的忽悠，曹哲哥哥让鹰站在手臂上，拍了张照。当然得付费的。

观鱼亭

观鱼亭建于海拔2 030米的哈拉开特山顶上,与湖面落差接近700米,爬上去,可以鸟瞰喀纳斯湖全景。当然,在这上面看湖怪,也是最清晰的,观鱼亭也因为这点而得名。

我们坐车上了半山腰,下了车,开始爬山。风景实在是美,遍地都是绿草,还开着星星点点的野花,天空白云密布,空气十分清新。阳光从云层中的细缝里射下来,照到哪儿,哪儿就是一片金黄。群山便一片金黄,一片墨绿,犹如大幅油画。随着云层的移动,地面的金光也慢慢移动,那就是一大幅灵动的油画。俯视喀纳斯湖,它就像一块碧玉,湛蓝湛蓝,一尘不染,镶嵌在油画中间。

人还真多,一浪一浪,挤呀嚷呀,拍照片都得等待。

终于,到了山顶!谁知,观鱼亭里更是挤满了人,连一块落脚的地儿都没有。向上看,天是那样近,云是那样白。远处,中、蒙、俄、哈四国的界山———积着皑皑白雪的友谊峰傲然伫立在东北方。近处,仔细看,还能看到牧人的毡房。那毡房立在绿草地上,有点"万绿丛中一点白"的意思。与内蒙古的草原比,还真不一样。内蒙古地势平坦,放眼望去,是一望无际的草原,像绿色的海洋。这里,群山连绵起伏,就像无数个"M"连在了一起,也像绿色的海洋,但那是波涛翻滚时的海洋。向下看,一片朦朦胧胧,像起了雾一般,而湖面上,随着云层的变换,呈现不同的色调,如同幻影。

下山路旁的草地,草有小腿肚那么高,隐在草地间的野花更多姿多彩,与蓝天白云、雪峰碧水、木屋丛林一起构成了喀纳斯另一幅美景。

下了山,看见许多小别墅一样的木头屋子。噢!原来这也是客房。一排排的木头小别墅,一片片的绿色草地,后方衬着蓝蓝的喀纳斯湖水,让人感觉身在瑞士一样。怪不得人们称这儿是亚洲唯一的瑞士风光。

图瓦族民居

在喀纳斯,居住着我国最古老的游牧民族之一———图瓦族人。图瓦人保存着自己独特的生活习惯和语言。他们能歌善舞,热情好客,基本保持着原始的生活方式。有学者说,图瓦人是成吉思汗西征时遗留下的部分老、弱、病、残的士兵,他们

在喀纳斯湖边繁衍至今。图瓦人认为,喀纳斯的名字就和成吉思汗的名字连在一起,因为,成吉思汗西征路过喀纳斯湖时,被喀纳斯湖的美景所吸引,亲自下马欢捧湖水,仰头痛饮。所以,图瓦人都把喀纳斯湖的水称作"王者之水"。至今图瓦人不到湖里打鱼,也不在湖边放牧。而喀纳斯村中也有年长者说,他们的祖先是500年前从西伯利亚迁移而来的,与现在俄罗斯的图瓦共和国图瓦人属同一个民族。

在喀纳斯村,有依山傍水、原始独特、风格古朴的图瓦人村落。我们走进一户人家。刚进院门,一位年迈的老爷爷就领我们进了屋。这屋子不大,全是用木头做的。木墙的醒目处挂了一幅成吉思汗的画,可见图瓦人对这位蒙古大汗的崇拜。木墙上还挂了不少完整的动物的皮:狼皮、熊皮、狐皮,还有鹰皮。老爷爷介绍,这些动物皮是他年轻时打猎的收获,现在保护稀有动物,不可能再添加这些动物皮了。房子的墙角,有一副很大的木头做的雪橇,也是老爷爷年轻时的用物。

大家围着屋子中间的桌子坐了下来。桌子上摆着一些零食、奶干。老人的女儿给我们表演了歌舞。然后,老人给我们吹起了图瓦人独有的乐器——"楚吾儿",楚吾儿能吹出的音不是很多,但音色十分混杂,就像有多种乐器在合奏一般。听老人的大女儿说,吹楚吾儿需要很大的肺活量。我便有心统计,哇!老人能不换气吹23秒,肺活量真大!老人十分投入地给我们吹了两曲,这两曲都是老人自己谱的。令人惊讶的是,楚吾儿其实都是用草干子做的,它的颜色是灰中带黄,好像不怎么坚固。

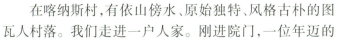

听完了楚吾儿,我们品尝起了奶干,这是酸奶干。我吃了两颗,酸酸的,苦苦的,又干又硬,还有股膻味,好难吃,实在不习惯。

接着,老人带我们仔细参观他的家。老人的家有三间房子。一间住房,一间就是我们刚才待的招待客人的,还有一间储藏室。这些房子都是用土、木头和草盖起来的。听老人的大女儿说,在下雪下雨的时候房子还会漏风漏雨。当我们进了住房后,更加惊讶了:不大的地方,左边是打的几个"地铺",右边是电视机、柜子,前面是锅碗瓢盆煤气灶,中间是餐桌。就这么小的一个地方,要住下全家老老小小五口人。

房子门前,老人的小孙子正蹲在地上,玩着泥土和石子。在他那么大的年龄,我们已经在玩一些玩具了,而他恐怕连玩具是什么都不知道呢!虽然生活条件并不怎么样,但是一家五口人和和睦睦,也是十分幸福。

住　　处

在喀纳斯,我们住的地方叫"太阳城堡",它位于一个山谷间。一栋栋的大别墅,基本很相似,每栋别墅都有两层,有十几间客房。

太阳城堡的空地非常多,而且全种上了草。你随处能见狗呀,牛呀,羊呀,它们在草地上自由地漫步,好不自在。也有一些游人出来活动。那天晚上,我们还看见了热气球从太阳城堡升起,又慢慢落下,当时,火光映红了热气球周围的地方。

这些别墅看起来很不错,但是,一进客房,就觉得不是那么一回事了。一楼的房间湿漉漉的,还有一股马粪味,床上竟然有头发、头皮屑,被子、床单根本没换,卫生间也不咋样。

在我们居住的地方,服务员还闹了两个笑话:秦老师让服务员打电话向总台询问一件事,谁知拿着对讲机的她一脸茫然,说:"我没有电话。"秦老师只好细致指导:"请你用对讲机向总台询问。"服务员才拿起对讲机说话。晕!另一个笑话就是她拿钥匙开门,每把钥匙上的牌子明明标志着几楼几零几房,她看也不看,竟拿起整栋楼的一大串钥匙一把一把地开房门!不认识字也就罢了,但她总不会连阿拉伯数字也不认识吧?再晕!

相比之下,餐厅的服务员就能干些了。中午,我们在餐厅吃饭,和几位服务员聊了起来。一位服务员告诉我们,她妈妈是哈萨克族人,爸爸是满族人,她算是混血儿。在这里,哈萨克族人最多,被叫做"民族",混血儿被叫做"毛橛子"。因为这里很偏僻,所以,这里的很多人没读过书,见识也就很少,甚至还有人一辈子都没出过山。

乡间城里,差异真的好大。

伊　犁

雨中那拉提

相传,700多年前,成吉思汗西征时,率领一支蒙古军队从天山深处向伊犁进发。虽然是春天,天山深处却是风雪弥漫,饥饿和寒冷侵袭着他们。翻过山岭,来到一片草地,眼前繁花似锦,流水淙淙,阳光普照,人们不禁大叫"那拉提、那拉提"。在蒙古语里"那拉提"是指"太阳升起的地方",于是便有了这个地名。

那拉提草原与我们在内蒙古看到的辉腾锡勒草原明显不一样。辉腾锡勒草原是一望无际、平平坦坦的，很少看见树木，遍地花草；而那拉提草原，则是山峦高低起伏，一棵棵树高高直立着。置身于此，你会觉得，草原是绿色的海，树木是波浪，毡包是浪中的彩帆，羊群、马群是卷起的浪花，连绵的山峰就是海岸。

到那拉提草原，我最想干的事就是骑马。可偏偏天公不作美，到了草原，竟然下起了雨。出城时，还是艳阳高照，所以，我们都没带雨具。现在，我们只有来到餐厅，边用餐边躲雨。但是，雨越下越大，毫无停下的意思。骑马是别指望了，遗憾之极！气温也在不断下降，我们穿上了携带的外套，似乎也抵挡不住阵阵凉意。

担心大雨一时半会停不住，总不能就怎么耗着，于是一致决定：租辆观光车冒雨游览那拉提！这里晴天雨天的温差很大，所以尽管是在夏天，也有军大衣租用，可惜数量不够，只能四个人合用一件。军大衣抓在手上湿漉漉的，也能御寒？将就着用吧。没有雨具，套上餐厅的塑料桌布，出发！

观光车冒雨前行，风似乎也在凑热闹，吹得树叶哗哗直响，吹得塑料桌布"翩翩起舞"，雨水就乘势袭击我们。我们四人合盖一件军大衣，要么挡不住身子，要么盖不住腿。军大衣也慢慢被雨水打湿，越盖越凉。

不过，这丝毫不减我们雨中欣赏那拉提的兴致：山坡上，竖立着一棵棵像松树一样的树。这是"雪岭云杉"。它最高能长到五六十米，深入地下的根系也达十多米。一棵雪岭云杉的蓄水量将近一个小型蓄水池。雪岭云杉还有"三千年"说法：活时一千年不死，死后一千年不倒，倒了一千年不朽。高高的云岭雪杉，列成队，排成行，在悬崖上傲然挺立，护卫这片草原。导游又指着路边的两棵奇怪的的松树告诉我们，那叫"盘龙松"。盘龙松的枝叶像一条绿龙一圈一圈盘绕树干，感觉像是人工雕琢的。大自然还真神奇，竟能培育出这样奇异的树。

雨中，倒也出现了一些平时看不到的美景：一缕云雾环绕在山脚下，慢慢地螺旋上升。到了山腰上，又到了山顶上，就像一根雾白色的丝带，缠绕在山的周围，俨如一幅灵动的水墨画。老妈不住惊叹，赶紧抢拍此景，不顾雨水打湿相机的镜头。

山坡渐高，视野渐广。绿色山坡，起起伏伏，雨雾漫飞，柔丽而又润泽。云杉林，高高低低，绿葱葱的，挺拔而娇美。牧民的屋舍和毡房点缀其间，时隐时现。那大群的牛羊不知躲到了何处。

风大雨凉,我们有点控制不住,瑟瑟发抖。妈妈们"童心大发",带领我们在车上扭起了屁股,说运动抗寒,吓得司机紧紧握住方向盘,车子还是忍不住"扭起了秧歌"。这还不够,妈妈们又一个劲儿狂喊大叫,动员大家唱起流行歌曲。最不能忍受的是,大雨天的,竟唱什么"太阳当空照",还让我们尽情想像在太阳当空照的那拉提草原下与牛羊追逐。好在雨中的草原上,就我们一辆观光车在穿行,妈妈们尽可以肆无忌惮。我们也被动地拉起了山歌,那歌声在草原回荡,余音缭绕。

雨天的草原,雾蒙蒙,虽然又冷又湿,但大家依旧兴高采烈。在内蒙古,我们看到的是阳光下晴朗温暖的草原;在这里,我们看到的是风雨中模糊寒冷的草原。晴天、雨天中的草原,都看看,也挺好的。

观光车绕了一大圈,来到一座铁索桥旁,我们便下了车。桥下的河水虽不深,但十分急,再加上大雨天,河面白花花的一片。一侧和缓的山坡似近在眼前,雨雾缭绕,又似远在天边。不顾雨水,妈妈们又摆起了造型,举起了相机,为了取暖,我们也来点"童心未泯":在桥上又蹦又跳,铁索桥摇摇晃晃。妈妈们吓得大呼小叫,瞪着眼睛。我们更加来劲,跳得更猛:"运动抗寒,运动抗寒!"

坐上观光车回到餐厅,大家从头冻到脚,全都麻了,但心里热乎乎的。

这次草原之行,最令人难以忘记的是这场大雨。

做客蒙古包

仇实的姨妈在伊宁一家银行工作,从那拉提草原回来,她特地邀请我们做客蒙古包。我们来到伊犁河边的蒙古包。里面很宽敞,装饰非常有特色,四周挂着民族服饰和一些特色壁画,正前方摆了一张小床,在中央摆着一张长桌,在长桌四周铺着一些地毯和带有民族特色的、各式各样的棉被,就连桌布也带着民族特色。

仇实的姨妈和姨夫,还带来3个当地的阿姨:两个是哈萨克族的,一个是维吾尔族的,都是伊犁州歌舞团能歌善舞的舞蹈家、歌唱家。大家彼此介绍,称谓亲昵,她们称我们为"妹妹",称我们的妈妈为"姐姐",而且,不管称呼谁,前面一律加上"亲爱的",那声音甜美、清脆,让你全身舒坦。

大家围着长桌,盘腿坐了下来,与平时一样,我们先吃水果。品种还真多,有甜瓜、西瓜、紫葡萄,还有蟠桃。接着,上菜了:有土豆烧鸡、羊排、炸小鱼、红烧牛排骨、红烧鱼……挺丰盛的。菜的口味都很重,而且基本上都撒了孜然粉。大人们互相敬酒,喝的是当地的伊犁白酒。不喝还不行,一声"亲爱的姐姐"让你心甘情愿地连喝三杯,当然,敬酒的阿姨是先干为敬的。呵呵!老妈酒量最小,还不知她会出

什么洋相呢！最好玩的是这儿的一种饮料，看上去像橙子味汽水，喝起来，则是甜甜的，味道有点像啤酒，这饮料产自俄罗斯。

在我们半饱的时候，那位哈萨克族的阿姨为我们唱起了歌，声音清脆，十分嘹亮。接着她又为我们唱了两首。每唱完一首，大家都喝三杯酒。一会儿，仇实的姨夫换上了民族装，看上去，他还真像个新疆老大爷，又是敬酒，又是三杯。这时，大人们全喝醉了。

仇实的姨妈还邀请她们上去跳舞。可妈妈们都不会跳舞，她们便与那位维吾尔族的舞蹈家学了起来。妈妈们跳舞的姿势啊，还不如企鹅走路的样儿呢，用周宜人的话来说，就是"群魔乱舞"。最可笑的是董磊阿姨，她一边跳还一边说"饿喝醉了"。终于，她们不跳了，坐下来，一时兴起，竟给仇实的妈妈打起了长途电话。董磊阿姨在电话里翻来覆去只说一句话："饿喝醉了。"我们笑得肚子都疼了，因为数了一下，黄磊阿姨一共说了170多遍"饿喝醉了"。也不知老妈头脑是否清醒，她斜躺在桌子一旁，给老爸打起了长途电话，嘀嘀咕咕说了很长时间，大抵就是喊老爸来喝酒，喊老爸来接我们。我的天，难不成让老爸包机飞过来，那也来不及呀！醉了，醉了！没过多久，她们又跳起舞。老妈要吐了，可她看也没看，穿着周宜人的鞋子跑了出去。等她回来，董磊阿姨又穿起了周宜人的鞋子跳起舞来。跳舞不够尽兴，又唱起卡拉OK，一律是新疆民歌，不顾有歌唱家在此，妈妈们竟然抢起了话筒，也许是借了酒劲，也许是伊犁河的水声作伴，妈妈们的水平是超常发挥。我们从未见过妈妈们的这疯狂劲，就举着相机尽情地拍呀拍。

主食上来了，是手抓饭，南瓜味的，甜甜的、香香的，真好吃。妈妈们连喊吃不下了，仇实的姨妈就端起盘子一口一口喂妈妈们，还连连喊道"亲爱的，亲爱的"。妈妈们居然也陶醉似的张大嘴巴配合。瞧我老妈，开始发起了酒寒，上牙与下牙直打颤，好搞笑。

霍　城

来新疆前，我只知道乌鲁木齐、吐鲁番这些著名城市和景点，其实在新疆，霍城的

名气很大。导游说,到了霍城就几乎能领略到新疆的各种特色风光,这里最为有名的是:新疆最大的高山湖——赛里木湖,伊犁第一景——果子沟,民歌《草原之夜》的诞生地——可克达拉大草原,新疆唯一的绿洲沙漠——图开沙漠,还有霍尔果斯口岸。

赛里木湖

前往赛里木湖途经果子沟,看见许多苹果树。导游说,这里产出的苹果糖分很高,是全国最好吃的苹果。仔细一瞧,只见树上挂着许多还未成熟的苹果,青绿色,隐在树叶间。眼前渐渐出现一片绿色,车子便沿着盘山道开了上去,一座座山连绵起伏,这里的人称这些山为"阴阳山"。阴阳山的阴面长满郁郁葱葱的树,而阳面只有漫山遍野的草。导游说,因为这种树喜欢阴暗潮湿的环境,所以只长在山的阴面。忽然,我仿佛回到了喀纳斯,眼前的景色,仿佛是画出来的,似真、似假,真是真到极致就是假,假到极致便是真。

刹那间,眼前一条蓝线,到赛里木湖了!蓝线扩大为一片,湖水碧蓝碧蓝,偶尔一艘快艇在湖面上飞速驶过,平静的湖面上留下了一道长长的白色水线。远岸的山峰连绵,山顶白云飘移,更显得湖水静谧、神奇。

我们打算坐观光车绕湖观景。几个维吾尔族人为我们献上了哈达和酒。观光车沿着湖边公路慢慢地行驶着。路边许多牛羊自由自在地吃着草,还有一些猫咪般大小的小羊卧在母羊身边,晒着太阳。前面,牛羊横穿马路,我们的车子开到它们前面时,它们竟然不让,只是懒洋洋地瞟了我们一下,继续不紧不慢地走着。

赛里木湖是天山积雪融化后从地下流入湖中的。水从泥土下流入湖中时,草皮下便积满了雪水,所以当地人称出水口为涌珠。我们下了车,朝湖岸边走去,我看见了一处涌珠,赶紧跑去,突然,脚下的草皮往下陷,一踩,水就被挤出来了,我的鞋湿了。我小心翼翼地绕过湿地,在涌珠旁蹲了下来。雪水不停地流出来,捧一捧雪水喝了一口,冰得牙龈好疼。沿着湖岸继续走,发现草皮下的水越来越多,涌珠也越来越多,几只青蛙、癞蛤蟆自在地在草皮上躺着,再往前走,只见小草浮在雪水上,已看不到泥土了。

走过涌珠区,我们上了车,听司机说,昨天因为下大雨,出现了海市蜃楼,不知今天是否会有幸看见。突然司机指着远处说道"海市蜃楼!"一看,远处,草原与天空的交界处有一道亮蓝,好像是大海一般,远处的两个蒙古包仿佛漂浮在海上。司机说，今天的海市蜃楼没有昨天壮观，昨天马路两旁，全是海市蜃楼，简直看不到草地。唉！好可惜啊！

司机又说，现在是天鹅迁移的季节，所以，也许能看到天鹅。说着，司机指着远处的湖面叫道："天鹅！"定眼搜索了半天，我终于看到了天鹅，一对雪白的天鹅在湖面上游着，形影不离，由于离得太远，所以只能看到一个大概的轮廓，随着汽车的远离，天鹅也变成了远处的两个白点。

成吉思汗是我最崇拜的历史人物，他曾经率领"天兵天将"横扫亚欧大陆，下一站，就是我最向往的——成吉思汗点将台。车在长长的冰水河旁停下来，司机让我们每个人在河滩上捡3块石头，到时候在成吉思汗点将台上许愿用。我捧了一捧冰凉的河水，喝了一口，味道与涌珠雪水一样，很纯，但是没有涌珠雪水冰，接着，我捡了3块颜色不同的石头，在河边洗干净，上了车。

到了点将台，只见3支粗壮的像放大了几十倍的长矛一样的铁柱，直直地插在3个敖包上。按照风俗，我们应该绕着最中间也是最大的敖包绕3圈，每绕一圈许一个愿，每许一个愿就要扔一块石头到敖包上。我绕着敖包，许了3个愿，但愿美梦成真吧。接着，将上车前维吾尔族人献给我们的哈达扎在中间的铁柱上，要求扎得越高越好。但是，不知为什么，当地人规定已婚女子不能把哈达扎上去，只能由儿童代替。我就将我和妈妈的两条哈达扎在了高处。敖包位于一个土丘上，可以俯视远处，不难想象，当年成吉思汗十万铁骑，整齐排列，那是多么壮观的场景啊。

离开点将台，上了车，车从草坡上往下开，不时能看见几只老鼠惊慌地逃入鼠洞，很可爱。忽然冒出一个荒唐的想法：我倒希望自己是这儿的小老鼠，永远生活在这风景如画的地方。

图 开 沙 漠

在内蒙古游览沙漠时，下着大雨，所以我们只玩了滑沙，骑了骆驼，很是遗憾。而新疆有十大沙漠，我们来到图开沙漠时则是万里无云，艳阳高照。

到了沙漠，我们先去吃饭，品尝了这里有名的架子肉——"红柳烤肉"。其实架子肉就是烤肉的一种，把羊肉穿在一个铁架上挂着，吊在馕坑里烤，而红柳是一种生长在沙漠里的植物，不畏惧干旱，用它烤出的肉，有一股淡淡的木香。架子肉选的是肉嫩的羔羊，用锋利的刀切出肉卷，把调料镶入肉中，肉的外表还涂一层料汁。

架子肉上来了,色泽金黄,香气四溢,让人垂涎欲滴。咬一口,汁便挤了出来,太好吃了!味道十分鲜,咬一口,肉的火候不错,嫩嫩的,不咸不淡,味道丝毫不比牛排、羊排差。转眼,两架肉就没了。

吃完饭,我们便赶紧跑去玩。沙漠骑马、骑骆驼,在内蒙古我们都玩过了,没什么新奇,唯独沙漠卡丁车没开过。于是,我们毫不犹豫便玩起了卡丁车。老妈率先上了车,抓住方向盘,我则坐在旁边。一位师傅在旁边指导后,老妈就发动车子。沙漠上,沙山连绵起伏,每次开上顶再冲下来时,就像坐过山车一样,有时车子冲下来时,身边便扬起一阵沙浪。不一会儿,我们在一阵惊呼声中到了终点。我们下了车,在沙山上拍起了照片。回去时,老妈忽然异想天开竟逼我独自开。我推三阻四,最终在老妈瞪大眼睛的逼迫下无可奈何开了车。刚开始,手脚不由脑,我想让速度慢点,便松了点油门,没想到,油门刚松,手上的方向盘又不住地抖了起来,真是手忙脚乱。每当车子开到沙山顶就要往下冲时,我总是有点担心,怕车子会翻了。其实,卡丁车很重,它的六个轮子一直贴着地面,稳得很。心惊胆战中,我竟回到了终点,还没来得及细细体味,就结束了?我居然要求独自再来一次,还没等老妈同意交钱,我已发动车子一溜烟跑了……一圈,又一圈,老妈终于心疼费用了,大声呼喊,把我拖下了车。几圈下来,屁股颠疼了,但过瘾!

马!我的最爱,不能放过!仍然是不等老妈同意,我已拉住缰绳,一脚踩马踏,一脚横跨,在马主人的帮助下骑上马背。马主人坐在我的后面,拉住缰绳,吆喝一声,马在沙漠上慢慢悠悠地走起来。我要求快跑,主人拉紧缰绳,"驾"的一声,马加快速度,向着沙山爬上去,冲下来。我感觉整个沙山摇晃起来,我似乎要掉下来了。这还不算,刚才开卡丁车只是屁股颠得疼,现在连五脏六腑也一起颠着疼起来了。终于,我心有余悸、小心翼翼地下了马,原来骑快马这么受罪。但,过瘾!

喀　什

香 妃 墓

香妃墓又称阿巴克霍加麻扎,里面安葬着阿巴克霍加家族的 72 人,是新疆境内规模和影响最大的伊斯兰教陵墓。据说香妃身上有一股香气,电视连续剧《还珠

《格格》中,把她身上的香气描绘成了可以吸引蝴蝶。来到香妃墓前,就有不少人在卖蝴蝶发夹,其中,有一个可爱的小女孩,看到我们,便拿着蝴蝶夹子跑过来,嘴里喊着:"来一个,阿姨,买一个!"说着不管我们愿意与否,便把发夹夹在我们的衣领上。我们只好都买了一两个,然后提出跟她拍照的要求。她开始还配合着,两秒一过,头便歪到旁边,嘴里喊着:"再买一个,买一个。"呵呵!还真拿她没办法,想拍就再买呗。小姑娘真会做生意。

香妃墓建于 1640 年前后,由门楼、大礼拜寺、小礼拜寺、教经堂和主墓室五部分组成。我们来到正门楼前,它两侧有高大的砖砌的柱和墙,上面镶着琉璃瓦。

进了正门门楼,我们来到了主墓室,主墓室不大,但是很高。砌起的瓦台上,排列着不少木棺,每个棺材上都铺着绸布,有的上面还扎着丝绸花,各个棺材大小不同。大的木棺是男人的,较小的是女人的,最小的木棺是儿童的。导游指着最后面的,扎着粉红色的大绸花的小棺材告诉我们,那就是香妃的墓。在大片墓棺中,它一点也不显眼,让人怎么也想不出一个大清妃子会葬在那儿。

出了主墓室,我们来到了讲经堂前。说是讲经堂,其实更像个摇摇欲坠的木棚。它被许多纵横交错的树干支了起来,像危房一般。它的面积很小。在一侧墙上,有一个半米高左右的小门。据说,那门通向一间卧室。但战火将那扇门封住了。

老　　街

在新疆,北疆看风景,南疆看风情。到了已有 2 000 年历史的喀什,就一定要到老街里走一走,感受浓郁的人文风情。喀什的老街,条条街巷九曲回廊,最能显示古城的千年风韵。

我们来到老街的街口,老街上灰尘飞扬,街道不宽,旁边许多条胡同曲折交错,怪不得导游说这里是城市迷宫。

因为导游关照,这里的治安不如北疆,千万不能背着包单独行走。我们就打算坐驴车逛逛,这么多人,需要包两辆,这驴车费用低得吓人——一元一辆!我们跟车主说五元一辆,对方不知是脑子转不过弯来还是语言不通没听懂,固执地说:"一元一辆。"

我们分别上了两辆车,导游在另一辆驴车上说往右拐,那车迅速走远。我们这部驴车却接着往左边拐。我们发现不对头了,便问车主去哪儿,不知是他听不懂还是故意使坏,压根不理我们,只是说:"转一圈! 转一圈!"驴车行驶得更快,我们就跟导游坐的那部车分得更远。天啊,他要带我们去哪儿? 我们边给导游打电话,边对车主大喊停下,引得路人对我们指指戳戳。他还是不理我们,笑眯眯地说:"转一圈,转一圈!"正在我们胡思乱想、大叫大喊的时候,导游坐着电动三轮车赶来了。幸好那个开电动三轮车的司机会说汉语,他对驴车车主说了半天,车主还是愣愣的。唉! 我们只好付了钱,上了电动三轮车。有惊无险!

在城市迷宫中七拐八绕了很久,有趣的是街边的胡萝卜、大蒜头都是连着地上的绿色茎叶一块儿卖的,一大捆一大捆的背在肩上,蒜雪白水嫩,胡萝卜金黄。

我们走进了一条胡同。这胡同给人的感觉十分阴暗、狭窄。我们进了一间住宅,这住宅纯粹是木头泥巴搭成的,房间很小,两层楼,楼顶是个平台,直直的木楼梯连接上下楼。进了房间,一张大床占去房间一大半,我们再一站,几乎不能转身。我们顺着楼梯上了二楼,一切都是灰蒙蒙的。唉! 我们给了户主一点钱,出了门。

门外已经里三层外三层地围了一群孩子。一见到我们,他们便伸出手,向我们要东西,这些孩子的衣服都脏兮兮的,好几个还光着脚。我们把身上带着的零食、水果、点心全部给了他们。这些孩子对再普通不过的照相机、摄像机都十分好奇,伸出手想去抓,老妈吓得赶紧收了起来。我们要走了,他们还呼啦一下子跟上来,伸出一根手指叫道:"一元! 一元!"我们又掏出所有的零钱,他们呼啦一拥而上。给了零钱,我们快速走出胡同,孩子们还眼巴巴地望着我们,不愿离开。

我们刚离开这边孩子们的"包围",另一条胡同的孩子又"哗啦"一下跑了过来,围着我们要东西,竟连我手中的空瓶子都不放过。更有趣的是,一个两岁左右的小男孩,光着身子跑过来,看着我们惊讶地望着他,他有点不好意思,憨憨笑着。

乌鲁木齐

逛大巴札

大巴札是集市的意思,新疆乌鲁木齐的二道桥国际大巴札最有名,是世界上最大的大巴扎。二道桥是乌鲁木齐维吾尔族的聚居地,是乌鲁木齐市最具有维吾尔族文化特色的一条街,吸引人们的不仅是这里物美价廉的民族商品,还有这座现代化城市里浓郁的民族风情。下了车,富有民族风格的维吾尔族建筑在蓝天白云的映衬下格外醒目。满街的广告招牌是蝌蚪样的维吾尔文,商店里放的歌曲也是那么地具有异域风情,满大街行人叽里咕噜的话会让人觉得真像到了另一个世界。只见大巴札里人山人海,乱哄哄,闹嚷嚷。琳琅满目的商品让人眼花缭乱,目不暇接。许多小贩坐在地上,卖着水果、果干,见有人来了,便喊着、推销着。

往里走,是一个挨着一个的店铺,铺子就像用钢管搭起来的窝棚。这些店铺大多是卖羊毛、羊绒纺织品。由于这里靠着口岸,所以,许多东西都来自巴基斯坦。

我们走进一家店铺,挑选羊毛围巾,一条 80 元。妈妈们使出铁齿铜牙还价,而店主也很聪明,僵持不让。最终,妈妈们以 40 元一条的价格买了下来。走出这个店铺,继续逛。许多店主热情地招呼着路人,热情地推销。他们一会说普通话,一会又说本地话。我们不知转了多少家店铺,手里大包小包拎了一大堆。这也难怪:这里的东西价廉物美,几个购物狂妈妈当然要大开"买"戒喽!

写作时间:2007 年 2 月

幼儿园时,我曾经去过黑龙江哈尔滨。那时的经历,基本没有留下多少印象。

最近,老妈在网上看到了黑龙江双峰林场雪乡的介绍,那里每年十月就瑞雪飘飘,隆冬季节几乎日日飞雪迎宾,积雪厚度可达 2 米深,好一派北国风光!再看那一张张图片:那一米多厚的皑皑白雪层层叠叠堆积在房顶上,随物具形,堆积成一个个千姿百态蘑菇状的雪堆,仿佛冰雕玉琢的童话世界。

所以,今年春节我有幸再次去黑龙江旅游。与往年不同,这次已经不是妇女儿童团了,加入了爸爸们,一共 6 个家庭。以前去云南和福建时,爸爸们的表现令我们大失所望——每到一个景点,总是不想一起玩,除了坐下来吹吹牛、喝喝茶,就是打打牌,估计这次也不要抱太大的希望。

今年的镇江是暖冬,竟然没下雪!好失望!抱着对冰天雪地的渴望,大年初一下午我们登上了飞往黑龙江哈尔滨的飞机。

从哈尔滨坐汽车到雪乡,需要 5~6 个小时的车程。出了城,公路既宽敞又干净,只有路边的树上、土地上有些积雪。慢慢地进了山区,路边的积雪越来越多,路崖上和路中间也出现了积雪。等汽车进了林区上了盘山公路后,已经完全是在冰雪路面上开的了!偶尔会看见老乡赶着马车在雪地上奔跑,极潇洒自在。

到了雪乡,一下车,天地间由雪连成一体,白茫茫的一片!脑海中只出现四个字:雪封大地!

我们开心地冲向了白雪世界……

打 雪 仗

　　我们坐上了雪地登山坦克,上山观景。沿途只见树上的叶子已经全部落光,但数量极多的树枝及其分枝却能让人联想到它们曾经树冠茂盛。

　　到了山上,我立刻下了车。哇!雪确实很深,较浅的地方已经没到小腿肚了。再向前走一点,雪已经达到膝盖以上了。这里的自然雪很松散,而且黏性也不错,只是不管怎么捏都无法捏成雪球。最后,我们干脆就地取材,用天然形成的小雪球或者说是小冰球打起了雪仗。小孩子们打着,大人们也不闲着,陈飞叔叔点燃在山下买来的响炮。炸出的"砰!砰!"声在山间回响不绝。还有几个爸爸则悠闲地抽着烟,一副坐山观虎斗的样子。妈妈们干脆加入了扔雪球的行列。不一会儿,天然雪球用完了,大家便就地捧起雪,向对方抛去。在齐膝深的雪地里,行动本来就不方便,再被雪球砸砸,被冰绊绊,被人撞撞,立刻跌倒一大片。头发上,眼镜上,衣服上,鞋子里,全是雪!乍一瞧,倒有几分雪人亲戚的味道。

　　我想起了前年在扬中老家打雪仗的情景,在一幢幢房子之间、在水泥地上打雪仗,与在白雪皑皑的山顶上、一棵棵高大树木之间打雪仗,还真不一样。如此亲近大自然并在其间打雪仗,还真是一种享受。互相打着闹着,不必躲避"掩护",直到打得精疲力竭,实在是过瘾!

雪 滑 梯

　　说是雪滑梯,其实就是个大雪坡。场地不大,只有两个滑道,一个是又窄又陡的滑道,还有一个是较宽的缓坡滑道。

　　我们先玩较陡的滑道,用的滑具是轮胎。这么高的滑道竟然没有传送带!爬坡上还没有修台阶!"呼

哧！呼哧!"我们拿着轮胎弯着腰好不容易爬上坡顶。三个排成一列，刘璐坐最前面，周宜人坐中间，我坐最后。下滑的过程中，轮胎一颠一颠，坐最后的我颠得最惨。呜！我可怜的屁股！前面的二位又尖叫了起来。寒风裹挟着雪粒向我们飞了过来，一下子"冲"进了她们尖叫的大嘴里。唉！可怜！我虽然没有张开嘴尖叫，但还是被吹得一头一脸的雪。到了平地，等轮胎平稳后，竟然发现自己爬不起来了。

玩一把当然不过瘾，我们想去玩玩那个缓坡滑道。我换了一个雪具，是一个圆形的大皮艇，相比较，这个坡很缓，但很长，可以旋转着滑下去。坐上了皮艇，"呼"地冲了下去。寒风呼呼吹着，时不时还带着几把雪作为"见面礼"，擦得脸很疼。好冷啊！我第一次感觉冬天待在空调房里是多么舒服，难怪爸爸们都不肯出来呢。带着一身雪爬了起来：冷归冷，玩才最重要。

我们再次拎上轮胎雪具爬上那个较陡的滑道。这次滑下来时，我坐在第一个，虽然没那么颠了，但风更大了，吹在脸上跟小碎片划过一样，好难受。由于速度太快，一长条三个人都刹不住了，直直地向对面的雪坡撞去。咳！这下不是被吹得身上落满雪，干脆是吃了一嘴巴的雪，冻死了！

我曾在哈尔滨玩过冰滑梯，与之相比，雪滑梯速度慢一些，但风很大，而且风中夹雪，也许，这就是雪滑梯的特色吧。希望下一站到哈尔滨的冰雪大世界能玩到冰滑梯。

 ## 入住农家火炕

春节期间，进入雪乡入住农家旅馆，是一炕难求，很是紧张。我们能预先订到农家火炕已是幸运。

旅店就在雪韵大街上，是农家的房子改造的。一排平房，门口普通得你以为到了山区的商店或是百姓人家。门面很小，推门而入，狭长一条，也就十来间房间。推开标有"六人间"字样的房间门，下巴都要掉到地上了——这也能算是六人间？看上去顶多6个平方米。火炕三面紧贴着墙，只有门口有一条宽40厘米、与火炕同样长的过道。估计，这间房间睡3个老爸那样"体积"的人是不太舒服的，如果两个妈妈带两个孩子还勉强睡得下。这就叫"六人间"？

不管那么多了，该吃晚饭了。房主直接将桌子摆在炕上，我们要开始享受炕上晚餐了。先是家常小菜和各种野生菌菇，还有我没听说过的"飞茸"、"火山头"、"鸡腿菇"等，听上去很新鲜，出于对素食"恐惧"的心理，我不敢多尝。不过，小鸡炖蘑菇、猪肉炖粉条里的鸡肉、猪肉我是不会放过的。

不久，野味端了上来，先上来的是山鸡。我在门口看到了山鸡标本。它的羽毛很艳丽，但体形相对于母鸡来说太小了，我尝了一口，味道还行。肉质比较紧、瘦，但碎骨头很多。接下来的是"黑瞎子"肉，也就是熊肉。熊肉肉质比较粗，所以只有撕成肉丝凉拌才好吃。与熊肉拌在一起的有少许干丝、青椒、笋丝，还有红辣椒干。尝一口，真的很好吃，比较咸，肉质确实很粗，估计如果做成肉块红烧的话还真咬不动。咸肉丝吃起来却很有嚼劲，拌饭吃或夹馒头吃应该更美味。最后上的是山雀，吃起来跟山鸡的味道差不多，没什么特色，也不及熊肉好吃。

上完菜后上了酸菜饺子和狍子肉饺子。酸菜是东北的一大特色菜，家庭妇女的厨艺好坏就体现在泡酸菜的水平上。酸菜饺子吃起来有点酸，但是很爽口，还算得上是一道不错的主食。

餐后还有独特的水果——冻梨。将梨放在天然冷冻室的屋外冻一冻，再拿进屋里化冻，切成一块块的。坐在温暖的火炕上，吃那冻梨，冰冰的，脆脆的，甜甜的，酸酸的，别有一番滋味。

吃完饭，正准备洗洗睡觉时，撞上了一个又一个的"惊讶"。首先发现，旅店里没有洗澡间！一个共用卫生间小得可怜，而且地上有薄薄的冰，得小心翼翼。很快，第二个惊讶来了：睡觉的房间不够，也就意味着今晚有人没地方睡。晕！第三个惊讶接踵而至：这里的自来水少得可怜，每次只流出那么一细条，热水也没多少，所以，晚间用水限量供应。大家简单地洗洗漱漱便上床了，而且都是和衣而睡，可怜的爸爸们没地方睡觉，正好通宵打牌。第二天他们则在返程的车上呼声一片。

雪韵大街

吃完晚饭，我们便迫不及待地漫步雪韵大街。

雪韵大街不算很宽，街道两旁的旅店、农家木屋的小窗透出橘黄的光，温暖静谧。门前，穿着貂皮大衣，戴着狗皮帽子，系着围脖，从头到脚捂得严严实实的小贩在卖糖葫芦和炮仗。家家门口、屋檐挂着大红灯笼，一条条、一串串，散发出柔和的、暖暖的红光，将雪韵大街照得泛红，洁白如玉的白雪在大红灯笼的照耀下，宛如天上的朵朵白云飘落人间，幻化无穷。邮局门口的绿色邮筒在昏暗的光线下倒有几分醒目，不大的房间吸引了不少游客。我也进去买了几张明信片，写上几句新年祝福寄给家乡的爷爷、同学，毕竟是盖上北方小镇的邮戳，很有纪念意义的。远处，许多旅客在放烟花。深蓝的天空被七彩的烟花装饰得十分美丽。我和妹妹也不甘寂寞地买了一些小炮仗放了起来。据说，夜晚的温度近零下40度，伸出手来点炮仗也需要一点勇气的，你瞧，大人们缩着脖子，还把戴着手套的手插进口袋。

整条大街上，洋溢着浓浓的年味，鞭炮声时断时续，红光时隐时现，欢乐、祥和，象征着福气、喜悦的红色成了大街的主色调。

第二天早晨醒来，我们便再次逛了逛雪韵大街。

此时的雪韵大街，与昨晚相比又是另一番样子。旅店里，老板娘忙着做饭做菜，门口不少炮仗摊已经收摊。屋顶及门前的积雪在晨光照射下发出一种神秘的淡粉色，那大红灯笼更是惹眼。被积雪覆盖的远山与矗立其间的松树形成一幅水墨画。游人已三三两两漫步在街上，狗和马也拉着雪橇干起了活儿。行人、马、狗在寒冷的清早呼出的热气和厚厚的积雪组成了雪韵大街的新色调——白色。

雪乡小镇

早晨我们离开雪韵大街,去雪乡小镇观赏拍照。下了车,这儿的雪很深,没过膝盖,踏着别人的足印,脚踩在松软的积雪上发出"咯吱咯吱"的响声,慢慢往前走。

坐落在四面环山小盆地里的百十来户雪乡人家,冒着袅袅炊烟的木楞式老房子全被厚厚的积雪覆盖,有的人家房子矮,竟让雪给埋了,门前掏了雪洞,挖了雪道出行。太阳是斜照的,远处,青山披上圣洁的雪装,似银铸的屏风,伫立于广阔的蓝天之下;近处,门前的木栅栏在晨光的照射下,把影子拉得长长的。尤其吸引人的是,雪乡人家房顶上、柴火垛上、木栅栏上、树墩子上、石头上堆满一层层的积雪,在风的作用下,积雪随物赋形,有的像奶油蛋糕,有的如野兔,有的若奔马、海龟,千姿百态,惟妙惟肖。

家家户户门前和房檐下都悬挂着一盏盏、一串串大红灯笼,门上都贴着红对联、红福字,在洁白如玉的白雪映衬下,格外鲜红醒目。抬头仔细看看,你会惊讶地发现,屋顶上那一层厚厚的雪,像白被子一样,卷在屋檐上,却怎么也不落下来。微风过处,卷起的雪雾像一层白纱将整个雪乡罩住。那屋顶的积雪和探出屋檐的雪舌,落在树枝上的雪挂,将你包围在雪的世界里,你会觉得自己也幻化成一片雪花在洁白的世界摇曳起来……

好一个恬静、平和、自在的世外桃源!

我们踏着那松软的积雪,信步走在雪乡的小径上,穿行于一户户农家,随意取景拍照。在雪乡,一定要沿着别人走过的路行走,离开正道,齐腰深的雪会让你很尴尬的。这不,老爸只顾打电话,忘了脚下,不小心踏上道边的一个大雪堆,结果,身子一滑,哗啦啦,偌大的雪堆把他压了个结结实实,身体几乎被埋进去。大家一阵哄笑,叔叔去救援,脚下一滑,两个大胖子一起滚在雪堆里,引得众人大笑。在这童话般的世界里,你不会感到零下30度的寒意,反而会不断感觉心底油然而生的阵阵暖意。

在司机不断按喇叭的催促声中,我们恋恋不舍地上了车,再回首,雪花的晶莹洁白依然让我们如痴如醉,雪原的广袤无垠依然让我们荡气回肠,雪景的冰清玉洁依然让我们魂牵梦萦,雪乡的空灵隽永依然让我们心旌摇动……

吃在成都

写作时间:2008 年 2 月

七年级寒假

外号"贪吃小猪"的我,曾在小学二年级的时候,写过系列片段"吃在上海",每每翻阅,还忍不住舔舔舌头,回味回味。"民以食为天"嘛,吃,永远对我具有无穷的吸引力。这不,最近我有点迷上川菜了,所以,当老妈思考过年的安排时,我赶紧申请:去成都!去成都有得吃啦!同样好吃的老爸与我一拍即合:春节一家自助游成都,放慢节奏,踏实地住上几天,吃遍成都的美食。

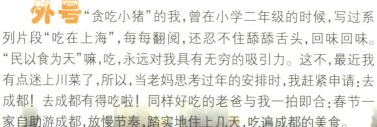

龙 抄 手

　　"龙抄手"这名字听起来有些怪怪的,事实上,"抄手"是四川人对馄饨的特殊叫法,"龙"寓有"龙腾虎跃"、"吉祥"、生意兴"隆"之意。

　　来到成都的第一天,我们就去了成都最有名的步行街——春熙路步行街。当时正是晚上,一家三口还没吃晚饭,便"误打误撞"来到了成都三大小吃店之一的"龙抄手总店"。

　　走进龙抄手总店,第一印象是觉得它的店面风格很像"大娘水饺"。我们点了两碗酸辣味和原味的龙抄手以及一些小吃、小菜。很快,两碗龙抄手就端了上来,一碗汤色偏白,一碗汤色深红。先尝原味的,与家乡的肉馅馄饨味道差别不大,但皮薄馅嫩,爽滑清香且汤十分鲜。那种味道不同于加了味精的汤的鲜,那是花椒的香,还有微微的辣,连喝几口,十分过瘾。再尝尝酸辣的,肉馅与原味的大致相同,但汤的味道更浓,花椒浓烈的香味、辣椒火辣的辣味、醋浓浓的酸味混合在一起,香气独特。连喝几口,令我们这些平日里口味清淡、很少吃辣的江南人不禁辣得"嘶哈嘶哈"直吸凉气。尽管辣得舌头已经不听使唤,却抵御不了那越辣越香的诱惑。再来一碗!

　　从那以后,我们每到一个饭店都会点一碗龙抄手。每个店的龙抄手的味道都略有不同,有的味儿淡些,有的馅儿多些,有的"个头"小些……当然,最好吃的还是属我们在龙抄手总店第一次吃的。

锅 魁

　　"锅魁"的做法不复杂,将一块较大、较厚实的面饼对折,中间夹一些肉或菜,便是"锅魁"了。我们第一次吃锅魁也是在春熙路步行街,闲逛时路过一家锅魁外卖,买了三个不同味道的:笋丝的、牛肉的、夫妻肺片的。价格也不算贵,5元一个。我吃的是牛肉味,凉拌的干切牛肉,类似于夫妻肺片的配料,有些辣,花椒味儿浓得呛

鼻。一口一口咬下去，那牛肉的味道十分鲜美。我一边吃一边猛喝饮料，用来消消辣。一边被辣得直吸凉气，一边对美食不肯放手，不一会儿，锅魁就被吞下肚，嘴里却仍有花椒的麻、辣椒的香，回味无穷。

第二次吃锅魁是在顺兴老茶馆。那儿的锅魁是"迷你"的，只有杯口大小，充其量只能当点心，只两口，就吃完了。不过，小归小，这锅魁的味道还是很不错的。它中间夹的是夫妻肺片，味道比较辣，但花椒味儿却不怎么呛人，与春熙路步行街上吃的锅魁相比，它更加味美，也更多出一份香味儿。

对锅魁最着迷的还要属不太能吃辣的老妈。成都的最后一天，在飞机场等飞机，老妈连忙在小卖部买了一个夫妻肺片味的大锅魁。她一边津津有味地吃着，一边吸着凉气，说道："嘶——太好吃了！嘶——为啥镇江不搞一个锅魁连锁店呢？嘶——看看，嘶——这锅魁味道好极了，嘶——营养价值比肯德基汉堡不知高多少呢！嘶——"

夫妻肺片

相传在 20 世纪 30 年代，成都有一对夫妻以制售凉拌牛肺片为生计，他们夫妻俩亲自操作，走街串巷，提篮叫卖。由于他们经营的凉拌肺片制作精细，风味独特，深受人们喜爱，人们称他们卖的东西为"夫妻肺片"。"夫妻肺片"这道源于四川的地道菜在江南一带十分常见。而且，它还是我的最爱呢！这次来成都，又怎能错过它呢！于是，我们每进一个餐厅，都会点一份美味的夫妻肺片。

在家乡吃的夫妻肺片味道十分鲜，因为里面会放许多花生米、香菜和味精，而且也辣得"够味儿"，吃一口，足已让人辣得直吸凉气，不过，辣味可以通过辣油的多少来控制。那么地道的夫妻肺片的味道又如何呢？带着好奇，我们在"龙抄手总店"吃到了第一份成都的、地道的夫妻肺片。

与我们想像中那种劲辣的味道不同,这地道夫妻肺片辣味儿倒不厉害,但是它里面放满了花椒,一大盘新拌的肺片还没端上桌,就能闻到那浓浓的、喷香的花椒味儿。咬上一口,那种麻麻的感觉便充斥口中,虽没有那浓烈的鲜、辣,但那种以麻为主,辣、香为次的特殊味道却更令人回味。

与家乡的七八种原料的夫妻肺片不同,这儿的夫妻肺片原料很少,只有三四种,而且其中以干切牛肉居多,片大而薄,细嫩化渣。呵呵,或许这就是"大巧无工"吧。

三 大 炮

"三大炮"这名字听起来很古怪,其实"三大炮"就是年糕团。

在成都,我吃过两次"三大炮"。第一次是在锦里赶庙会,第二次是在顺兴老茶馆。

"三大炮"属于表演型的美食。在锦里庙会第一次吃"三大炮"时,我明白了为什么普普通通的年糕团儿会成为成都名小吃。它除了能调动人们的嗅觉外,还可以调动人们的听觉,因为三大炮的制作方法十分有趣。一辆小推车中间为一张案板,上面放有六只钢碟,案板一侧有一口热气腾腾的大铁锅,里面装着煮好、又用木槌舂软的年糕。一个身强力壮的汉子,不断地从锅里扯出一把年糕,分摘三坨,搓成团状,然后用力砸向案板上的钢碟,钢碟因案板震动而发出金属响声,只听"砰砰砰"三声,年糕借助反弹力,弹到案板另一侧的一个装满芝麻粉、黄豆粉的大簸箕里。因为黏性,年糕表面会粘满杂粮粉。年糕被放入一个碗里,浇上用糖熬制的稠稠的糖浆。又因为一个碗里只会放三个年糕团,所以叫"三大炮"。看上去"相貌平平"的三大炮,吃在嘴里,口感微温,软糯喷香,同时,弹性十足的年糕团儿配上糖,又甜又软,不腻不黏,实在是一份美味的甜点。

第二次在顺兴老茶馆吃三大炮,并没有看到它的制作过程,而其中的年糕和糖分与锦里庙会的三大炮也没什么差异。不过,顺兴老茶馆的三大炮糖浆是用红糖熬成的,颜色深红,有一股甜香味儿,吃起来甜而不腻。

写到这儿,我想起来,这"三大炮"是否可以让厨艺不错的老爸做给我吃呢?呵呵,想想都令人流口水啊……

棒 棒 鸡

"棒棒鸡"顾名思义,就是串在木棒上的鸡肉块。在成都,我吃过棒棒鸡,也吃过棒棒鸡丝。

那次吃棒棒鸡,是在西藏人开的西藏饭店。棒棒鸡被盛在一个小陶罐里端了上来。一看,陶罐里盛满了深红的汤汁,令我下意识地吸了口凉气——一定很辣吧。深红的汤汁上还漂着一层白色的芝麻,看似十分香。汤汁与芝麻上露出三根木棒。我拿出一根,木棒上串着三块正方形的鸡肉块,鸡肉块上还粘着一些白芝麻。我一口咬下去,麻辣的汤汁立刻"蹿"了出来,汤汁里带着一股甜味儿。"哟,太好吃了!"我和老爸、老妈一边辣得吸凉气,一边对着棒棒鸡赞不绝口。棒棒鸡肉很嫩,已去了骨头,再加上那种地道的花椒香和鲜鲜的汤汁,可真是美味啊!怪不得棒棒鸡如此有名。

吃棒棒鸡丝是在成都的另一个知名小吃店——皇城坝小吃店。棒棒鸡丝与棒棒鸡有些不同,是将棒棒鸡块切成肉丝,同笋丝一起炒熟,现浇上花椒和芝麻辣油。吃起来不像棒棒鸡那样汤汁四溢,但咬一口,花椒已完全入味儿。鸡丝浸在辣油中,却丝毫不油腻,反而辣香四溢。我一边被辣得够呛,一边狼吞虎咽地吃完了一盘棒棒鸡丝,直辣得舌头发麻,连胃里也火辣辣的,但棒棒鸡的香味儿却留在齿间。

樟 茶 鸭

说完鸡,不得不说说鸭。成都的樟茶鸭也是一道不错的美食。

樟茶鸭，顾名思义就是用樟树木叶和茉莉花茶叶熏烤出的鸭。吃起来有樟木和花茶的香味儿，这也就是樟茶鸭的独特之处。

第一次吃樟茶鸭是在皇城坝小吃店，也就是在那时，樟茶鸭成了老妈的最爱。樟茶鸭刚一端上来，我们就闻到一股淡淡的樟茶香，老妈迫不及待地尝了一块鸭肉，立即大呼好吃。我尝了一块带皮的肉，皮酥肉嫩，还有一股清香。更奇怪的是，樟茶鸭不像别的成都菜那般麻辣，它只是微辣，而且挺鲜，它与家乡菜的味道倒是挺相像。樟茶鸭除了诱人的香味，独特之处还有它的皮，经锅里炸了一炸，鸭皮变得油而不腻，十分香脆。

只吃一次樟茶鸭，老妈自然觉得不过瘾，之后每到一个餐馆，老妈必定会点一份樟茶鸭。在成都的最后一天，老妈还意犹未尽，又跑到商城买了几只真空包装的樟茶鸭，准备"空运"带回家。

唉，为啥成都美食的诱惑力这么大呢！

顺兴老茶馆

顺兴老茶馆是成都最老的一家茶馆。它是成都四大小吃店之一。与它的茶一样有名的，还有那儿的小吃。

顺兴老茶馆门口张灯结彩，极具东方韵味，穿红色旗袍的迎宾小姐笑迎宾客。跨过高高的门槛，更能感受到它那古色古香的气息。进门就见一块镌有文字的木牌，书写着顺兴老茶馆的起缘："……春去秋来，谁在呼唤乡情，寻找老墙？曾几何时，巴蜀小吃，尝尽世间酸甜苦辣；铜壶盖碗，品出几多风凉世相……顺兴创意，意在光大民间小吃，复兴盖碗茶艺，繁荣戏曲散打……"

青砖墙壁上的浮雕再现临江古镇景观、市井院落风貌、老茶馆风俗特写、旧时水景诸像等川西民风民俗。顺着墙壁走，不时还可以看见几个橱窗，里面展示着成都传统手工艺品以及手工食品的制作过程。

走进餐厅，地面和四壁是用黑色的石板铺就，座位与座位之间，有木栏相隔。屋顶上还上几根绿色的假藤条，给茶馆添了几分田园气息。往前走，走过一个石板人工小桥，可以看见一个小小的商店。这个小小的商铺靠着墙壁陈放着许多东西，什么镇纸、脸谱、风筝、滚铁环……各种各样的传统小玩意儿应有尽有，十分有趣儿。

到餐厅，先来一碗盖碗茶，再慢慢点单。菜单上各式小吃十分齐全，我们看了半天，无从下手，不知点什么是好。干脆点了一份小吃套餐。不一会儿，套餐便端了上来，小碟、小碗摆了满满一桌，各式各样的小吃应有尽有：钟水饺、赖汤圆、韩包子、担担面、小钟馗……看着喷香的小吃，我已经没法将它们与名称对上号了，干脆看着哪个顺眼就吃哪个。

小吃的味道大约有6种：酸、甜、苦、辣、咸、麻。比如叶儿粑，有两种口味：甜和咸。叶儿粑的外表看上去像一个团子，外皮绿油油的，又软又黏。咬一口，咸咸的，好似肉馅又不太像。夹起另一个叶儿粑，咬一口，甜而不腻，好似红豆沙馅。或许正因为它那绿油油的，好似树叶一般的外皮，才得名"叶儿粑"。

除了叶儿粑，还有各种不同的面食小吃。有的咬上去富有弹性，有的十分软，也有的很粘牙。甚至有些面食小吃的味道很像西点面包。

当然，我最喜欢的还是钟水饺。钟水饺一碗只有两只，它的汤汁黑中泛红，上面飘着白芝麻和花椒。与别的地方的钟水饺相比，顺兴老茶馆的钟水饺少了一份麻味儿，多了一份甜味儿，更符合我们这些从江南一带来的食客的口味。吃完钟水饺，我竟一口把那带着甜味儿的汤汁全部喝光了。

老爸的最爱还属担担面，老爸原本就爱吃面条。担担面多是凉拌，吃起来又辣又麻，又弹又软，又鲜又香。看吧，不到两分钟，老爸就"狼吞虎咽"、"风卷残云"般将一碗担担面消灭光了。

一桌子点心下肚，老爸、老妈还觉得不过瘾，便又点了一份水煮鱼，待一盆水煮鱼上来，大家都目瞪口呆：这哪是水煮鱼啊？汤汁上飘着一层红辣椒，简直就是"油煮鱼"，好不容易从汤汁里捞上一块油汪汪的鱼肉，咬一口，淡而无味，与家乡那美味的水煮鱼大相径庭，有点"煞风景"。也许是小吃的美味太过瘾了，以致冲淡了其他菜的美味？

一家三口"水足饭饱"后，再次漫步于

茶馆明清风味的走道,欣赏木刻、家具、茶具、服饰和茶艺的艺术作品,感受天府茶人传承巴蜀茶文化的经典杰作,感叹其真是一座"中国首创的极具东方民族特色的茶文化历史博物馆"。

皇城坝小吃店

　　皇城坝小吃店是成都四大小吃店之一。它的店面不大,里面的设施大多是木制的,用的都是老成都的土碗、木桌,从里到外给人一种亮堂的家的感觉。

　　来到成都的第二天,我们来到皇城坝小吃店吃午饭。踏进店门,便能闻到一股淡淡的麻辣香味。我们找了个靠窗口的位置,坐下来点单。

　　"麻辣棒棒鸡丝、担担甩面、牛肉担担面、夫妻肺片、樟茶鸭……"老妈点菜单已是熟门熟路。点完菜,发现桌上竟没有茶水。一问才知道,要喝茶自己打水去。我和老爸打了三碗水,坐下来耐心等着上菜。

　　一道道菜上来了。几乎每碗菜里都有鲜红的辣椒、深红的花椒和深棕的酱汁。我们一边辣得猛喝茶水,一边不停地狼吞虎咽。不一会儿,三大碗茶水下肚了。再看看别的桌上的客人,哪像我们这般辣得直吸凉气!那种淡定从容,不愧是麻辣之乡的人啊!

　　一桌菜中,我印象最深的还是担担面和担担甩面。不过,我分不清两碗面哪个是甩面哪个是担担面。两碗面的佐料差不多,但吃起来味道还是有些差别的。面都是凉拌的,其中一碗面较粗,像我们家乡的面疙瘩,很有嚼劲儿。另一碗较细,和汤面中的中宽面差不多,很有弹性。我吃吃这个,再尝尝那个,一边吃还一边流口水——美食啊!唉,可惜面条太当饱,我才吃了一点,就实在吃不下去了,只好"望面兴叹"!

　　"风卷残云"之后,一桌菜已被消灭得七七八八。

　　走出小吃店,我的舌头依然被辣得发麻,胃里也火辣辣的,好像被灌满了辣椒油,真不愧是"麻辣之乡"啊!

　　皇城坝小吃店虽没有顺兴老茶馆那般古色古香,更没有齐全的现代化设施和完美的服务,可正因为如此,才真正体现出成都那种不拘小节的、质朴的民风。不得不说,皇城坝小吃店实在是个品尝美食的好去处。

感悟汶川

2008 年汶川大地震在全体中国人的心中留下了不可磨灭的烙印,每个人都想为汶川做些什么。2009 年 5 月 7 日到 9 日,我获得了作为"社会妈妈"前往绵竹考察的机会。当时,我正面临期中考试和参加一项省级比赛的双重压力。但是,我更想去亲眼见一见我资助的妹妹,去感受大难之中生命的可贵,去学习那里人们的勇敢和坚韧……

板桥联谊活动

　　7日,从南京乘飞机前往成都,这是我第二次来成都。成都还是我印象中的成都:热闹繁华,不失悠闲。一切都那么正常,甚至没有一丁点震后的影子。

　　8日,我们早早起来,驱车前往板桥。绵竹板桥镇是镇江对口捐助援建的。我还记得去年大地震后,我和妈妈向板桥镇邮寄了一些衣物,并在每件衣物口袋里放了一封写有我们联系地址的信。想不到,今年开学,我收到了两位六年级女孩的来信,她们都在板桥小学读书,也正是我们这次参加活动的地方。

　　这一路上,我们看到了真正的惨状。沿途的房屋有些完全震塌,看不出原来的模样。与之对应的,是不少新建的房子,有些甚至是江南风格的黑瓦白墙。经过年画村,那里已是修葺一新,屋子墙壁上画满了年画,充满了欣欣向荣的气息。

　　到了板桥镇,首先映入眼帘的是大片的板房,以及建筑工地。镇口立着大红的临时大门,不远处的标牌上亲切地写着"镇江板桥一家亲"。到大门口时,我们惊呆了:一大群孩子站在门口,列成两队,夹道欢迎我们。一张张小脸上洋溢着快乐的笑容。

　　我们来到了活动室。里面很简洁,但是和其他教室比,仍见用心布置了一番。四五张桌子拼在一块,周围4个小朋友围坐在一起,手上捧着红领巾,十分安静。

　　大家陆续坐好。主持人老师一一介绍了各位在四川援建的叔叔、阿姨和老师。接着,几位援建的叔叔、阿姨依次发言,向我们展示了援建的成果。在此之前,我曾听长辈们说这里援建的干部很辛苦。他们住着简易的板房,吃着简单的饭菜,日日高温也没有空调……更可怕的是不断有余震的威胁。现在的每一分成果都浸满了他们的心血、汗水。

　　接着,周宜人上台读了《镇江日报》记者时瑛阿姨写给她资助的"儿子"的信。由于工作原因,时瑛阿姨未能来到现场。她的信言辞朴素,情真意切,将所有的关切之意都传达给了她没能见面的"儿子",十分感人。

　　这时,我幸运地找到了我资助的小女孩刘悦。刘悦长得小巧,忽闪的大眼睛很有几分灵气。她似乎有些紧张,一直没有主动说话,只是我问什么她答什么。她和爷爷、奶奶住,爸爸、妈妈都去外地打工了,所以地震中全家人躲过一劫。她说,她最喜欢的科目是语文,这倒和我爱读书的习惯有些相似。我们约定,回到镇江后我

龙头龙尾的游戏告诉我们，大家只有站在一起，才能成为一条完整的龙。

心愿墙上寄托了大家的美好心愿，我写上一句："愿世上所有的孩子永远幸福快乐！"

给她多寄一些书，说不定将来我们还能找到一些共同语言。

最后，镇江市妇联主席代表上台进行捐款，与参加活动的嘉宾一起拍照。孩子们也在老师的组织下站起来，为我们系上红领巾，与我们一起合唱《歌声与微笑》。这一刻，空气中弥漫着浓浓的爱的气息，证明着镇江与板桥的友谊和缘分。与此同时，各位"社会妈妈"陆续站起来，给自己的"孩子"送上统一的礼物……

捐款仪式后，一位来自镇江的心理咨询师叔叔带领我们和小学高年级以及初中的同学们做心理游戏。

首先，我们做了龙头龙尾的游戏：每两个人猜拳，赢的人做龙头，输的人做龙尾。然后每两个龙头猜拳，赢的人还是龙头，输的人站在原来龙尾的后面，成为一条新的龙，依此类推。最后，就只剩下一条长长的"龙"了。初二的板桥女孩刘香不幸"中彩"，成了龙尾。心理咨询师叔叔让她谈谈感想，她说，很郁闷啊，一上来就成龙尾了。接着，又有几个同学发表感想。而我觉得，这个游戏是告诉我们，不论做龙头、龙尾还是龙身，其实都不重要。重要的是，我们每个人都是不可或缺的，都是与众不同的。只有我们站在一起时，才能成为一条真正的、完整的龙。只有当孩子们都健康成长、团结一致时，才能迎来一个真正的、完整的新四川。

接着，我们又陆续做了几个小游戏。大伙越玩越起劲，内向的孩子也渐渐交流无碍，外向的孩子更是如鱼得水。

最后，我们分成几个小组，在老师的带领下依次在心愿墙上写下自己的愿望。我们这一小组的组员们还都挺害羞，在我的一再鼓动下，终于有3位同学与我上台了。大家的心愿各种各样："我长大后要成为一个大作家，不让'社会妈妈'们失望。""我以后要建好多结实的、不会倒塌的房子，再也不用担心地震了。"这些普普通通的希望，带着孩子们对未来的憧憬，令我感动。我则写道："愿世上所有的孩子永远幸福快乐。"我想，这是我的愿望，也是所有"社会妈妈"的愿望，无论男女老少。

一天的活动很快就结束了。时间虽短，我却感触良多。

原本以为，到了四川会是满目疮痍，想不到，四川的灾后重建进行得如此迅速。城镇的基础设施已经基本恢复，一片欣欣向荣的景象。灾区的孩子们大多也已走出了地震的阴影。他们是那样的开朗活泼，眼里没有丝毫的阴霾。尽管他们很安静，但当我们问他们问题时，他们都会大方地回答。我还记得许笑璠资助的那个小女孩，简直是个小机灵鬼。她声音很好听，笑起来很甜，而且很会摆 pose。从这些大大小小的孩子身上，我们看到了他们的坚强，看到了四川的希望。

以前常听老一辈的人说我们是身在福中不知福，一开始总觉得老生常谈。当现在亲眼看到了这些孩子后，我才真正理解了这句话。与他们相比，我们拥有很好的物质条件。但灾难使人成长，他们中的很多人已经比我们成熟多了，而且都更为坚强、懂事。尽管他们大多比我小或是与我同龄，但是我真心佩服他们。

板桥的同学们，虽然我们不能在一起生活，但我愿我们能够一同努力，一同成长。

 ## 汉旺镇地震遗址

汉旺镇曾经是一个繁华的小城，它是东汽集团的所在地，也是全国核工业基地的所在地。而这次地震，尽管是叫"汶川地震"，但它的震中是在汉旺和汶川之间。所以，汉旺可以说是受灾最重的地区之一。

同欣欣向荣的板桥相比，汉旺已是一座死城。满目残垣断壁，像是地震嘲笑城市的脆弱、生命的渺小。这是无声的震撼，它掩埋的是生命，但掩埋不了勇敢的人心。

在灾难面前，生命显得那样渺小无力，人性却伟大得足以永恒。数万条生命的消逝，伴随着那些感人至深的故事。地震遗址是一个残酷的博物馆，它无需物质的装潢和言语的修饰，一切都这样直白而立体地展现在我眼前，印刻在我心里。那些被埋在废墟里的，有的是还未长大的孩子，有的是当时正在辛苦备考的学生，他们的手还未来得及触及未来就已然无力。

生命如此脆弱，更是让人觉得应当珍惜。生命无法逃过天灾，敌不过自然的力量，但是正是因为生命短暂，生命多劫，才更应该活得精彩。看到逝者如斯，更应该珍惜现在，珍视我们拥有的一切。

在去汉旺的途中，车外飘着小雨。向外看去，建筑物上一个个黑洞洞的窗口，就像一张张嘴巴，仿佛在诉说着地震中消逝的生命，也仿佛在像我们讲述灾难中感人的故事。

房屋倒塌了半边，穿过这个大洞，我们甚至可以清晰地看见房内的家具摆设。地震的一瞬间，也许就是阴阳永隔。

小小的店铺，有趣的名字，见证着曾经的繁华。

钟楼下的花圈，已经有些时日。但是，仍然不停地会有新花圈。

一条条横幅，承载着人们的哀悼，也充满了人们对重建家园的信心和希望。

这位老奶奶是汉旺人。他的儿子和孙子都在地震中遇难。她止不住哭泣，一路走着，一路双手合十念着"阿弥陀佛"，为逝者祈祷。我们还遇到了一位遭遇与她相似的老爷爷，他的两个孙女也在地震中遇难，另一个孙女落下了残疾。这样的灾难，不知让多少孤苦伶仃的白发人送黑发人。

这是当地一家幼儿园，壁画依然十分生动。但是人们想不到，在壁画下的废墟里，还埋着20多个未能获救的孩子。

汉旺市中心广场上的大钟，它的指针永远地停在了2点18分。这是一座永恒的纪念碑。

　　脚步声在这个小小的地方轻轻响起，没有一个凭吊者敢大声打搅这块土地。就是这种安静，让人难忘，让人悲伤。

　　每一次回看这些照片，都有一种震撼，却难以表述。

日本之行

 写作时间:2009 年 9 月

八年级暑假

　　去年暑假,因为种种原因,我和妈妈没有外出旅游,这可是六年来的第一次。今年暑假,在我的强烈要求下,老妈和几位阿姨一起组织了这趟日本之行。

　　算起来,这已经是我第 4 次踏出国门了。还是妇女儿童团,5 个妈妈,11 个孩子。虽然每年出游都是这种模式,但每年都有不同的经历、不同的惊喜。

　　我对这个亚洲经济最发达的国家充满了期待。日本的传统食品、电子产品、历史景点、人文习俗,还有我最期待的迪士尼乐园……对这一切,我十分向往。不知在接下来的 6 天里,日本会带给我怎样的惊喜呢?

抵达日本

从上海浦东机场出发，两个半小时后，我们到达了日本大阪的关西机场。机场很漂亮，有不少日本的特色装饰。

一位瘦瘦的华裔导游来接机。我们上了巴士，前往旅馆。

路上，导游告诉我们，关西机场是填海工程造就的，它建立在海中，像一个小岛。一座大桥将它连接内陆。关西机场已使用了 16 年，如今慢慢下沉了 12 米。这都包括在当初设计者的预算中了，所以机场仍然能安全使用。我不得不感叹日本科技的发达。而连接机场与内陆的大桥却与机场是两体的，这是为了防止大桥因机场下沉而遭到破坏。

一会儿，我们就到了旅馆。唉，不愧是"小日本"，旅馆大堂小得可怜。我和方舟住一个房间。进了房间，里面更小，简直是袖珍型的。但设计非常合理，所有空间都最大化地被使用。看看卫生间，我们更郁闷了：在里面转个身都困难。我在里面找了半天，终于发现，一个比杯子大不了多少的小盒子居然是垃圾桶……

安顿下来，我们准备去买晚饭。在导游的带领下，我们去找便利店。

街道很窄却很干净，房屋也很小却很有味道，跟日剧里的是同一个感觉。每家每户的门口都有小小的草坪，要不就是木制的台阶。给人以古朴的感觉。来回的车子也挺小，却开得很快。

与日本发达国家的名声不同的是，这里看不到高楼，只是随处可见一些古式的建筑和一两层的小房子。导游说，因为日本国土面积小，所以在日本人眼里，房子三室一厅就很大了。

很快，我们到了便利店。便利店不是很大，但里面的食品应有尽有，什么蔬菜沙拉、面包甜点、寿司面条……

从宾馆的窗户向下拍摄，清一色的古式屋顶，扑面而来的人文气息，让人觉得宁静安详。不得不说，尽管中国拥有五千年辉煌的历史，但在维护民俗古迹方面，我们的意识已落后日本太多。

到了房间，我们迫不及待地坐下来，开始品尝。晚餐铺满了小桌子。美滋滋地吃完晚饭，我立刻爬上了床。床很软，看来可以好好睡一觉了。期待明天的大阪游哦！

大阪

大阪城公园

大阪城是丰臣秀吉于1583年建造的。为了建造大阪城，他命令全国的诸侯都要参与兴建工程，许多护城河及城郭的石块也是由各地诸侯所捐献而来的，并且在三年内动用了数十万名的劳工，以其辛苦的血汗建造而成。

我们首先步入了著名的樱花大道，左边是樱花树，右边是枫树，郁郁葱葱。由于时节未到，所以樱花还没有开放。我不禁想到，如果霜叶转红、樱花盛放，该是何等绚丽啊。

接着，我们就看到了公园的城墙。城墙周围的护城河河水碧绿，城墙上密密地覆盖着爬山虎，为这古老的建筑平添了几分生气。

古老的银杏树，周围是一圈长椅。

这儿的城墙与中国的古城墙有些不同，它是有些倾斜的，也就是说，它的底座比上端大。这样，就不易倒塌或下陷。而中国的城墙大多是直立的，所以有很多古城墙已倒塌。细微处也可看到日本古代的科技水平。

一进公园大门，就看到一块白色的大石壁。据说，这是这里二战中唯一一块没有被炸掉、被烧毁的石头，至今仍然完好。所以日本人把这块石头称为"神石"。

走过神石，来到公园中心，我们看到了一棵高大的银杏树。据介绍，这棵树高10米，宽8米，树龄已有200年。这可是日本人的珍宝。不过，要说银杏树，在中国连云港可多了，而且四五百年树龄的也不罕见，两百年树龄的就更多了。于是，在我心里，眼前这棵国宝级银杏树立刻就被比下去了。

在银杏树的四周，围满了长椅。这既可以阻止游人靠近银杏树、对银杏树造成破坏，又可以供人们在树下乘凉歇息，真是人性化的设计。

离银杏树不远的地方，我们看到了一个形状像飞碟的金属物体。导游说，这是松下公司在1971年日本世博会时制造的。在这下面15米处，松下公司同日本人

一路上，海景随处可见。大大小小的渔船、商船停泊在港口。其实这个延伸出去的港口也是填海工程的杰作。

民选了 2098 件 20 世纪的高科技产品,将其深埋,5 000 年后再打开,以便使后来的人知道,在 5 000 年前,他们的祖先就已经拥有如此的科技了。

我不禁想起我国 5 000 年的文明史。5 000 年,置于浩瀚宇宙中,不过短短一瞬。但回首观望,我们的文明却已发展了如此之多。那 5 000 年之后,人类的文明又会发展到一个什么样的高度呢?我们无法预见,但是,我们却可以给未来的人们留下这样的一份纪念。

时间宝库 EXPO'70,里面埋着 2 098 件 20 世纪的高科技产品。

天守阁是丰臣秀吉于 16 世纪建造的,它可以说是丰臣秀吉的"办公室"。而丰臣秀吉,众所周知,是日本历史上的一代枭雄,他是继室町幕府后第一个统一日本的人,可见大阪城天守阁在日本历史上的地位了。

天守阁一共被摧毁过三次:第一次因为战争,第二次因为闪电而造成的大火,第三次是因为二战。1931 年,在大阪人民的倡议和捐助下,天守阁被重新补建、修整过一次。其后,大阪政府也会定期出资修整。所以,我们现在看到的已经不是天守阁的原样了。不过,从中我们可以看到日本人对古文化的重视、对古建筑的保护。他们对文化和传统的传承也许是我们应当学习的。

由于不能进入阁内,我们只能远远地看着天守阁。天守阁以白色为底色,青砖绿瓦,镶金的屋檐、雕饰为它平添了几分贵气。虽然它远远比不上中国的三大名楼,但是我想,天守阁的价值并不仅仅在于它的建筑外观,而是在于它所代表的一段段真实且珍贵的历史。这也许就是它在日本人心中有着崇高地位的原因。

走出大阪城,我们再次回头观望城墙,忽然看到了有趣的一景:不远处,一座亮蓝的大厦,好似伫立在天守阁旁,守卫着它。古代场景与现代元素在这一刻融合,却丝毫不显唐突。

天守阁

心斋桥步行街

大阪最大的商业购物街——心斋桥步行街,总长 600 米,入口有一道拱门,街道上方是全封闭式的透明屋顶。

大阪城公园的城墙,被护城河环绕着。不知在过去的百年里,这里沉淀了多少历史往事。

步行街街道很窄,店铺一个接着一个。尽管店面都不是很大,但里面的装饰十分精致。由于商店普遍开门很晚,而我们大清早就赶来了,所以,我们只能站在窗外欣赏一下了。不得不说,这些商店的小橱窗里的商品真漂亮,细微处见匠心。一些小小的地方便能体现出日本的民俗特色。

虽然街边的小店很多,吃的、穿的、用的、玩的应有尽有,但最吸引我们眼球的还是一家 Disney 专卖店。远远地就看到这家店,卡通的招牌,丰富的色彩,让我们迫不及待地冲了进去。米奇、米妮、史迪奇……各种各样的卡通人物,各种各样的卡通主题,让人爱不释手。但一看到那奇高无比的价格,我立刻就泄气了,只买了三本本子、一只茶杯。不过店内的装饰还是很养眼的,就连楼梯都被漆上了卡通的颜色。店内的摆设多而不乱,就是在里面什么也不买,看看也舒服。

京　都

1997 年正式启用的京都车站是日本最大的车站,也是功能性最完整的车站。171 级超大型的阶梯与电扶梯可以通往空中花园。

古京都建于公元 794 年,从建立起直到 19 世纪中叶一直是日本的帝国首都。京都有数百间有名的神社、神阁和古寺名刹,拥有日本二成以上的国宝,1200 多年的历史培育起来的古都让人感受到无穷的魅力。京都又是"中国化"极深的城市,京都的最初设计是模仿中国隋唐时代的长安和洛阳而建的。至今,许多店铺的名称上仍然有汉字的痕迹。今天,日本人仍以为京都是"真正的日本",是日本人"精神的故乡"。

京 都 车 站

京都车站是京都的一大建筑标志,也是日本唯一一个完全由钢结构建成的车站。整栋车站建筑以灰色作为基调,钢架支撑的挑高的大厅,宽敞、明亮。它不仅仅是单纯的车站,更像一个代表国际城市的主题公园,有大型开敞式露天舞台,有大型活动的聚会中心,有古城全景的观赏台,还有百货商场、购物中心、影剧院、博物馆……

从车站的屋顶花园可以俯瞰京都全景。屋顶花园的设计独具匠心。从数百级的台阶拾级而上，远远就可以看到两个黄色的亭子，它是屋顶花园的引路标志，也可乘手扶电梯到达屋顶花园。透过浅灰色的钢化玻璃向南可以看到车站新干线繁忙的景象，向北可以看到古城安宁的风貌。在这里看京都的建筑，就像看一个个木结构的积木。民居上方，穿插着蜘蛛网般的电缆、电线。导游说，为了防止破坏京都原汁原味的结构和古建筑，这些线路故意没有埋入地下。在明治天皇迁都到东京之前，京都一直都是日本的首都，也是最古老的都市。京都浓郁的日本风情，是日本人心灵的故乡，是日本天皇 1 000 多年的居住城市。也因为这样的一个环境背景，在文化的保护与现代化的建设上，市政厅制订了许多法令，在新建筑体的建造上，首先确保历史建筑及其文化。我想，这就是对历史与文化的尊重。

站在空中花园远眺，还能看见京都最高的建筑：京都电视塔。塔身白色，边缘处红色。不过和上海的东方明珠比起来，不论是高度还是外形，都差远了。

金 阁 寺

金阁寺是日本的国宝之一，又名"鹿苑寺"，是日本第三任幕府将军足利义满的私人"别墅"。寺的外表由 24 公斤重的金箔覆盖着，金光闪闪，塔顶有一只中国古代象征吉祥的金凤凰，十分华丽，所以被称作"金阁寺"。它坐落在一个小湖中央，湖水清澈，四周绿树环绕，灵动悠然，金色的影子倒映在水中，金波荡漾，衬得它好似仙洲一般。

金阁寺共分三层，第一层叫"法水院"，第二层叫"潮音洞"，第三层叫"究竟顶"。不过由于是国宝，我们就无缘进去睹其真容了。

听导游说，这里还有一座"银阁寺"，是足利义满的后代仿造所建的。但是他连 24 公斤的银子都没能凑齐，于是就用木头包裹外围了。不过"银阁寺"这个名字还是保留了下来。

金阁寺因为它的黄金外表而极具价值，但妈妈从西藏回来时告诉我，布达拉宫里最不值钱的东西就是黄金，因为那里比黄金珍贵的东西有很多：猫眼石、绿松石、红宝石等，还有很多佛像就是用纯金造的。金阁寺与它们一比，无论是在物质层面还是在文化层面，价值都差得远了。这再次证明了东西还是咱祖国的好。

参观完金阁寺，沿着小道，不远处有卖御守的小铺，里面有交通安全御守、升官御守、发财御守，还有学习考试御守。

金阁寺

陆舟の松

夕佳亭

平安神宫的主殿

神宫外苑的对面,是日本最大的木结构牌坊。不过跟中国的各个王陵前的牌坊比起来,就差远了。

有的御守的外形居然是 Hello Kitty！看来就连这种古老的祈福用的东西也与时俱进了。我买了一个学习御守挂件,外形是一个蓝色的小书包,很可爱。但愿它能给我带来好运吧。

不知不觉,我们来到了著名的"陆舟の松"前。这是足利义满生前最喜欢的一棵松,是京都三大名松之一,传说是义满亲手栽种的。由于这棵松是斜斜向下长的,像一条船,所以被称为"陆上之舟","陆舟の松"也因此而得名。不知哪位妈妈说道:它跟中国黄山的松树比起来,还是小巫见大巫。

顺着小道,我们看到了一间简陋的茅草屋,屋前,不少游人摆着一休的造型拍照。我们一问才知,传说中一休是一位日本天皇的私生子,而那位天皇曾在这里喝茶歇息。历史上,这座小屋则是江户时代的茶道家金森宗和所酷爱的茶席。因为这座茶亭在夕阳的辉映下景色绝佳,所以被称作"夕佳亭"。

平安神宫外苑

平安神宫是京都的另一大特色景点,也是日本的三大神宫中最为辉煌的一座。其中供奉着两位天皇,一位是第一个进京都的天皇,另一位是京都的最后一位天皇。不过我们游客只能参观它的外苑,没有机会看看里面的历史文物了。

平安神宫主殿的主色调是橘红色,深绿色的屋顶配上橘红色的梁柱,鲜艳夺目,这与白色相比较为生动,与红色相比较为温和,看上去很舒服。主殿后面有三个池塘和四座园子,用来祭奉桓武天皇和孝明天皇(就是京都第一个和最后一个天皇)。

在大门内的右侧,有一只白虎的泉水雕像。在中国的传说中,白虎是四方神之一。我们看见有人用木勺舀水浇在手上,我们不知道有什么寓意,也模仿着做了做。导游就告诉我们,进入宫内,要先在这里进行"三净":净手、净眼、净心。用长柄小木勺舀一勺水,从左手心到右手心净手;再一勺净眼;最后一勺喝下去净心。

神宫的地面上铺满了白色的砂石,踩上去"咯吱"作响,当时,这是为了防止有陌生人偷偷进入神宫。

进去转了一圈,因为不得入内苑,所以很快就出来了。

箱根芦之湖

芦之湖靠着富士山,位于箱根的核心地区。芦之湖不是很大,它没有喀纳斯的绝美,没有赛里木湖的广阔,也没有三峡的秀丽,但是它湖水清澈,群山环抱,云雾缭绕,别有一番幽静的美,好似沾染了富士山的灵气。

站在湖畔,凉风习习,不远处,驶来一艘庞大的"海盗船",造型夸张,人们争相拍照。不远处的湖水里,还有一群群大鱼,每条鱼有六七十公分长。在这群黑鱼中,还有一条金红色的鱼,十分惹眼。有的游人往湖里扔面包屑,鱼灵活地抢食。不知怎么的,又有两只鸭子被吸引了过来。游鱼、小鸭,为这片灵气的湖泊更添生气。

海盗船在芦之湖上行驶。

静 冈

平 和 公 园

平和公园是各界热爱和平之人筹资建造的,它的建立,正是为了表达日本人对战争的控诉、对世界和平的祈望。

走进公园,绿树成荫,道两旁还立着一座座白色的小灯,灯一面刻着"献燈"二字,一面刻着四言小诗。远处,可以清晰地看见一只大钟,它叫"和平钟"。每年都会有人来撞这只和平钟,为世界和平祈福。

祈世界平和,祈国土安稳。

进入和平公园中央,只见一座高大的舍利白塔,塔中藏有甘地夫人赠送的舍利子。塔前有六对神兽的像,都是世界各地捐赠的。整个公园都是以白色为主色调,四周绿地环绕。一旁,还有一只小和平钟,游客可以敲钟祈福。

我和同伴走到白塔面前,牌子上写着:请脱鞋进入。不知这是为了维持这片和平之地的安静还是为了表达对佛门圣地的尊敬。我们脱下鞋,轻轻地爬上台阶。白塔下的平台很高,可以俯瞰平和公园的全景。白塔的四方各供奉着一尊金佛像,像前摆着香炉,让人不禁虔诚地默默向佛像参拜。围着宝塔漫步一圈,尽管没有任何文字或语音的说明,可我却能用心体会到和平的神圣和千百万人对和平的虔诚、向往。这一片圣地,凝聚了无数渴望和平的呼声。

大和平钟敲响和平之声。

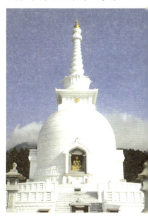

舍利白塔

我们生活在幸福的和平年代,为此,我们应当心存感激。我们不必经受苦难,不必面对战争的残酷。但有些人却没有这般幸运。他们因为战争背井离乡,家庭破碎;他们因为战争担惊受怕,挨饿受冻。战争夺去了本该属于他们的安宁生活。但还有些人,他们不惜一切为这些受难的人呼吁,甚至身处战场维护和平。我们应该向他们致敬。

　　但是,从另一个角度看,没有战争,哪来的和平? 正是因为战争的存在,和平才显得如此重要;因为战争的存在,人性的光辉才变得如此耀眼。同时,数千年来,战争还促进了文明的融合、发展。

　　所以,战争是无法避免的,但向往和平的我们,却可以将和平的年代尽力延长,给世界多一点平静安详。

<h2 style="text-align:center">富　士　山</h2>

　　带着千万思绪,我们离开和平公园,前往最重要的景点——富士山。

　　富士山海拔 3 700 多米,山顶常年云雾缭绕,一年只有 40 多天可以看见山顶。不知今天我们有没有这个福分目睹山顶了。

　　汽车一路行驶,突然,导游让我们看前方:是富士山的山顶! 我远远地看到,山顶没有积雪,只有裸露的红色岩石。还没等我看清,飘来的云雾已经挡住了山顶。虽然只有一瞬,但能看见山顶,我们已经够幸运的了。

　　车子渐渐开到了半山腰,远处的云海映入眼帘,灵幻缥缈,好似仙境一般。我们惊讶不已,一转眼,路旁浓密的树木就挡住了这片云海。隔着树帘,云海若隐若现,似乎又披上了神秘的面纱。

　　行驶了一段路后,树木消失了,眼前豁然开朗。雪白的云雾,撒着些许金色的阳光,与浅蓝的天空合为一体。云中有两座山,人们只能看见它们的山顶,好似云海小岛一般。这般美轮美奂的景色,好似中国传说中的蓬莱仙境,又如西方画家创作的印象画。

　　导游指着其中的一座山,告诉我们那是"阿尔卑斯山"。阿尔卑斯山什么时候从欧洲搬家到这儿了? 我们一愣。导游说,其实它是跟那座阿尔卑斯山重名。原来如此,就算是山的名字也有"山寨"版啊。

　　仅仅半个小时,我们就到达了富士山脚下,这里的海拔是 2 305 米。下了车,还真冷,毕竟室外温度只有 20 ℃左右。这里作

云海中的"阿尔卑斯山"

为人们歇脚的地方,有商店、旅店。我们还看见不少登山者,他们都全副武装,有的在做准备运动,有的刚下山,有的已经累得倒在地上睡着了。

此时,富士山顶已经清晰地呈现在眼前了。绿色的植被到一定高度就消失了,再上面就是裸露的暗红色岩石。由于这时是夏季,山顶只有北面有一点雪,我们在山的南面没看到那熟悉的白雪皑皑的山顶。很幸运,一直到现在,富士山顶都没有被云雾遮住,只是不时有几片浮云悠悠飘过,时而像白帽覆盖着山顶,时而像腰带缠绕着,十分有趣。

温 泉 旅 馆

离开富士山,我们前往期待已久的温泉旅馆。

每人一份的小火锅

到了旅馆,我们先吃晚餐,晚餐有日本四大名菜中的小火锅和生鱼片。来到榻榻米餐厅,我们盘膝坐下,每个人的面前放着一只餐盘,有小火锅、米饭、味增汤、凉拌豆腐、炸鸡等。小火锅下面有小小的火炭,慢慢烧着。不一会儿,锅里的东西熟了,灭掉火,我充满期待地打开锅盖。里面有一块鸡肉、一块三文鱼、一点萝卜和大葱,还有粉条。尝了几口,味道也很一般,甚至连中国普通小火锅店里的都不如。我不禁有些失望。至于其他的炸鸡什么的,都还不错,但没什么特色。

这时,两大盘生鱼片被端上来了。各式各样的生鱼生虾被装在填满冰块的船型木盘里,十分诱人。我迫不及待地尝了几片。不愧是日本的特色,要比家乡的好吃多了:新鲜,滑嫩。我又盛了一碗,没有蘸任何调料,细细品尝。对我来说,不蘸调料的生鱼片才原汁原味。

诱人的生鱼片,鲜嫩无比。

吃完晚餐,换好和服,我们去泡汤。

"泡汤"就是泡温泉,日本的温泉分男汤和女汤。日本人每天一般要泡三次汤,早上一次,晚餐后一次,睡前一次。去泡汤时,如果穿自己的睡衣是很不礼貌的,所以必须穿和服。穿和服也有讲究,衣领左上右下,腰带的结必须系在侧面。

我们满怀期望地来到温泉室,结果失望地发现,它跟中国的澡堂差不了多少,很小。不过据说水是天然温泉水,是经过二次加热的。我们走进温泉池,水很浅,稍稍过膝盖。刚进去时感觉很烫,不习惯,慢慢地就习惯了。在温泉池的另一旁,有一个较小的水池，里面是冷水。一扇门还通向隔壁的桑拿房。

泡了 15 分钟左右，我们爬上岸，回房好好享受榻榻米。

我和方舟、妹妹住一间，房间很大，就算睡 5 个人也绰绰有余。大人们都说榻榻米硬，睡着不舒服，但我们睡得很爽。其实睡这个榻榻米的感觉和我在韩国睡火炕的差不多。只是没有家长看管，我们自由了很多。

东 京

皇居外苑

一早起来，我们都很困。因为昨天晚上一直疯到一点才睡。不过再怎么困，玩还是要玩的。今天我们将去东京，第一个景点是皇居外苑。

皇居就是日本皇宫，位于东京都市中心，是闹市中一片难得的清净之处。日本是亚洲为数不多的保留王室的国家之一。所以，几乎所有的外国旅行团到了东京都要到皇居外苑游览。宽阔的皇宫广场中央遍植松树，青松翠柏，绿地如茵。凝望前方，眼前的日本皇宫既没有北京故宫那种红墙黄瓦的色彩反差之美，也没有那种巍峨宫殿的肃穆庄严之势，只是绿树掩映下的建筑，显得十分幽静。

皇宫前有两座桥，由于远远看去时，两座桥是重合在一起的，所以叫"二重桥"。走到近处，我们看到两座古朴的桥横跨在清亮的护城河河水上，旁边矮矮的虎皮围墙，已经褪色的原木大门，都显得很普通。每年天皇会两次接见民众，并且会从一重桥上经过。其余时候，一重桥的大门都是关闭着的。所以，一重桥每年只开放两次。

据说日本天皇在日本有 45 处住所，像这样炎热的夏日，天皇肯定到别的住所去避暑了。每处天皇的住所都由皇家卫队守卫。这些皇家卫兵都是帅小伙子，他们是皇家挑选、从小培养的，武艺高强。

日本皇太子的皇妃是皇室特选的。但是有很多被选中的人家的女孩却不愿嫁入皇室，因为嫁入皇室很可能就会失去自由。虽然皇室是所有日本人的信仰，并且皇室成员拥有极高的地位，但他们未必就拥有最自由的生活。贵为皇室，却没有普通人随手可得的自由，也是一种悲哀。

浅 草 寺

一直以来，我对浅草寺都很期待。第一次看到这个名字是在一本小说中，于是就渐渐对它有了兴趣。我想像中的浅草寺是安宁的、庄重的、充满佛教气息的。谁知一到那儿，我立刻大跌眼镜——人山人海，闹哄哄的，跟菜市场一样。

而浅草寺的内殿正在翻修，现代的外壳和古典的内殿放在一起显得不伦不类。虽然来参观的人很多，但真正虔诚祭拜、烧香的不是很多。进入内殿，人群熙熙攘攘，几乎是什么也没看到，就出来了。

浅草寺外有几个地方立着大木柜，供人抽签。我花了100日元抽了一签，上面写着21号签。于是，我打开21号柜子，抽出一张签纸。纸的正面用汉字写着卦诗，旁边有日文解释。签纸的反面则有日文、英文的详细解释。我看了一下日文解释，大概的意思就是说我前途光明，好运连连。呵呵，如果真是这样就好了。

在浅草寺的一侧，是一条长长的商业步行街，两侧的商品琳琅满目，颇具日本特色，青铜制的风铃、蒙奇奇的毛绒玩具、五彩的日式浴衣、机器猫的钥匙链、诱人的小吃……最多的就是浅草寺"三大名物"之一的"偶人烧"，其实就是以面粉和鸡蛋为原料烘烤制成的人型蛋糕，是只有浅草寺附近店铺才有的特色食品。街道上满是游人，我们进去才走了几步路，就热得不行了，赶紧撤退。

走出浅草寺，我有些失望。原本的佛门圣地与商业一结合，竟如此热闹，又如何求得宁静？

浅草寺的象征物是风雷神门，上面挂着写有"雷门"两个字的大红灯笼。

花上100日元就可以参与抽签，签上是几句日本诗，如抽到上上签自然会心花怒放，一旦抽到不怎么好的签也不必介意，只需将纸条绑在浅草寺前的一个架子上，寺里的和尚会来帮着念经消灾。

神 户 牛 肉

神户牛肉是到日本不可错过的美食，在上海我曾经品尝过。神户牛从小喝牛奶、听轻音乐、接受按摩。在宰杀它们时，工作人员会先放轻音乐，让牛放松下来，这样牛就不会因害怕而肌肉紧张。所以神户牛肉十分鲜嫩美味。

不一会儿，神户牛肉就端上来了，每人8小块。我们将牛肉小心地放在铁网上烤，不停地给牛肉翻身。我把第一块肉烤得比较熟，蘸上调味料，咬一口，肉汁四溢,鲜嫩可口。不愧是神户牛肉!烤第二块肉时,烤的时间比较短,外熟内生。这种带有一点血的肉一直是我的最爱。再尝一下,嗯,果然更好吃。第三次,我干脆直接吃生牛肉。洒一点椒盐在肉上,肥且多汁,味鲜但是不带腥味,很有嚼劲。接着,我又把一块牛肉烤得很老,不知这样它的味道、口感会不会打折扣。谁知,尽管外皮已经烤得有些焦了,这块肉嚼起来还是很嫩,让人吃了还想吃。

很快,8小块牛肉就吃完了,大家意犹未尽。于是又纷纷去盛自助的肉,有里脊肉、五花肉,也有牛肉。虽然味道不及神户牛肉,但也很好吃。

迪士尼乐园

五年级时,我曾去过香港迪士尼乐园,但是那里的规模太小,刺激的游乐项目不多,玩得实在不尽兴。日本迪士尼分左右两个部分,"迪士尼海洋公园"和"迪士尼乐园"。我们购买的是"迪士尼乐园"的票。一进乐园大门,我就看到了那熟悉的米老鼠头像。不管在哪里,迪士尼的风格总是不变。

加勒比海盗

尽管只是半个乐园,但这里已经很大了,我们立刻就找不到方向了。顺着地图的指示,我们向左走。很快,就看到有大群的人在一道门外排队。原来这里就是"加勒比海盗"的游乐项目。我立刻激动地进去排队。要知道,我迷《加勒比海盗》这部电影已经不是一天两天了,里面的杰克·斯派洛船长、威尔·特纳、伊丽莎白和他们的演员让我痴迷了好一阵。不过看着"预计等待时间:40 min",我有点不耐烦了。

谁知,只在外面排了20分钟,就要进门了。我们甚至可以从门外看见里面的轨道船。结果,刚进门,左转,立刻就晕了。原来这里不是入口,要想上船,还要排好久的队。看着前面黑压压的一片人头,哦不,是人墙,以及九曲十八弯的排队过道,我们绝望了。不过想到已经排了这么久,这时候再走,未免太可惜了。咬咬牙,接着等。等待是这个世界上最讨厌的事情之一,尤其是站着等。大家都想找点乐子。我拿出手机,想玩游戏,结果手机没电了;想听音乐,结果MP4被老妹霸着看电子书。于是我只好干等。等了一个小时,我终于看到了真正的入口,激动不已,哪知我们只是"路过"。因为经过入口,我们又转入另一个大厅,再次看到九曲十八弯的人墙……

终于,经过漫长的等待,我们上了船。这时,我的脚差不多麻了。

轨道船缓缓驶入前方的黑暗中,在河道的右侧,我们看到了一桌桌坐满人的餐桌,黑色的屋顶,摇曳的烛光,怎么看怎么诡异。再仔细看,这确实是个真正的西餐厅。唉，迪士尼的设计者真是太天才了！

经过西餐厅，轨道船驶进了一个黑暗的山洞，接着，眼前又是一片明亮：电影里的一个个人物活灵活现地展现在眼前。我认真地不放过每一个场景：火光冲天的码头，枪林弹雨中的伊丽莎白小镇，漆黑的"鬼船"，漂亮的"黑珍珠"号……这一个个机器人偶十分逼真，要不是事先看过简介，我都要以为是真人演的了。尤其是杰克船长，每一个动作都设计得无懈可击，贼眉鼠眼的，鬼灵精怪的，偷偷摸摸的，潇洒自如的……在经过海盗同盟与英国政府的船激战的场景时，不时有水柱从头上方掠过，水面不断爆出一团团水花。接着，轨道船开始爬坡，然后向下一个猛冲，水花四溅。下面就再没有刺激的场景可言了。大概仅仅五六分钟，船就到终点了。

真是的，辛辛苦苦等了一个半小时，就为玩这五分钟。这时候我们还不知道，真正辛苦的其实还在下午呢。

疯狂的矿车

这是一个过山车项目。看了一下预计等待时间：110 min。它怎么不提供旅馆好让我们通宵等呢！考虑到三点半还有卡通大游行，时间不够，我们决定先用门票换一下"FASTPASS"的票。日本迪士尼就是比香港好，每张门票可以换一个项目的快速通道的票，也就是可以优先通过。谁知一问，工作人员说票发完了。唉！谁让我们来迟了。这下只好慢慢等了。

从队伍的尾巴向上看，似乎离终点也不算很远。不过经过上一次的教训，我们知道，那人龙后面肯定还有"九曲十八弯"。

排队时从高处向下拍，迪士尼一片人海……

排队的过程绝对是能让人发疯的，何况这里与加勒比海盗的排队大堂不同，连空调都没有。不过我再次深深地佩服迪士尼的设计者，他们设计的排队路线和地形，无论是长度还是弯曲起伏的程度，都能与过山车轨道相媲美了。从窗口向外看轨道，我们发现，原来在这一串轨道上，一共同时开启了 3 辆过山车。每辆的行驶轨迹大同小异，想必这也是要经过精确计算的。一会儿，我实在等得不耐烦了，和邹惟成借了张报纸看，不过是《经济观察报》。唉，这时候带着报纸真是有先见之明。虽然报纸内容不是很有趣，不过好在我对经济挺感兴趣，所以也就津津有味地看了。这时候，一"栏"之隔的一位中国人向我借报纸看，不过看了不到一分钟她就还回来了。估计这报纸在别人眼里是够枯燥了。

天灵灵，地灵灵，我们终于看到了等待的尽头。邹惟成数了数，很肯定地说，还剩三个弯。我们满怀希望地向前看，谁知，刚拐了一个弯，人龙再次故伎重施，又冒出七个弯……足足等了两个多小时，我们终于上了过山车。

我拿出相机，准备在过山车爬高的时候抓拍一点。哼，等了这么久，不多拍点俯瞰图绝版照就亏了。反正也不会出什么安全事故。

过山车一出发就开始加速，接着不停地爬坡、俯冲、"扭麻花"。一个个采矿车的模型从我们眼前掠过，十分逼真。不愧是迪士尼，每一个饰物和模型都制作得如此完美。过山车的每一次大角度的俯冲，都会伴随着一车人的尖叫。嗨，这才爽啊！等这么长时间，值了！不过，对我来说，这和香港海洋公园以及澳大利亚华纳影城的过山车相比，简直就是小菜一碟。

射击

下了过山车，婶婶告诉我们，她帮我们去另一个过山车——"飞溅山"换"FASTPASS"的票，结果还是发完了。

于是，我们干脆就在游行经过的大道旁边找了一个地方，打地摊坐下来，等待游行。虽然离游行还有将近两个小时，但这里已经聚集了不少人了。婶婶留下来帮我们看位子，我和妹妹老凡、邹惟成去射击场，其他人就去随便逛逛。

还好，射击场里人不是很多，5分钟就轮到我们了。射击的价格是200日元10枪。场地模仿的是美国西部牛仔酒吧的环境，枪是仿长筒猎枪。每个物品下面都有一个红色电子靶，如果打中了，靶子的颜色会变暗，其对应的物品也会相应作出反应。比如打中钢琴，琴键会乱颤；打中牛头标本，牛头会发出"哞"声；打中瓶子，它会原地乱转。

一开始，我还没摸清规则，又从来没有玩过射击，打空了几枪。不过后来熟悉了，剩下的几枪连中。接着，我又想尝试一下移动靶——奔跑的小老鼠。谁知好不容易瞄准了，10枪却打完了。这时，枪架下方拉出一张小纸条，上面印着穿牛仔服的"高飞"狗狗和数字"7"。原来我打中了7枪。打一次不过瘾，于是我又玩了第二次。为了能得到一张满分小纸条，我没敢尝试移动靶。不过最后如愿以偿地拿到了那张纸条，上面的评价是"天才"。

花车游行

三点四十时，伴随着一阵欢快的音乐，游行队伍走入了我们的视野。

打头阵的是几个"小仙女"，她们身材高挑，穿着闪亮的舞服，踩着活泼的舞步，卡通人物紧随其后。

绚丽的舞蹈,漂亮的花车,向我们展示着卡通的联欢。每个人都目不转睛地看着,回味着。王子与公主,美女与野兽,海的女儿,彼得·潘,巴斯光年,怪物电力公司,超人总动员……这一个个童话人物,或老或新,他们是每个时代的缩影,也代表了每个时代人们心中美好的愿望和向往,他们伴随着一代又一代人的成长。迪士尼不仅仅是一个商业机构,它的产物赋予世界各地的孩子们以美妙的童年。

飞溅山

这儿的等待时间写着"220 min"。其实还没到室内等待走廊,外面就已排了长长的一串。不怕不怕,一般来说,游戏的有趣程度与等待时间成正比。走进室内,原来这是一个山洞,除了脚下的路线指示灯和落地灯的灯光,就再没别的光线了,伸手不见五指,害得我们啥事也做不成。看着那些从"快速通道"进入的人,我们眼睛都绿了。

经过 3 个小时的漫长等待,6 人上了船。事先,我们约定好,在室外快速下冲时,我们都不要喊叫。毕竟,如果在快速冲坡时,一整船没人叫,也确实挺"诡异"的,我们就是想让下面看的人"诡异"一下。

驶入轨道后,我们进入了一个以动物卡通为主题的世界。一开始,这里的节奏是活泼轻快的,渐渐的,气氛变得阴森,船开始时不时地爬坡下冲。没多久,我看到了前方的亮光:到大冲坡了!一瞬间,那种熟悉的失重感觉来了。下冲的过程中,我看到有闪光灯闪了一下。嗯哼,前排肯定有人被拍到窘相了。不过其他人都没注意到闪光灯。那一定是一张很狼狈的照片吧。

电子大游行

在迪士尼,还是游行最好看。夜晚的迪士尼灯火辉煌,十分绚丽。真是大手笔啊!首先,一列闪亮的骑士小队进入我的视野,他们的身上披着蓝色的小灯网,电子花车紧随其后。这种模式和下午卡通游行的模式相似。

电子花车在夜幕下,显得流光溢彩。同下午的游行相比,它没有那种活泼灵动,却更加夺目。远处,睡公主城堡和旋转木马的屋顶在灯光下与游行相辉映,金碧辉煌,让人好像亲临古欧洲的贵族庄园,身处盛大的深夜歌舞狂欢。黑夜,才是迪士尼最

花车游行是孩子们的最爱

大冲坡:我们总能在这时看到一排举起的手臂,摆着"V"的姿势。

好的舞台。可惜，相机在拍摄夜景时总是失真，我无法将这美妙的夜晚拍摄留念了。

不知不觉，已是晚上九点了。整整一天，我们只玩了五个项目，也只逛了半个迪士尼乐园。不过，这回我们也是刚好撞上日本的七天长假，所以人特别多。尽管有些遗憾，但来玩一趟，确实很值。等到下一次来时，我们一定会好好玩一玩海洋公园，不留遗憾。

结　语

6 天结束了，我逐渐认识到日本确实是一个可怕也可敬的国家。

日本算是一个礼仪之国，日本人对谁都彬彬有礼，看似很有亲和力。但是，日本人骨子里是"排外"的。导游也说，在日本的大公司里，其他民族的人很难得到重用。在日本购物时，我们发现，日本的高科技产品很多，其科技水平远远超过了亚洲其他国家。但是，日本人是不会将真正的好产品外销的，他们希望保存实力。这与日本"大和民族"的特性是分不开的，他们会主动学习好的外来文化、科技，却绝不允许自己的高科技外流。他们注重自己的产物，却不会考虑别国的东西。他们侵华时的屠杀，对中国古迹的破坏，还有二战后用通货膨胀这种方式还债……所以，我觉得，日本不是一个懂得包容的国家，它太"自我"。表面上的亲和只是一层薄皮，里面永远包裹着拒人千里的顽壁。这种特性让人觉得顽固、自私。

但是，日本也是一个可敬的民族。他们懂得珍惜。日本的文化，大多是借鉴了中国的文化，并与其他文化组合而成。它的一些文化产物在我眼里甚至有些不伦不类，比如和服，就像"畸形"的唐代广袖服。但是，日本人很尊重也很珍惜他们的文化成果。他们注重保护古民居，保护历史文化景点。虽然与中国相比，日本的一些国宝级古迹很微不足道，我们也时不时"鄙视"它们，但是，日本人懂得珍惜它们。反观中国，尽管坐拥如此之多的历史遗产，却自己糟践了很多。同样，尽管日本地少人多，他们仍然注重保护原始森林。再反观中国，为了经济上的利益，大陆的原始森林不知退化了多少。他们的这种珍惜意识，是他们发展迅速的主要原因之一。

日本的历史、地理等因素造就了它今天的文化和民族品质。这是一个上进的民族，尽管他们人少地小，却依旧获得了大多数国家的认同和尊重。没有人敢轻视他们。尽管我不喜欢日本，但是，我尊重日本。

　　和青海,是我一直向往的地方。

　　对青藏的了解,我还是从藏獒开始的。小学的时候,一本杨志军的《藏獒》让我第一次了解了青藏高原。那时候我还分不清西藏和青海,但是因为对狗的喜爱,我开始关注藏獒,并且看了不少关于这些高原巨犬的书,比如《藏獒》系列,我读了一遍又一遍;再比如《藏獒画传》,至今还会时不时拿出来翻翻。

　　初中时,出现了《藏地密码》这套畅销书。记得拿到那套书的一个双休日,我一口气读完了 4 本。是这套书让我开始关注藏传佛教,虽然它的一些内容看得我似懂非懂,所用资料也有加工和夸张,但是我不厌其烦地查找藏传佛教的资料。到现在,我仍然是《藏地密码》的忠实读者。

　　初二暑假,妈妈碰巧有机会去西藏、青海,并给我带了不少关于西藏的书。比如《西藏未解之谜》、《布达拉宫画册》等。此时,西藏在我头脑里便不仅仅是一些抽象的符号,比如藏獒、佛教、转经筒等,在我的想像中,它开始有了具体的形象,开始活了起来。

　　初三上学期,我还从语文老师那里"搜刮"来了一本阿来的《格萨尔王传》。那时,我不顾期末考试临近,就草草地把这本书看完了。于是,青藏在我心目中又多了一抹关于传说的印象。

　　就这样,一路看下来,我从书中了解了不少关于青藏的东西,尽管都是些皮毛,但是足够让我对它心生向往。以至这次在西藏,我甚至发现导游讲的关于藏传佛教的东西,我居然知道一大半。

　　我心里一直有一个声音:去青藏看看,看看那里的人、那里的景、那里的历史;去听听,听听那里的歌、那里的经、那里的传说。

　　初三暑假,我终于有了这样一个机会,青藏,我来了。

林 芝

林芝有"塞北江南"的美誉。由于绿化好,含氧量相对较高,所以不少来西藏的游客会选择在这里游览一两天,作为减缓高原反应的过渡。不仅如此,林芝也是一处风景秀美的宝地,景点颇多。所以,我们来到西藏的第一站就在这里呆了近两天。

南迦巴瓦峰

南迦巴瓦峰是林芝的神山,它海拔7 782米,巨大的三角形峰顶常年积雪,也常年云雾缭绕,人们难以见其真容。所以,当地人认为只有心诚的人才有机会一睹它的风采。虽然它的海拔高度没有珠穆朗玛峰高,但是由于山体陡峭,绕其而行的雅鲁藏布江又使得它的气候极其复杂,长期以来,它一直被人们称为处女峰,直到1992年才有人成功登顶。这又为其增添几分神秘色彩。它就是我们在林芝参观的第一站。在来时的飞机上,广播里机长曾提醒乘客从空中看一看南迦巴瓦峰,其盛名由此可见。可惜当时云层太厚,我没能看见。

汽车来到墨脱县的直白村口,前方就没有通车的道路了。顺着一道沟谷往东遥望南迦巴瓦峰,只见云雾环着山,不要说峰顶了,连半山腰也不过是堪堪见到。它下接雪原上连云海,直通天际,寻不见摸不着,让人不禁觉得《山海经》中撑天的不周山也不过如此。倒是山脊上的冰雪闪烁着冷青的亮光,雪崩冰崩的滑道似刀刻一般清晰可见,在阳光下反射出道道寒光,令人触目惊心。

更奇特的是,它周身的云海也一直在变化,时而翻腾似江水,时而缭绕似缎带,像舞台布景的云雾效果,只是更加灵动自然。云动,山却不动,万古矗立,它擎起的大概就是这片塞北江南的天吧。

雪山周围,是绵延的山,郁郁葱葱盖满了绿意。雪山耸立在它们后面,覆盖着它的只有黑岩白雪。它盘踞数里,色彩略显突兀,下端却与周围的山脉融为一体。山下的云雾不时透过碧绿的林海冉冉升起,万千气象,如梦幻仙境般,更衬托出南迦巴瓦峰的莫测神奇。仔细看,山脚处还有几分绿意,苍青的植物拥着它,越往上植被越少。也许这就是神山,因为高高在上而无法接近,无论动植物还是人,都只可远观而已。

走上观景台,一侧有一个茶棚。开茶棚的是一对穿着藏袍的藏族夫妇,卖酥油茶和甜茶。我们坐下来稍事歇息,喝了碗酥油茶。酥油茶的味道不够浓,淡得跟白开水似的,看来不够正宗。不过喝着热茶看雪山,心中倒也有几分惬意了。

其实,观赏南迦巴瓦峰的最佳季节在秋高气爽的9月前后,那时,天高云淡,空气澄净,最易看到南迦巴瓦峰的全貌。但是此行没能一睹它的峥嵘也并不遗憾,在这里,什么样的景都一样美,被云雾遮蔽的南迦巴瓦峰,不也给我们留下了几分遐想吗?

雅鲁藏布江

雅鲁藏布江是西藏最著名的一条河流,它平均海拔3 000米以上,江面宽处有200米左右,窄处只有35米。

我们游览的景点在雅鲁藏布江的下游,是雅鲁藏布江绕南迦巴瓦峰的一个马蹄形拐弯。其实,真正的大拐弯离我们现在的游览地还有四五天的脚程,要穿越树林,无法通车,就是骑马也要两三天。那里的许多地区至今仍无人涉足,堪称"地球上最后的秘境",也是地质工作少有的空白区之一。我们自然无法实地看看了。

千年老桑树苍老而不羸弱,枝干上挂满白色哈达和印有经文的五彩经幡。

汽车沿江边公路行驶,雅鲁藏布江江水滚滚流淌,颜色浑黄,大有长江、黄河的气势。据说现在是雅鲁藏布江的涨水期,江水才会如此浑浊。我突然一怔,前方一个三叉形的河道口,浑黄的江水与一道湛蓝的清水汇合了,却泾渭分明,互不侵扰。那是雅鲁藏布江与尼洋河的汇流。河水对比鲜明自不用说,这般彩色河水汇流的景象我在喀纳斯看过很多次,而此处,蓝的清如天,黄的浊如地,与其说是两江汇流,倒更像是天地同行。

途中,我们还经过了一个门巴族村落。门巴族被称为"藏族中的少数民族",也是中国的第54个少数民族。世界上门巴族一共只有5万人,其中8 000人在中国,

桃树在巨石的夹缝中顽强生长，上面已挂满毛茸茸的绿桃，真是"情比石坚"。

这个门巴村就有1 000人居住。江边，零星地散落着几栋小木屋，那是门巴人的住所，以石块、木板或竹篱筑墙，屋顶为人字形，多为两层，上层住人，下层关牲畜。他们的婚姻除一夫一妻外，也存在着一妻多夫和一夫多妻制，其中又多数以兄弟共妻和姐妹共夫的形式出现。

接着，我们见到了路边的一棵巨大的老桑树。据说，它是文成公主和松赞干布所种，已有1 500多年的树龄了。老桑树不挺拔，也没有直冲云霄的高度。但它的枝干布满树结，与粗大的树根连着，甚至下垂到土里生长，好像榕树一样。远远看去，它就像一只盘在地上的巨兽，苍老但不羸弱。它的枝干上还挂满了哈达和经幡，据说绕它顺时针走3圈就可以求得长寿，转2圈就可以求得财运。我们绕树转的时候，看见树下坐着两位藏族老人，手里转着转经筒。我们向她们做了一个手势询问是否可以拍照，她们笑着摇摇头。我们也不强求，悄悄地离开了。看着她们苍老的背影，也不知有多少藏人像她们那样，一生都献给了佛祖，一世为了朝拜而来。西藏，不愧是佛教的高原。

离桑树不远的地方，有一株桃树。奇特的是，这株桃树长在两块巨岩的夹缝中，一直向上，十分茂密。树前的石牌上刻着"情比石坚"。看来，能在高原上存活的生命，都是足够顽强的。

离开这两个沿江的小景点，往前开不多时，就到大峡谷了。还未走下峡谷，就听见了江水滔滔的声响，像瀑布击落水面一样。沿路向下，两旁都是树木，那水声似乎就在耳旁。循声而去，走下石阶，便看到江水从远处两山的峡谷处奔流而下，在岩壁上撞得四散飞溅，才堪堪转向，大有"粉身碎骨浑不怕"的意味。另一侧，清澈的水流从山上冲下，这是雪山上融化的雪水。它们同样急，注入雅鲁藏布江，被带向远方。这就是雅鲁藏布江大峡谷了，不拒细流，河道没有一望无际的宽，就像黄河的缩小版，但是"九曲'藏江'万里沙，浪淘风簸自天涯"的气势却一点不少。

可惜的是，当时我正巧高原反应严重，头疼欲裂，脚下打漂，对眼前的壮景略略看了几眼，草草拍了照片，就匆匆离开了。

嘎定沟

嘎定沟位于尼洋河畔，被称为"塞北江南"。它植被茂密，植物种类繁多，是个天然氧吧。又因为是峡谷地貌，奇峰异石层出不穷，造就了许多让人叹为观止的自然景观。

来到嘎定沟，还是早晨。披上外套下了车，依然能感受到丝丝寒气。眼前是葱葱树木，薄雾弥漫，曲径通幽。充足的氧气也让人精神振奋，总算可以摆脱高原反应了。

我们跟随导游，渐渐走向嘎定沟深处，窄窄的小道两侧是小树林。大多数树的"个头"都不大，但枝繁叶茂，十分清秀。树木下有一簇一簇的灌木，有的开着细细密密的小花，有的结着小巧玲珑的果实，看似不起眼，导游却说其中不少都是中草药，有我们熟知的黄连、板蓝根、山楂，也有奇奇怪怪的夫妻花、雪芒草，甚至还有覆盆子和野草莓。不仔细听导游说，还真不知道这一小块地方竟然如此"卧虎藏龙"。

开着浅蓝色小花的板蓝根。

板蓝根开着浅蓝色的小花，茎上结着小小的果实。黄连则在一株说不出名的灌木的根部。还有野山楂，是红色的球形果实，小得比绿豆大不了多少。摘下一个，入口酸酸甜甜。最奇特的就是夫妻花了。它们每每开放都是两朵同茎，也是十分小巧，雪白雪白，就像夫妻一样，心心相系，形影不离。

这里的确像江南，每一处花草都需要游人去细细观察、琢磨。它们不张扬，不耀眼，在角落默默地生长，但是让人无法忽视。

再往前走，流过竹林的水声便传入耳畔。这也是嘎定沟的景点之一：天佛瀑布。导游卓玛说，若是我们有佛缘，便可瞧见这里的一切佛像。

在景区"天佛瀑布"的石碑下远看瀑布，它从山顶流下，一条白色的水线，没有庐山瀑布"飞流直下三千尺"的落差，也没有黄果树瀑布急落的壮美，只是不疾不徐，自有一番吉祥恬静。

关于天佛瀑布的传说很多，在导游的引导下，我们发现瀑布下果然隐隐约约有一尊佛像。藏人叫他"强巴佛"，也就是我们所说的"弥勒佛"。瀑布的右上角，是"班达拉姆女神"。她的脸被"纱"遮住，大约140米高。手上端着一只瓶子，瀑布好似从瓶中倾流下来一般。据说班丹拉姆女神就是这里的保护神，民间还流传着她与赤尊赞布战神的爱情故事。

走过瀑布，前方就是"神鹰献宝"和"乌龟探海"。苍黄的岩壁上，深浅不一的凹槽和石缝,巧妙地构成了一幅幅画。刚劲的线条浑然天成,鹰嘴,眼睛,龟壳,脖颈,全部恰到好处,真是鬼斧神工。另一边,还有一面"沙弥托灯",由于岩壁上色泽不同,一盏酥油灯也是活灵活现地显现了出来,尤其是灯芯,十分明显。

这里不愧是一处佛地,瀑布岩壁,只要心中有佛,便能看见佛;只要心中信佛,就能摸到吉祥。

远远看过瀑布,再往前走,就又有一番景色。郁郁葱葱的树木如原始森林一般,虽然大多树木清秀,但仍有不少参天古木矗立其间。潺潺流水自瀑布底流淌出来,拓出窄窄一片河道。溪水清澈见底,一尊古木不知是何时倒下,横跨溪面,形成一座天然的独木桥。

古木横跨溪面,我们站在当中,被迫来个"千手观音"。

我们一个个站上去,按照妈妈们的指示在独木桥上摆起了"千手观音"的造型。片刻之后,妈妈们也亲自"操刀上阵"。真不知道这种"人来疯"的行为是不是有点煞风景呢。

顺着小道向前走,过了两座桥就可以到达瀑布了。一路上,铺设小路的不是岩石或石板,而是一个个用铁丝固定好的木桩,少了几种人工设施,多了几分"世外桃源"的味道。

站在瀑布下的桥上,看着清澈的水从山崖上落下,化作丝丝水汽。清凉的水雾扑面而来,仿佛净瓶中的甘露环绕四周,清新自然。水潭中的水也不停歇,仍然是不紧不慢地向山下流去。

我不得不感叹,这里真的像江南。它根本没有印象中高原粗犷的大美,它是清秀的。清奇的树木,玲珑的灌木,清澈的流水,秀美的瀑布。它美在精致,但不是小桥流水园林假山这般人工的精致。它的精致是自然赋予的,"一粒沙含大千世界",只要你仔细寻找。

这便是嘎定沟,一处自然与佛缘相融的"塞北江南"。

巴　松　措

巴松措是林芝附近一处著名的湖,也是西藏东部最大的堰塞湖之一,湖面海拔有三千多米。"巴松措"在藏语中意为"绿色的水",它还是藏传佛教中红教的一处著名神湖和圣地。

巴松措坐落在群山之中,乍一看,未见得有什么特别之处。但是水色的确很美,"水皆缥碧,千丈见底"。天空中的云经过湖面,投下一片影,随即又移开。也有鸭、鸟掠过湖面,游船优哉游哉,在我们眼中慢慢远去,变成了一个小点。放眼望去，一片空旷，不事雕琢，让人有种说不出的心旷神怡。

距岸边大约一百米处有一座湖心岛，名为"扎西岛"。绿色的湖水温柔地怀抱着江心小岛。当地人传说这个小岛是一座"空心岛"，一直漂浮在湖面上。

一座浮桥连接着陆地与小岛。小岛的密林深处，有一个不大的寺庙，据导游说，这是一座苯教寺庙，但我们进去却看到里面供奉的是莲花生大士，也不知是不是他讲错了。寺庙不大，甚至有点破旧。庙门前，左右各竖立着男女生殖器木雕，再现了古人性崇拜的历史。正殿供奉着各种佛像，后面是木阁，架满了各种经书。灯光昏黄，阁子很低矮。我们沿着经阁顺时针转了一圈，算是转了一遍经。

出了寺庙右转，有一棵"桃抱松"。它是一株桃树和一株松树缠抱在一起，生长到一块儿去了，真是有趣的连理树。树上已经结出了青青的小桃子，看来树木生长并未受到影响。不远处，还有一棵"十二生肖树"。据说树上的每一片叶子上都有一个生肖的图案。老妈说她上次来时就拾到了一片有"蛇"的叶子，但是我们翻了几片落叶，都没有找到，也不知她那时是不是巧合。

下山的途中，我们看到了四五个摆摊卖东西的藏族小孩。他们的衣服挺破旧的，看起来家境一般。我们问其中最大的小女孩："你读书吗？"小女孩说："不读书。"我们又问："你想读书吗？"小女孩淡淡地说："不想。"这有些出乎我们意料。陆阿姨试探地跟她说："我们家乡条件比你们这里好很多，我带你回去，上学读书，你愿意吗？"小女孩仍然淡定地摇摇头："不愿意。"对话中，我们还得知她有弟妹，都在上学。不知她是为了弟妹读书才做出如此牺牲，还是本身就不愿读书。但从她淡定的微笑中，我们又分明看到了一种平和与安宁。也许在她心里，这片土地就是她的家，只要在这里，无论干什么都是幸福的。其实，对幸福的界定原本就是依据个人内心的一种感受而已，我们是否有些杞人忧天？抑或庸人自扰？最后，我们还是特意在他们的摊子上买了几样东西。

古老的松树抱着桃树一齐生长，桃树上竟挂满小小的桃子。秋天来临时，它们是否也一齐收获丰硕的果实？

摆摊的藏族女孩也就十四五岁，和我们一般大，正是入读高中的年龄。

被澄净的湖水环抱着的"扎西岛"上经幡飞扬。

从林芝到拉萨

青藏之行总共8天，其中最辛苦的就是从林芝到拉萨这一天8小时的车程。

这么多年跑了这么多"码头"，我觉得最美的风景永远在路上。路上的风景不同于特定的旅游景点，它能带给人不经意间的惊喜。它总是悄悄地潜伏在道上，往往人们才瞟上一眼，它就转瞬即逝。来不及用相机记下，却默默地留在心里。比如欧洲乡村悠然的田园味，日本京都清爽的木建筑，内蒙古草原辽阔的草场。我经过那里，它们也路过我的心底。

然而，高原环境注定让这一路不那么轻松。

一路上，汽车走的盘山公路又窄又颠簸，两车不能并行，车速很慢。坐在车上还是觉得颠簸无比，闭目养神都做不到。睁开眼看窗外，慢慢升高的海拔让我越来越头晕，无所适从。

路途初始的风景对我来说没什么新意，远处的雪山、草场、牛羊，近处的阴阳山、林地、青稞田，以及不变的布景（蓝天白云），刚过一处转弯，满眼又是雷同的景色。但有尼洋河一直陪伴而行，它时而静如处子，时而惊涛拍岸。旖旎的风光下，洁白的浪花伴着绿翡翠般的河水，犹如打碎的玉石。前面到了尼洋河水势最猛烈的一段——尼洋河峡谷。波涛里，一块奇石矗立其中，直指苍穹，滔滔的河水不知冲刷了它几千年，但它仍然犹如金刚般屹立于河道中央。石顶上长满了葱茏的灌木丛。巨石上"中流砥柱"四个大字苍劲有力。

无奈路途太颠簸，实在无法合眼。就这样头晕脑胀望着窗外，什么也不想。

不过，每一处土地都能长出美丽的东西，西藏的高原也不例外。在旁人的提醒下，我看到了路边种了一株株柳树。这些在我印象中从来都是垂岸低拂生于江南流水旁的树，竟意外地出现在高原上了。原来，这不是我看惯了的杨柳，它叫"唐柳"，是文成公主进藏带来的树种。它们外表虽然年轻，历史却十分悠久。也许这才是青藏高原的路途风景，乍看每一处景色都貌不惊人，但是普通的外表下却藏着一段段古老的岁月、悠远的故事。

路旁，还有格桑花。我们一直好奇这格桑花到底是什么花，其实它就是高原上一些小花的总称，没有特定的种类划分。那些细细小小却顽强生长、遍布各处的小花，就是格桑花。它们有红有紫，也能"招蜂引蝶"、传承不息。也许这也是高原的路途风景，被人忽视的细微处的生命，也能演绎一番出人意料的灿烂。

浑浑噩噩过了不知几个小时，就到海拔5 000多米的米拉山口了。高原反应严重的我被老妈赶下车拍照。刚一下车便觉天旋地转，这缺氧还真是立竿见影。

尼洋河中游，山高沟深，河流湍急，为尼洋河第一大峡谷。一巨石突兀江中，背靠神佛山。相传，这巨石是工布地区的守护神——工尊德姆修炼时的座椅。

米拉山口不仅海拔高,也以风大出名。每到风季,风雪连降,人车难行。此时风也不小,远处高高的经幡柱上系着经幡,被风吹得猎猎飘扬。传说风是替藏民们念经,呼啸着卷起他们虔诚的祝福与愿望,敬献给九天的诸神。萧萧瑟瑟,风是天空的脉动;逶迤伟岸,山是大地的沉着。经幡鼓动,响声瑟瑟,传递着一种名为信仰的古老力量,承接着一种名为不朽的高原脉动。伫立于此,情绪不禁随风铺张开来,捕捉着它的节奏。随着风吹经幡鼓动的节奏,伴着高原反应的头痛欲裂,身体有一种御风而行的感觉,思绪仿佛也飞向飒飒作响的经幡,飞向伸手可触的云间,飞向亘古不变的苍穹。神思恍惚,但有一种莫名的感动……一瞬间,断断续续的景色尽收眼底。这同样是高原的路途景色,不经意间它的磅礴与苍茫,从眼睛和耳边涌入了心底。

在藏民心中,每个山口都是神圣之地,那里会挂满经幡,表示对神灵的敬畏。林芝与拉萨的必经之处的米拉山口,彩色经幡响声瑟瑟,传递着一种名为信仰的古老力量。

离开米拉山口,我更加觉得头晕目眩了。闭眼睡觉,突然一个急刹车,我毫无准备地狠狠撞上了前排座椅。原来是羊群挡道,车子只能相让。司机按喇叭,那群家伙居然连头都不抬一下,依然优哉游哉堵在路上,导游只好下车人工驱赶。真是不知是否应该在这里树一个牌子:注意羊出没。没准这也是高原的路途风景,偶遇的动物也能带来一份颇为幽默的插曲。

高原的牛羊是自由的,公路也是它们的地盘,漫步其间,对汽车喇叭声可以充耳不闻。

快到拉萨,夕阳偏西,但高原夏日的阳光依然饱满而充实,劳作了一天仍不愿隐于连绵的山后,顽强地时不时穿梭于山与山的缝隙间,撒下依旧火辣辣的余晖,大地、山川、河流、雪峰抹上了一片亮丽的金色,我们的脸也被抹上金色,不管愿意与否,接受着高原阳光一天最后的洗礼。渐渐地,渐渐地,夕阳终于离开了,高原的一天就这样落下了帷幕。可是随着每一天太阳的升起,高原新的路途风景也将为新的游客登台上映。

现在想想那一天,的确辛苦。一路高原反应,没到拉萨就开始低烧,夜里挂水一直挂到1点。但是就在这一路辛苦中,我看到了西藏的路途风景,那是属于高原的平凡和精彩。

拉　萨

大　昭　寺

在西藏有这么一句话："先有大昭寺,再有拉萨城。"作为西藏拉萨的中心和起源,大昭寺不可谓不出名。

大昭寺历史悠久,是松赞干布时期为迎娶尼泊尔尺尊公主而建的寺庙。它由通晓天文地理、五行风水的文成公主选址,松赞干布命人驱赶山羊驮土建成。大昭寺不仅是西藏最著名的寺庙和古建筑,也是藏民心中的佛教圣地。人们所熟知的活佛转世"金瓶掣签"仪式就在这里举行,而且最著名的是里面供奉着的一尊文成公主进藏时所带的释迦牟尼12岁等身像。当今世上,释迦牟尼等身像一共只有三尊,所以这尊12岁等身像是大昭寺当之无愧的镇寺之宝。

来到大昭寺,首先看到环绕其四周的八廓街。八廓街又称"八角街",但"八角"这个名字是因方言发音的不同而误传的。它实际上只有六角,从空中俯瞰,像一朵盛开的格桑花,大昭寺作为花蕊缀在其间。

往前走,步入广场,就见大昭寺的大门了。大门前有两根高高的立柱,最上面绑满了黑色的牦牛尾。传说那是莲花生大士战胜苯教徒后留下的标志,黑色牦牛尾象征苯教徒失败后割下的头发。立柱旁,有一尊香炉状的东西,也是供藏民烧香用的。里面烧着藏民献的藏香、中草药等,同样白烟滚滚,但是没有我们家乡寺庙里烧香的那种呛人的味道。

门外,朝圣者蝼蚁一样匍匐在金红色的朝晖里,磕等身长头。满身附着的风尘,糙黑的皮肤,凝重的表情,平和安详的眼神,无一不在诉说着藏传佛教的神秘和深邃。虽然之前早有所闻,但是第一次看到如此多的藏民潜心朝拜,不得不说还是受到了一种震撼。导游说,大昭寺的中心地位,不仅是地理的,更是精神的。转经的,磕长头的,朝觐的,无一不是奔着大昭寺来的。环大昭寺寺内中心的释迦牟尼佛殿一圈,称为"囊廓",环大昭寺寺外墙一圈称为"八廓",再向外到布达拉宫、药王山、小昭寺的一大圈称为"林廓"。廓的意思就是圈,这个从内到外的3个环形,便是信徒们转经的路线。这里磕头的有老年人,也有少年,不少人从家乡长途跋涉,历时多月,沿路千辛万苦,磕着等身长头来到这里朝拜。甚至有的老人在这里磕头，磕着磕着就倒下去再也起不来了。这种朝拜的传统，一千多年来，历久弥新。

步入大昭寺，酥油的味道扑鼻而来。进入主殿，随着人流和导游走，一尊尊佛像跃然眼前。四大教派的宗师都有供奉，他们的具体名字和经历我实在记不住，只记得有一位萨迦派的八思巴大师，好像是成吉思汗的老师。主殿的墙壁上同样画着色彩艳丽的唐卡，叙述了文成公主替大昭寺选址的一系列故事。除此之外，两位和亲公主的化身——白、绿度母及赞普松赞干布也都有供奉。导游说，大昭寺其实可以算是一个缩小版的布达拉宫了。

这样的镜头，在藏区的寺庙随处可见，不断地震撼着我。男的，女的，老的，少的，磕着等身长头，虔诚之极。

最引人注意的自然还是那尊释迦牟尼等身像。等我们来到等身像前时，这里早已被人群围得水泄不通。等身像可以说是"披金戴玉"，头上顶着宝石冠，通体金色。导游说，他入藏时并没有如此华贵，那些金银玉石都是供奉他的藏民捐献出来的。在条件相当落后的古西藏，藏民仍然愿意倾其所有供奉一座佛像，藏传佛教的深入人心可想而知。与其说它是一种统治工具，不如说它已经成为了那个时代藏民们的生存理由。

奇怪的是，释迦牟尼像的脸相对其他佛像来说，有点臃肿。原来，这里的藏民每年都会往释迦牟尼像上刷金粉，以示虔诚。这么多年来，这座佛像也就越刷越"胖"了。导游还告诉我们，她母亲是个佛教徒，她本人也信仰藏传佛教，每年都会出资8 000元给这座像刷金粉。怪不得一路上她对藏传佛教的讲解如此精到。最后，我也挤入人群，好不容易把钱捐进许愿箱，默默许了个愿。

走出主殿，顺着楼梯爬上偏殿。在偏殿顶上，可以眺望布达拉宫的全景。

几群藏民也在殿顶上组成几对，表演着阿嘎舞。他们拿着阿嘎棒，唱着阿嘎

"打阿嘎"是一种藏族独有的传统的屋顶或地面的修筑方式。在歌曲的节奏中，打夯的动作整齐划一，这种把劳动和娱乐融为一体的场景格外动人，展现了藏民的快乐天性。

歌，打着阿嘎土。阿嘎土是西藏大山深处的一种建筑材料，黏性很大，加入酥油，经过加工和捶打，铺设于王宫佛殿、贵族府邸的地面，如同水磨石一样油滑，光可鉴人。表演打阿嘎的队形快速多变，时而四行，时而两行，时而呈方形，时而呈圆形，时而又排成一条长龙。左边打，右边停，右边打，左边停；前边打，后边停，后边打，前边停；有时面对面，有时背靠背。远远看去，就是一个舞蹈组合，他们的双脚不停地踩踏地面，嘴里不停地唱着阿嘎歌。嘹亮的歌声传遍整个大昭寺："请来转圈吧，一二三；请来转圈吧，四五六；从里往外打呀，一二三；从外往里打啊，四五六。我们打阿嘎的人，跟老虎一样健壮。我们打出的阿嘎，比老虎的花纹还漂亮！"藏人就这样将艰辛枯燥的劳动变得如此富有诗性和灵动，也许这就是高原人的生活态度，在快乐中劳动，在劳动中快乐。

偏殿上，还有卖大昭寺开光佛珠之类的铺子。如果买了佛珠，铺子里的藏族老爷爷还会给它撒上一小把吉祥的青稞。我们略略选购了几串，就离开了大昭寺。

大昭寺之行，我第一次听人讲述如此之多的藏教故事。虽然内容没有完全记住，但是所见的景象第一次让我真正领会到了藏传佛教在藏民心中不可磨灭的地位。也许是因为西藏几代王朝的政教合一，才赋予了它超越神佛的意义。它就像藏民心中的碑，有着逾千年的哲学、文化积淀，规范和引领了几十代的藏族人。

八 廓 街

步出大门，我们沿八廓街顺指针围绕大昭寺走一圈。

八廓街原街道只是单一围绕大昭寺的转经道，藏族人称为"圣路"。而如今的八廓街十分热闹，推着车子、摊着铺子卖东西的藏民一个接着一个。街道两边的商铺也早早开门，欢迎着熙熙攘攘的游人。出售的东西琳琅满目，牛角、藏银饰品、藏刀、羊毛毯等，不少还挂上了出售天珠、绿松石、唐卡的招牌，也不知有多少是真货。

热闹中的戒备森严也让人无法忽视。街道上每隔十几米就有哨岗和三五个持枪的武警守卫，在导游的提示下，还可以看到两旁屋顶上的太阳伞，下面都是武装的狙击手。不过现在看来，人们的生活还是井然有序、热热闹闹，整条街上充满了活力。

环绕大昭寺的八廓街上，有形形色色的游人，也有做生意的藏人。我还看到一个年纪不大的藏族青年,绕着整条街三步磕一长头。他的皮肤被晒得黝黑,头上已有细细密密的汗珠,额上还磕出了黑黑的茧。他的两手各绑一只铁盒,以免磕长头时双手在地上蹭破。我们不知道他从哪里来,也不知道他是不是徒步千里。但是,至少说明,在新一代藏族人心中,藏传佛教的力量和地位仍然还在。它就像历史一样,深深地镌刻在人们心里,不可能忘记。信仰的伟大在西藏这片土地上每天都在震撼着世人,也震撼着我。举起相机的手,久久没有按下快门,生怕打扰了他。那画面虽未留入相机,但却深深地烙在我心里。人有了信仰就会快乐! 就会幸福! 难怪妈妈总说来西藏旅游,不仅要看高原的美丽风光,更要领略真正的信仰之精髓。这才是真正游览了西藏。

八廓街的建筑大都是白色的,只有东南角有一栋涂满黄色涂料的两层小楼。那就是八廓街上最值得一提的玛吉阿米酒吧。因为那里蕴藏着六世达赖喇嘛仓央嘉措与玛吉阿米的传奇故事。"玛吉阿米"是流传在藏区的一个美丽的传说,意思是圣洁母亲、纯洁少女,或是"未嫁娇娘"。六世达赖喇嘛仓央嘉措在达赖喇嘛中是争议最大、最离经叛道的一位,极富传奇色彩,他不仅是西藏历史上一位杰出的宗教精神领袖,还是一位才华横溢的浪漫主义诗人。相传仓央嘉措为了寻找至尊救世度母,跋山涉水走遍了整个藏区,有一天来到这个小酒馆休息。玛吉阿米恰好在这酒吧里当服务生。仓央嘉措见到她的第一眼时,惊为天人,于是,他就为这个少女写下了如此诗句:

> 在那东方山顶,
> 升起皎洁月亮。
> 玛吉阿米的面容,
> 渐渐浮现心上。

我们不知当年的那位少女是真的叫"玛吉阿米",还是仓央嘉措为他的梦中情人取的名字。无论如何,有这样一个美丽的故事伴着这个酒吧,也是让人心生向往了。

记载着六世达赖喇嘛爱情故事的玛吉阿米酒吧,现在也是游拉萨必去的地方。

布 达 拉 宫

布达拉宫最初是松赞干布为迎娶文成公主所建的王宫,作为吐蕃王朝的政治中心,最终毁于战乱和火灾。17世纪后,经过历代达赖喇嘛的重建和完善,布达拉宫成了达赖喇嘛的冬宫。它分为红宫和白宫,白宫主要是达赖喇嘛生活起居和政

进入布达拉宫前，伴着高原反应，爬过坑坑洼洼的楼梯，是对你体力的考验。

治活动的主要场所，红宫主要是历代达赖喇嘛的灵塔和各类佛殿。

布达拉宫依山而建，大气磅礴，与药王山遥遥相对。两座山尽管被一条主干道隔断，仍然隐隐约约显出一条龙脉。龙头就是布达拉宫所在的红山。

过了布达拉宫的安检门，就要开始爬楼梯了。布达拉宫看似雄伟壮观十分高大，爬起来才知道有多么痛苦。因为高原氧气稀薄，没走几步路心脏就会狂跳，喘不上气来。加上从安检门爬到入口只有半个小时的时间限制，台阶因石块而修成坑坑洼洼，脚下更是"山重水复疑无路，柳暗花明又一村"，望不到头，真是让人郁闷无比。等到好不容易爬到入口，大伙都喘不上气来了。敢情古时候有人到布达拉宫办事觐见还得在这台阶上拉练一番？

缓过气来，居高临下地看看红山下的风景，白墙红檐，简洁大气。繁复华丽的程度与紫禁城自然不能比，但如此高的海拔倒是为它增色几笔。

跟随导游，我们来到正对白宫的德央夏广场，它的地面就是由阿嘎土铺成的，光滑平整。以往每年都会在这里举行盛大的宗教仪式。

据说在古时候，并不是所有人都能来到这里，平民百姓只有在跳神节时才能来到此处为达赖喇嘛表演节目。达赖喇嘛就在离广场最近的白宫建筑上的黄色窗台向下观望。民众为了能让上面的喇嘛看清楚，就把藏戏的面具顶在头上。这个传统至今仍然保留在许多藏戏的舞台上。

进入白宫，首先看到的是某一代达拉喇嘛的手印，奇妙的呈现莲花状。白宫的装饰总体较为简单，但是房间、门口都挂有藏毯之类。导游说，白宫表墙是用牛奶加生石灰勾兑成涂料淋泼上去的，洁白、牢靠。白宫一共有2 000多间房，它们只是达赖喇嘛冬宫的一部分，可见喇嘛地位之尊崇。但这2 000多间屋子中，现在只有一间对游客开放。这一间就是当年陈毅元帅会见达赖喇嘛时的场所。房间依然简朴，座位上铺着红毯，当年的元帅和喇嘛就是在这里喝茶交流的。当时他们面对面而坐，不知是在豪情满怀地指点江山，还是在探讨修身治国、展望未来。

据说，每到跳神节时，达赖喇嘛就是在这最高层的黄色窗台下观看藏民的表演。

此外,白宫中还供奉着观音菩萨和清朝颁给当时喇嘛的诏书。据说,"布达拉"的意思即为"第二普陀",取普陀山为观音菩萨修行之意。看来汉藏佛教的交流自古以来就很繁荣了。

参观完白宫,我们去往历代达赖喇嘛灵塔的放置地:红宫。

建造红宫围墙的材料很奇特,叫做"白马草",它只生长在海拔5 000米以上的高原地带。白马草原为黄色,但是这里的白马草被牦牛血混合矿物颜料染红,据说可以防虫防蛀,而且时间久了,它就会变成紫红色。无论是白马草还是红色颜料,都只有庄严神圣的护法神殿和灵塔殿的外墙才能使用。

来之前,导游曾经说过,布达拉宫其实就是西藏最大的黄金珠宝博物馆。踏入红宫,我们不得不感叹,它的奢华程度绝对担当得起这句话。

红宫内的达赖喇嘛灵塔大多是黄金底座,上面镶嵌各种宝石,比如红玛瑙、绿松石等。所以,无论是它们建造材料本身的价值还是艺术、宗教价值,都高得难以想像。另外,不少塔中还封存着各类书籍,有佛教经书,也有古藏族人在医学、天文学等方面的著作。

最神秘的是,在这些灵塔中,共有8座是真身舍利。也就是喇嘛圆寂后,将其整个真身封入塔中。其中,据说有5座舍利的头发、指甲还在生长,也不知是真是假。

灵塔中最大的一座是五世达赖喇嘛罗桑嘉措的。塔高14.85米,全身用黄金包裹,共重3 721公斤,光黄金就达11.9万两之多,还用去15 000多颗珍珠、玛瑙、宝石等。它的中间镶嵌着一颗大象脑髓而制的白色珠宝,这是顺治皇帝赠给五世达赖喇嘛的礼物。五世达赖喇嘛在西藏历史上是一位功勋卓著的大人物。在公元1652年,他曾赴京觐见顺治皇帝,被赐满汉蒙藏四体的金册和金印。这使得达赖喇嘛这一活佛转世系统得到清朝中央正式册封和大力扶持,历史贡献巨大。另外,这位喇嘛还是才华横溢、著述颇丰的学者,佛学精深,备受推崇,晚年更是专心著作。他的灵塔和享殿能有如此规模,也是当之无愧了。

除此之外,布达拉宫也是各类艺术文物的聚集地。有各式唐卡近万幅,金质、银质、玉石、木雕、泥塑的各类佛像难以计数,还留有明清皇帝的赦书、印玺,各界赠送的印鉴、礼品、匾额和经卷等。

我印象最深的就是其中的壁画。和大昭寺的壁画相似,布达拉宫所有宫殿、佛堂和走廊的墙壁上,都绘满了壁画。它们大气磅礴,色彩历经多年而略略黯淡,但是基本保持完好,以暖色调为主。铺卷开来的壁画,仿佛一部史诗,比文字更加清晰地描述各种各样的故事:文成公主、尺尊公主入藏和亲,五世达赖朝觐顺治皇帝,

布达拉宫每间殿堂和回廊的墙上，都绘满了色彩艳丽的壁画。壁画内容极为丰富，大多是佛教故事画，采用连环画的形式，配以藏文，因而成为研究西藏历史和艺术发展的重要资料。

还有许多我们看不懂的传说、典故。据说先后参加壁画绘制的有 200 人，整整用去了 10 年时间。

还需一提的是，我们在布达拉宫参观的一路，几乎每个殿内都放有大盆的酥油灯。酥油这种东西即使作为食物也是十分珍贵的，此处却用来供奉喇嘛和佛像，也是足够奢侈了。

参观布达拉宫，不得不让人感叹它的价值与地位。尤其是红宫，戏谑一点讲，它就是世界上最奢华的坟墓。

但是作为高原地区，古时候这里就是贫穷落后的，即使在今日也不够发达。布达拉宫却能聚集如此之多的珍宝、文物、壁画等，比紫禁城也毫不逊色。也许在藏人心中，达赖喇嘛就是佛在人世间的转生，只有神佛才配得上最好的东西。某种程度上讲，人间的帝王、藏王根本比不上真正的活佛。导游曾经告诉我们，达赖喇嘛和班禅大师在藏民中的号召力至今还是十分强大的。看到布达拉宫的布景与规模，我已经领略一二。

宗教可以操控人心，在苦寒高原，藏传佛教的存在真的未必是坏事。藏传佛教在引领人心上起到了极大的作用。它带给人以希望和对现世生活的包容。如此之多的财宝堆积在布达拉宫，反映了人们对神佛的感激，并越发将活佛的地位提升到更高的高度。只有活佛才是古西藏人的精神领袖，也只有他们才能带领西藏人从精神领域战胜苦难现实，穿越风雪，跋涉至今。

布达拉宫不仅是一座宫堡，更是藏文化的一处缩影。

纳木措，世界上最高最美的神湖，蓝得清澈，蓝得丰润，蓝得迷人，蓝得纯净。

纳 木 措

纳木措，是沉浸在藏教信徒心中的圣湖，是享誉中外的名胜。在我的想像中，纳木措以美景出名，以圣景入胜。亘古不变的信仰沉淀，才是它极美的所在。于是，带着万分的憧憬，我们乘车一路颠簸，来到了这传说中的仙境。

汽车沿着 109 国道驶向圣湖，这条国道就是传唱已久的"天路"。海拔一路升高，汽车虽然开足了马力，爬坡还是缓慢无比，我们也渐渐出现高原反应：耳鸣、头疼、反胃等。好在导游胖叔给我们带了两罐氧气，以备不时之需。尽管大家身体不适，但是沿途风景却紧紧地吸引了所有人的注意。

远望，山路盘旋，通天一般，穿越了绵延的山脉，将苍茫的高原如画卷般铺开。

山脊贫瘠，点缀着绿意；沙地片片，散布着牛羊。这是高寒之地，草木低矮，寥寥无几，还依旧顽强；牛羊遍地，毡房相伴，亦有自由生机。高原苦寒生迹寥然，却比任何一处森林草原都透着更加原始、更加蓬勃的生命力。

不一会儿，一个峰回路转，便瞧见晴空万里，云卷云舒；碧水连天，潮涨潮落，圣湖以安详沉静的姿态缓缓走出了山峦。

是啊，这里的山，不如林芝的清奇秀美，但正因为千百年来面对着神灵，它才如此坦荡地露出裸土砂石。

这里的天，似近还远，因为天之所高，才是圣洁灵魂栖息的地方。

山路盘旋，似通往云端的天路。不禁让人哼起歌曲《天路》里的"那是一条神奇的天路，带我们走进人间天堂"。

这里的湖，水天一色，风碾尘障水含笑，仿佛洗净了尘世种种。

而在这里的传说中，纳木措还是神灵注视着的圣地。自古以来，无数藏教信徒环湖朝拜：他们磕着等身长头，用身体丈量圣土；他们摇着转经筒，用诚心膜拜神灵；他们诵读着经文，用佛音表达虔诚。所以，这里未必是离天最近的地方，却必定是离虔诚最近的地方；这里未必是离繁华最远的地方，却必定是离喧嚣最远的地方。

到了景区，此处海拔已达4 718米。大家小心翼翼缓步下车，不知是不是因为高原反应，我的腿有些发抖，头也晕晕乎乎。景区里还有不少做生意的藏人，牵着马供游客骑往湖边。每个藏民的胸口都别有号码牌，井然有序。沙路旁，还有藏民牵着一只黄黑色的藏獒供游人合照。可以说，这次来西藏，我最期待的就是藏獒了，因为它，我才开始了解西藏的起源。可是眼前的这只，没精打采的，主人拉它好几次才肯动一动。见到此情此景，我只觉得，成为游人拍照工具的藏獒，被生人摸头却毫不反抗的藏獒，又怎会是真正的藏獒？这样的藏獒，怕是要么本性被压抑已久，要么干脆被藏人养成温顺的哈巴狗了。

尽管如此，我还是和它拍了照，然后和伙伴们沿着沙路向湖边走去。

纳木措离我们如此之近，它没有喀纳斯湖的瑰丽，也没有赛里木湖的明澈，但是它处处透着圣洁，仿佛有吉祥天母在九天之上笑撒祝福问候，拈花古佛在祥云之上坐看世间万象。它的水不算清澈见底，却是无垠的蓝色，如水晶，如镜面，大气磅礴，带来无声的震撼，助人们平复心情、荡涤灵魂。脚下一碧万顷的湖水和头顶一碧如洗的蓝天，哪里是湖？哪里是天？天连着水，水连着天，天蓝蓝水也蓝蓝。

湖畔，有念青唐古拉山环绕，传说它是纳木措的守护神，是娶了纳木措女神的天

小鬼游天下

神。那重重叠叠的山脉，没有突兀的棱角，没有茂密的草木，只有温和的线条，绵绵延延，恰似对纳木措有着说不完的爱怜、道不尽的柔情。念青唐古拉山因纳木措的衬托显得更加英俊柔美，纳木措因念青唐古拉山的倒影显得愈加瑰丽淑敏。

湖边水波拍岸，不少藏民牵着象征吉祥的白色牦牛，让游客骑着它们到湖中拍照。那些憨厚的牦牛披着红色的藏毯，低垂着大眼睛，与湖水相拥，分享着那份高原上的圣洁。我们轮流骑牛到湖中合影，白牛碧水、白云青空，说不出的吉祥安宁。可是想想那些牦牛，天天站在冰冷的水里，我该可怜它，还是该钦佩它？

可以说，如果要用一个词来形容这里的湖和景，那就是"圣洁"，远山近水无不置于神佛的熏陶下，纯净吉祥；如果要用一个词来形容这里的人和生命，那就是"坚持"，人坚持着信仰，不畏苦寒，草木动物坚持着顽强，蓬勃生长。

穿越青藏线

穿越青藏铁路绝对是来青藏不可错过的一项行程。它东起西

石碑上用三种文字写着"那根拉海拔5190米"。这是我们此次青藏之行的海拔最高处。向北眺望，纳木措幽静安谧，朦胧中透着清秀。不是没有见过连绵的蓝，也不是没有见过浩瀚的海，而如此充满韵致的蓝，充满梦幻的湖，再次让我恍若梦中。

宁,西至拉萨,是世界上海拔最高的、亚洲最大的高原铁路。无论是从建造的难度、时间,所耗的财力,还是连通高原的影响来看,都足以让它驰名中外。

青藏铁路于 2006 年 7 月 1 日正式开通,从那以后,每到青藏的旅游旺季,它的车票都被抢购一空。我们原本从西宁坐火车到拉萨的计划也因为车票的问题,改成了从拉萨返程时走青藏线到西宁。

清晨,天还没透亮,我们就赶到了车站。虽然车站大厅还没开门,但乘客们已排起了长队。与一群来自浙江某高校的老师闲聊,得知我们在西藏的一路行程,他们不住地感慨、赞叹,因为他们来西藏只在拉萨待了两天,仅仅游览了市区的景点。我们自然更得意地介绍林芝,介绍米拉山口,介绍纳木错,当然还有淡淡地介绍一点高原反应,惹得他们再次钦佩我们这支"妇女儿童团"。

伴着车站的点点灯火,我们走进了车站。大厅里的设施不错,装潢也很新,国家真是给了这里大量的援助。上了火车,是六人一间的硬卧,房间很小。我已经记不清上一次坐卧铺是什么时候了,至于硬卧就更不用说了。

虽然要坐一天一夜的火车,但并不代表我们没有事做。比如老妈就不会放过我们,大清早的就开始让我们抓紧时间写游记。我和张颖祺被她这样"折磨"了七八年,早就已经习惯了。不到两小时,《纳木错》就在笔记本电脑上被敲出来了,得意的老妈拿着我的即兴之作给各位妈妈浏览。可怜的是聂佳璐小同学,她毕竟小学刚毕业,总觉得无从下笔,好不容易写出一篇还被返工。这时老妈们已经打牌去了,于是监督她的任务就交给了我和张颖祺。最后,她被我们两个从早上"追杀"到下午,终于"功德圆满"交出了一份让各位老妈都很满意的作文。但我和张颖祺也很郁闷。房间这一"根据地"被老妈们强行"征用"打牌,我们不仅没法观战,还被赶到走道上学习。一人背英语一人看数学,大好时光就这么过去了。

不过,最令人期待的还是火车广播,一路上的风景都会有所介绍。

错那湖静谧安详,让我想起了纳木错。

我们最先经过的是错那湖,青藏铁路与这个神湖贴身而过,最近处只有几十米。它海拔 4 800 米,是怒江的源头。错那湖湖面十分平静,和纳木错有几分相似。很难想象它就是咆哮的怒江的源头。

下午 3 点,我们开始进入可可西里。"可可西里"在蒙语里的意思是"美丽的少女",它位于昆仑山和唐古拉山之间。可可西里自然条件恶劣,人类无法长期居住,被称为"生命的禁区"。也正因为这样,它成了"野生动物乐园",成了藏野驴、野牦牛、棕熊等动物的栖息地。被誉为"雪域精灵"的藏羚羊是其中最著名的动物。

和关注藏獒一样,我关注藏羚羊和可可西里也已很久了。同样看了不少关于它们的书，印象最深的是王宗仁的《可可西里的动物精灵》和一部叫《可可西里的哭泣》的小说。算不上对它们很了解，但是能看到成群的藏羚羊，就是我这一路上最大的期待。

进入可可西里，窗外的天就变了。阳光依旧晴朗，可是一会儿飘起了雨夹雪。真是"十里不同天"。当广播说道"现在窗外可能会看到藏羚羊"时，几乎所有人都挤到走道上，趴在窗前仔细寻找。我们也是等得望眼欲穿，好不容易看到一只什么，又都失望地发现那只是牛或藏羊。倒是胖叔很淡定地说："没事，下面看到藏羚羊的机会多呢。"

就这样，我们在窗前趴了 1 个多小时，任凭我们千呼万唤、望穿秋水，藏羚羊就是没有出现。

好在沿途有广播解闷。比如它讲到的烽火山，通体赤红，植被稀疏。传说是当年孙悟空师徒过烽火山时，同铁扇公主要扇子没成功，虎皮裙反而被点着了。他一个跟头翻到这里，一块虎皮裙落下来烧红了山岩，才有了今天的火焰山。值得一提的是我们经过的烽火山隧道，它海拔 5 010 米，长 1 338 米，是世界上最高的隧道，也是横跨面积最大的高原永久冻土隧道。

接着，我们经过了海拔 6 178 米的玉珠峰，就如它的名字一样，覆盖着的积雪像温润的玉。云层低低地压着，些许阳光照耀雪峰，一道雪线从山坳泻下，分割开了黑岩，真是"黑白自光明"。

就在我们快要放弃等藏羚羊的时候，胖叔突然发现了它们。绿草稀疏的土地远方，几个不起眼的黄点。仔细一看，果真是藏羚羊！尽管只是模糊的远影，也没有书中说的那样成群结队，但是这是我第一次真正看到藏羚羊。那一瞬间，所有人都激动万分：总算没有白等！

看完藏羚羊，我也就放松了下来，不经意地欣赏着沿途的风景。一路上，青藏公路一直伴随着铁路。那就是 106 国道，原本通往西藏的唯一一条路。据说在以前铁路还未通车时，出入西藏只能靠汽车穿越此路。有的车辆在这条路上出了故障，没了补给，联系不到援助，人就生生饿死、冻死在高原上。尽管如此，还是有很多人前仆后继，才有了今天的西藏和铁路。

此时已经不知道火车开到了哪里，路边出现了吃草的牦牛群，还有牧人的帐篷，但看不到人影。在这片无人区，无论是牧人还是牲畜，面临的都是肉体和精神的双重考验。只有耐得住苦寒、受得住寂寞的人，才能活下来。也许这就是高原，生命在磨砺中绽放。

不知不觉,已是夕阳西下,昆仑山也出现在眼前。作为中华的"万山之祖"和"龙脉之祖",昆仑山静如凝岳,大气磅礴。绵延千里的山脉积雪覆盖,真是"飞起玉龙三百万,搅得周天寒彻"。

经过昆仑,天已经黑了,我们到达了格尔木车站。火车会在这里停一段时间,我们也下车舒活一下筋骨。格尔木的晚霞已烧红了天边,成了半黑的夜幕下最亮的一抹颜色。铺展的晚霞,照亮了格尔木,也照亮了我们的心。火车上的一天过去了,一夜之后,明早就到西宁了。也许这是我们能看到的最后一处沿途风景。

入夜,大伙准备睡觉。一车厢的人只有一个洗漱间,多有不便。六个人兴致未减,挤在一间房间里东聊聊西扯扯,兴奋得不想睡。火车隆隆向前,摇摇晃晃,我却睡得很安稳,好像是在摇篮里一样。

这一路上,我们看到了很多风景,可可西里、昆仑山、玉珠峰;不小心也错过了一些,比如沱沱河、唐古拉车站等。可我并不觉得遗憾,总有一天,我会再来这里。也许,下次就是走"天路"106国道了。

然而,让我难忘的是,列车在海拔4 500米左右的高原上行驶,除了成片的牦牛群和羊群之外,你会发现,天空中的云彩已不是高高在上了,好像离不远处的小山峰也就是咫尺之遥,有时低矮的云团甚至覆盖住了远处高山的山峰,这就是青藏高原,一个山高云低水美牛羊儿肥的好地方。更让我难忘的还是这条铁路的建设,寒冷的高原,多变的天气,落后的补给,恶劣的条件……这一切,我看在眼里记在心里。这一条铁路,不知耗费了多少科学家的心血以及筑路军人的汗水甚至生命。它向我们展示了一个高原的奇迹,但它本身就是一个奇迹。将来,相信它也会把更多的奇迹带向那片高原。

绵延的昆仑雪山似天地之间蠕动的银龙,仿佛就要腾空而起。

青 海

塔 尔 寺

塔尔寺是藏传佛教格鲁派最著名的寺庙之一,也是黄教创始人宗喀巴大师的诞生地。宗喀巴大师还是家喻户晓的一世达赖喇嘛和班禅大师共同的师傅,其宗教地位可想而知。

塔尔寺同样是青海的招牌景点,它八面环山,形似坐落在八瓣莲花之中,也真

塔尔寺门前的白塔,建于1776年,为纪念佛祖释迦牟尼一生之中的八大功德而建。

是风水宝地了。不仅如此,塔尔寺共有1 000多座院落殿宇,据说是风格独特,集汉藏技术于一身。对此,我实在没有研究,只能道听途说、略略提及罢了。

走进景区,未进寺院,就能看到东西方向一字排开的八座白塔,俗称八宝如意塔。塔顶镏金,塔腰嵌着佛龛。塔下埋着塔尔寺历代活佛、高僧的经书、佛珠和衣冠。这些塔就是塔尔寺的标志性建筑了。

步入寺内,我们先进入祈寿殿。这里是七世达赖喇嘛念过经的地方。殿宇朴素,规模不大,院子里种着几株树。树前陈着一块竖石,传说它是宗喀巴大师的母亲背水时靠着歇息的石头。现在,石头上被游人和藏民贴满了钱,挂上了佛珠,表达对大师及其母亲的尊敬。这座院落我最喜欢,不仅因为这是佛门圣地,还因为它不饰华丽,它的树和石古朴自然,仿佛穿越了数百年,向我们展示母思子、子怀乡的温馨画面。

接着,我们去了大经堂。大经堂主要是僧人们举行活动、念经辩经的地方。最重要的是,那里有塔尔寺的"三绝"之一:堆绣。堆绣这种艺术技法源于唐朝,如今已经失传。大经堂的这18幅堆绣又是立体堆绣,十分罕见,世界绝无仅有,堪称国宝。

至于"三绝"之二,是著名的酥油花。顾名思义,酥油花就是酥油做成的。而每30斤牛奶、羊奶里才能提炼出1斤酥油。导游说,酥油花其实是一种残酷的艺术。因为酥油易化,平时人的体温都能轻易将其融化,所以它的制作环境必须在–5 ℃以下。寺院里的僧人们在制作前会先沐浴净身,然后将手浸在冰水里,反复的冷冻,直到麻木,才能动手捏制酥油花。每年,僧人因此冻伤甚至留下终生残疾的都不在少数。可是酥油花作品却年年翻新,塔尔寺年年都会举行酥油花比赛。酥油花不仅是用来欣赏的,更是用来敬佛的。这份不畏冻伤的坚持大概就是信仰的力量,也许那些冻伤甚至残疾的痕迹,就是对神佛奉献的见证,是他们心中一生的光荣。

当我们踏进酥油花馆,看到的是陈列在玻璃柜中大片大片的酥油佛像和红花。它们虽没有雕刻物的精美细致,不过却栩栩如生、色彩鲜明。只是有的佛像的脸上已经被蒙上了白哈达,据说是因为前两天西宁前所未有的35度高温,融化了不少酥油像。因为正对着大门,连恒温的空调都不管用。好在雕像的大体轮廓还在,的确是奇迹一般的艺术。绕过这一片酥油花像,背面是恒温保存的去年的酥油花,比较完整,能看到每一个细节。花、茎、叶、法器等,于细微处见匠心。更何况这是僧人用手、用酥油捏制出来的，真不知其中倾注了多少心血，不愧是"三绝"之一。

"三绝"之三，则是塔尔寺的壁画。壁画在各个殿宇内都比较常见，保留时间可达数百年，因为这些壁画的颜料都是以矿物质为原料的，比如磨成粉的绿松石，各类矿石，甚至还有金汁、银汁。壁画内容以神佛、记事为主，祥云、莲座、佛陀神情，无不描绘精细。其色彩保持的完整度真是令人叹为观止。

塔尔寺的最后一站，就是大金瓦殿。这座殿堂是塔尔寺最重要的建筑，也是宗喀巴大师的诞生地。传说，大金瓦殿所处的位置原来是一片牧场，宗喀巴大师的母亲放牧时在这里剪断脐带生下了他，脐带的滴血处长出了一株菩提树。后来，宗喀巴大师离家修行，未能归乡。母亲写家书给他表示思念，大师回信告诉母亲：在菩提树的周围修一座塔，见塔如见人。于是母亲用石块在菩提树的周围修了一座古朴的塔，包住了树。但是后来，藏民们为了表达对大师的崇敬，将塔重新修葺，镏金镀银，嵌上了各色宝石。随着宗喀巴大师的修行得道、威名远扬，这里成了藏传佛教圣地，塔周修起了寺庙。这也就是塔尔寺的来历：先有塔，尔后有寺。

酥油花是艺僧们在高寒气候下，把各种颜色的石质矿物颜料，分别糅进酥油中，浸泡在冷水盆里，然后用十指和几个竹片塑造出的各种独具特色的图案造型。

来到大金瓦殿，殿前有很多信徒对着殿内磕十万长头。这种景象我们从拉萨一路看过来，每看一次，都是一种震撼。因为他们的叩拜，殿前的地板每隔几年就要换一次。他们坚信，一生叩足十万个长头就能获得佛的庇佑。因为相传塔内的菩提树上有 10 万片叶子，一叶一佛陀。向每个佛陀磕一个头，才算磕了一个完整的头。而如今，大金瓦殿外又生出一株菩提树，被木栏围着，长得郁郁葱葱，与殿内的菩提树是连根的。所以，据此推断，殿内的菩提树应该也还活着。

而大金瓦殿，也足够华丽了。它的庙檐屋顶全部镀金，熠熠生辉；外墙用琉璃瓦砌成。这些都是藏民心中的宝物，将最好的东西敬献给宗喀巴大师。

离开大金瓦殿，导游告诉我们，塔尔寺共有 14 位活佛。地位最高的一位活佛是当今班禅大师的师兄，并且

大金瓦殿上下三层，飞檐四出，各抱形势，在阳光照射下金碧辉煌，被誉为"世界第一庄严"。

现在就在寺内,我们可以去接受摸顶赐福。但是,要带上哈达接受加持,也可以带上随身的饰物请活佛开光。

我们在导游的指引下选购哈达,妈妈买的是"小五福"哈达,接受加持后可以赐福全家。我也买了一小块绿松石,接受活佛开光。接着大家跟随居士前往活佛的居所。活佛住在塔尔寺内的山上,住所十分简朴,是石头砌成的院落。

进入活佛所在的房间,只见活佛临窗盘坐。阳光透过窗户,活佛沐浴在金色中,安详、宁静。他很年轻、儒雅,与人们心中得道高僧苍老的模样相差甚远。不过现今的班禅大师不也只有21岁吗?我们将哈达捧在手上,献到活佛面前,并将受开光物放在活佛面前的桌上。活佛为我们摸顶,并将加持过的哈达返献到我们颈上。接着,活佛闭上眼,开始念经文,不知是藏语还是梵语,尽管听不懂,我们还是认真地听着,不敢发出一丝声音。最后他将青稞撒在受开光物上,说了一声"可以了"。大家有序起身,拾起物品,轻轻离开。

其实在此之前,我对见活佛并不大情愿,还被老妈训了一句。倒也不是我对藏传佛教的这些活动与圣事不屑一顾,更不是对活佛不尊敬。只是在我看来,无论是藏传佛教还是汉传佛教,强调的都是修身养性、广行善事、提升精神修为。我并不认为藏传佛教愚昧,但我认为,信仰它,不是信仰它被神化的神力,而是信仰它的经纶哲学,它普渡众生的心,它指引信徒提升内在的旨意。世间事物都是七分靠人三分靠天,平时不注重以佛学洗涤内心、不以戒规自律、不注重提高自身境界,此时求福岂不是妄想不劳而获?这怕是触犯了一个"贪"字。心怀虔诚不应只在这一刻,尊崇活佛也不应只在这一刻,否则,求见活佛就只是临时抱佛脚。求得的不是福气,而是心理安慰。尽管导游一再和我们说,花钱买哈达就已经是对寺庙、对佛的资助了。但是,资助应是由内而外的,是由精神到物质的。光有一刻的诚心是不够的,即使砸下重金,不顶多就是企图花钱买福气吗?盲目的崇拜又怎能求来真正的福气?

所以,与其那时匆匆拜活佛,我倒宁可潜心了解佛学之后,再来拜一拜活佛。即使见不到地位这么高的活佛,即使没有钱去买昂贵的哈达,但至少,

塔尔寺,让我再次感叹根深基厚的藏教文化,再次感叹雪山绝域的高原人们对佛的敬畏。走出塔尔寺,轻轻转动转经筒,口诵六字真经,心里还在细细品味。

这样求来的福气,才是我应得的福气,才是真正的福气。

塔尔寺之游一共半天时间,导游给我们讲解得很好,但是我印象最深的还是佛徒们的虔诚,人们对寺庙的大力资助,僧人们不惜冻伤身体制作酥油花,藏民匍匐在殿前叩头等。这大概就是信仰的力量。他们对藏传佛教的信仰,为他们带来无尽的精神支柱,可以让他们不畏环境的苦寒、生活的艰辛,他们无惧于疾病和伤痛,不惜奉献肉体甚至生命。因为信仰,他们的意志如同钢铁,他们的奉献无怨无悔,他们的心胸如高原一般开阔。也许这就是宗教的力量,它激发了人类内心的潜能,能让人生,让人死,也能让人开创奇迹。它何尝不是超越传说中种种神力的存在呢?

塔尔寺见闻,足以品味一生。

青 海 湖

青海湖是青海的标志性景点,海拔有 3 000 多米,是中国最大的咸水湖。从西宁出发,一路要 3 个小时左右的车程。但是对于已经游览过海拔 5 000 多米纳木措的我们来说,它的海拔已经是小意思,来回车程也不在话下了。

前往青海湖的途中,我们经过了著名的日月山和倒淌河。而关于它们的传说都与文成公主有关。相传文成公主远嫁吐蕃,她的母后在她临行前送她一面"日月宝镜",让她想家的时候拿出来看看。公主经过这里,看着漫山的牛羊和良田,十分思念家乡,不禁拿出宝镜,就看见了镜中长安繁华的景色,顿时泪流满面。可是想到自己肩负和亲的重任,她便毅然将宝镜摔入山沟,以表远嫁入藏的决心。摔成两半的宝镜化为两座山,因镜得名"日月山"。

而倒淌河则是公主思乡的泪水所化,因为同情公主的悲伤,就随着公主一同向西流去。由于中国的地势西高东低,水流皆是由西向东流,于是这条向西流的特别的河就被人们称为"倒淌河"。遗憾的是,在我们经过日月山时,窗外雾气蒙蒙,没能看清日月亭。经过倒淌河时,雾气终于散去。只是要不是有旅游景点牌子立着,我实在不会想到这条其貌不扬的小溪会是传说中的倒淌河。

过了倒淌河,导游就提醒我们注意前方。不多时,远方出现了一条深蓝色的线,似一抹青锋劈裂乾坤,天归天,地归地,分明无比。原来那就是青海湖了。随着汽车向前开,这条蓝线越来越宽,下深上浅,最后与天融在了一起。无论是山还是水,都不大真切,仿佛悬在空中,朦胧但不神秘,广阔无边。

路边,也出现了大片大片泛着鹅黄的绿地,这是油菜花田。青海湖的油菜花田十分出名,我早有耳闻。虽然油菜花在我们家乡十分常见,但是它们生长在高原之

清凌凌的水,静静地、温柔地流淌着,这就是倒淌河,依然与文成公主的传说有关。它东起日月山,西止青海湖,一路从东往西,不见滔滔之水,悄悄流淌。

上映衬着青海湖水，绝对是一道亮丽的风景线。不巧的是现在季节已过，大部分花田都谢了。谁知突然间，路边一小片金黄的油菜花田映入我们眼帘，油菜花开得正茂盛。我们眼睛一亮，急忙下车拍照。

花田里也有藏民候着，提供拍照附加"工具"，一应俱全，穿着藏袍的小姑娘、羊羔、白马、白牦牛等，要什么有什么，不过自然不是免费的。撇开这些东西不谈，我一边咬牙切齿地在肚子里找词形容这片美景，一边无奈地看着妈妈们疯狂地摆pose拍照。这个景象倒也眼熟，似乎在新疆喀纳斯就曾经上演过一次，只是这次不仅团队阵容更加强大，而且还有变本加厉的趋势。拍完我们后，她们就闪亮登场自我包装了。看吧看吧，这个手握腰间的优雅姿态不就是伊丽莎白二世的翻版吗？还有那个双手高举的姿势绝对是《爱丽丝漫游仙境》中安妮·海瑟薇的山寨！另外那个单手叉腰英姿飒爽的模样完全是《加勒比海盗》里凯拉·奈特莉的再现。这就叫好莱坞影星经典姿势的民间演绎！

回到车上看青海湖，发现它的颜色居然变了，由刚开始的深蓝不知什么时候变成了泛着白色的浅蓝。这就是青海湖水的最大特点：变色。另外青海湖最著名的湖水景色有两个，分别叫"湖打盹"和"龙吸水"。"湖打盹"是指由于云层的浮动，有的水面的颜色会变浅，好像湖在打盹休息了一样。而"龙吸水"更加神奇，也是由于云层等自然因素的变化，在湖水里呈现一个龙头的影子，连着远处的山脉，好像游龙将头探入水中吸水一样。这两种现象都比较罕见，加上青海湖又很大，我们实在无幸观看这些奇景。

浓艳的油菜花，在高原深蓝的天空下，金黄一片，嵌镶在湛蓝的青海湖岸边，配上远方蓝白交融的湖光山色，缭绕的雾气，真是深浅相宜。谈不上艳丽，也没有出尘，就是简单的色彩、简单的搭配，配出一幅简单而不单调、让人赞不绝口的风景。

很快，车子就到二郎剑景区了。按照行程，我们会从那里登上游轮泛湖。等船的时候，我注意了一下导游强调的湖水颜色。果真，在码头引桥两侧湖水的颜色就是不同的，一侧是青色，另一侧是浅墨绿色，对比分明。而远处，又是深蓝色。没过多久，那深蓝又变为泛白的浅蓝，大概这都是湖水上空白云浮动的缘故吧。

等到登上游船，那湖水的颜色又变了，色泽万端，让人不知如何形容是好。好像是有人将蓝、白、绿的颜料倒入湖中，任意搅拌，却不浑浊，而是清澈明亮。"赤橙黄绿青蓝紫，谁持彩练当空舞。"这句诗原本是用来形容彩虹的，可是我不禁在青海湖上想起了它。青海湖没有七色，变化出的颜色却是更胜七色，它不也是一湖虹吗？更何况这一湖虹是舞在山巅，舞在高原，又有哪一点逊于当空而舞的彩练呢？青海湖美，就美在了一个"变"字上。

环湖而游，眼前是广阔无边的水色。白鸥时而高翔天空，时而低掠湖面。与纳木措比，此时的青海湖有一种朦胧的美。远山是云雾缭绕，颜色有深有浅，形迹无常，同样可用"变"字形容。然而，变的是颜色，不变的也是颜色。无论怎么变，这幅辽阔背景的色调永远只有蓝、白、绿三种。这就是青海湖，不瑰丽更不绝尘，只是以简单的色彩勾勒出无限的景致。它既能"万象归一"，也能"一沙一世界，一花一天堂"。这份大美之美，才是高原特有的美。

游轮环湖半个小时，由于没有任何导游给我们讲解，我们无法了解哪里是著名的鸟岛、海心山和沙岛等。可是，也正是因为没有讲解的干扰，我们才能一心一意捕捉这湖中的"变"。人文景点永远都会立在那里，而自然景物却是一闪而逝，过了就再不会出现了。于我而言，不拘泥于人文讲解，而去亲身品味自然的真谛，这才是旅游最大的意义。

于是，游轮上，在妈妈们调侃着让我们写诗的情况下，也是在湖景的熏陶下，我还真写出了一首小诗：

青海一潭胜红颜，湟鱼两双戏其间。

重山千叠戍湖畔，浮云万卷醉天边。

最后，如果要概括一下青海湖，只能说，它不像一幅水墨画，它没有北方白山黑水的分明；它也不像油画，它缺乏欧洲田园乡间的缤纷；它更不像工笔素描或者水彩，江南的小桥流水亭台楼阁它统统不具备。它只像一曲藏歌，音域辽远，苍茫万象，吸引着人们去捕捉那些转瞬即逝又包罗万象的音符。

大美之美，在青海湖。

【后记】 幸福在路上

夏季，青海湖边辽阔起伏的千里草原就像铺上一层厚厚的绿色的绒毯，那五彩缤纷的野花，把绿色的绒毯点缀得如锦似缎；湖畔大片整齐如画的农田麦浪翻滚，菜花泛金，芳香四溢；那碧波万顷、水天一色的青海湖，好似一泓玻璃琼浆在轻轻荡漾。

去西藏时，我在拉萨观看了一出藏戏，叫《幸福在路上》。这出并不算十分精美的藏戏，却点亮了我心中的那一瞬灵感：幸福在路上，就让它作为我的后记题目吧！

对于大多数小孩来说，旅游是一件很幸福的事。可以和伙伴们赖在一起，玩玩闹闹。可以走遍千山万水，祖国各地，看看难得一见的风景。而且不用写作业，不用早起去学校，不用被爸妈押着去各种补习班，却一样能学到不少东西。所谓"读万卷书，行万里路"，轻松地看看走走，听导游讲讲说说，那些有意思的历史故事民间习俗多半也就记住了。寓教于乐，岂不快哉。自然，旅游对我来说当然也是幸福的事。

从小，在我还没学会认字写字时，爸妈就常带我出去旅游。作为一个"小皮王"，旅游当然是我最期待的。和一群小朋友一起，打打闹闹，游山玩水，无拘无束。虽然那时事已经忘了大半，但是看着那些照片，看着总是傻呵呵笑着、面对镜头的小小的我，我仍然能读出两个字："幸福"。不知不觉中，小小的我已经在路上找到小小的幸福了。

稍微长大了一点，进小学了，我仍然会在假期和小朋友们一起出游，也仍然乐得跟大伙一起，把整个旅游团闹得鸡飞狗跳。记得一年级去北京，虽然那时我很不满意这个总是找不到游乐场的城市，但是老皇城长长的历史和大大的宫殿着实让我大开眼界。回家后，我那一肚子的新奇无处发泄，便在妈妈的指导下编出了一份剪贴报。好不容易完工了，这幅漂亮的小报真是让我颇有成就感。这是第一次，我用纸笔图画，记录下了路上的见闻。

二年级了，我和爸妈去福建玩。难得见到这么多神奇的自然风光，小小的我实在非常兴奋。奇山怪石，莽莽森林，沙滩海岸，这些所见所闻已经不是一张小报能记下的了。于是，还是在妈妈的引导下，我写下了一篇篇短短的文章。那些稚嫩的语句，笨笨的用词，还有标准流水账式的行文，却标志着一个新的"第一次"：我用文字记录下了路上的风景。

这样的开端，为接下来的路途添上了新的趣味，当然也有烦恼。为了能让我和伙伴们回家写下游记习作，老妈总会在在我们玩得正欢的时候冒出来提醒一句："注意听导游说，仔细看！否则回家没法写游记。"每当这时，我就跳出来唱反调，后来更是发动大家齐心协力唱反调。尽管如此，我们最后还是得在镇压与招安下老老实实听导游讲、认认真真写游记。写的时候虽然累，且稿纸与反调齐飞，可是每每写完，看着那一年更比一年厚的稿纸，成就感自然与字数俱增了。

就这样，有了8年的积累，某天回头一看，突然发现自己居然已经写了这么多游记了。拿出那些稿子翻翻看看，路上的点点滴滴随之翻腾出脑海，并让我不时发出各种感慨：哈，原来我还干过这等糗事；或者突然想起某道美味菜肴，不禁大流口水心向往之。千言万语汇成一句感叹：旅游的日子真幸福。想到此处，突然发现，其实记录本身不也是一种幸福么？人总有忘性，旅途上新奇风物带来的幸福，总是随着时间流失而被淡忘，最终至多留下一个模糊的印象。可是纸笔的记录却留住了旅途上的点滴，让幸福常驻。纸笔记录，虽然写着累，但是写完后总有成就感；虽然玩的时候不能放肆、得注意听导游讲，但是反而能学到更多的东西。付出总会得到结果，怎能不叫"幸福"呢？尽管有人说我写的游记像流水账，的确，这些东西不是中心明确逻辑漂亮的文章。对我来说，它只是一些记叙，一份旅途纪念。而习得记叙，便是我在路上寻得的又一种幸福。

从旅途中寻找幸福，用纸笔记录幸福，发现记叙本身就是一种幸福，我的幸福就在路上。

不止如此，每次旅途，每次写作，总有人帮助我、支持我，让我十分感谢。旅行团里的叔叔阿姨在旅途中对我多加照顾。玩伴们朋友们和我一路玩一路写，对我来说减了枯燥。老师们对我写游记同样支持鼓励，有的会给我点评和指导，有的会宽限我的课业负担、为我提供更大的空间，这都让我十分感激。当然，更需要感谢的还是爸妈。这么多年来，虽然老爸一直忙于工作，很少有时间与我们一同出游，但他一直在幕后默默支持着我和老妈。老妈更是为我操心，不辞辛苦带我玩，指导我写，一步步引领。就连这本书的出版，也是她费心帮我审稿校对等等。在他们的共同努力下，我才能如此自由地在路上寻得这些珍贵的幸福。其实，被这么多人关心，就是最大的幸福。

幸福在哪里？对我来说，幸福在路上，因为我自由地玩，坚持地写，还有这么多人的关心和帮助。一路走来，幸福与旅途相伴。而这本书，也只是一个小结。将来，我仍然会继续记录，写下旅途，写下幸福。幸福始终在路上。

陈旻茜

2010 年 10 月 23 日